INK

文學叢書

059

可臨視堡的風鈴

夏菁◎著

Fort Collins

目次

第二輯

序 短賀壽長

余光中

在我的作家朋友之中，相知已達半個世紀的夏菁，應在少數至交之列。結交之初，我們都住台北，而且都在城南，來往方便，見面頻仍；共組「藍星詩社」以後，更是如此。其後我們先後去美國讀書，教書，工作，動靜不一，良會遂少。一九六九年我初去丹佛，曾往機場接了夏菁、杏娟，並開車送他們伉儷去更近落磯山麓的可臨視堡。其地背負巍巍眾嶽，俯臨一展千里平鋪數州的中西部大草原，眞的大可臨視。當時卻未料到，此情此景，日後竟是故人晚年吟詠終老之鄉。一九八五年，我們夫婦同去該地，在夏菁府上一宿，並享受了杏娟的美餚。他家軒敞明淨，花木怡情，加以落磯雪峰皚皚在望，令我油然而羡老友終於「欣託有廬」。

果然《可臨視堡的風鈴》印證了我的預感：此集的八十篇散文小品正是作者從一九八八到二○○二的十四年間在他的「邊堡」與「雅廬」中俯仰天地的所感所思。

夏菁將這本文集分成兩輯，自謂前輯的五十一篇文章，以生活環境，時代省思，旅遊觀感爲主題，後輯的二十九篇則記述人物，友情，家庭。簡言之，即前輯寫地，後輯寫人。其實兩者很難區分，只是有所偏重而已。我倒覺得，這八十篇小品可以更加分類，成爲自述，親友，記遊，妙想，雜論五種，每種都有代表的佳作。

自述的作品當然最多，〈自剖〉、〈只炒此一回〉、〈風水生涯四十年〉、〈折腕度年〉、〈滄桑羅馬行〉、〈皎皎兒時月〉都是佳例。其中〈風水生涯四十年〉一篇，顧名思義，容易誤會是作者做過風水師的回憶；讀後才笑悟，原來所謂「風水」是指作者以水土保持專家的身分，四十年來如何爲自然生態防風治水的事業。足見夏菁取題每有妙趣，他例包括〈撥鐘入春〉、〈男女無別〉等篇。〈折腕度年〉、〈滄桑羅馬行〉兩篇自述生平兩大劫難，在記敘肉體受苦的過程，卻少見怨懟而能豁達自寬，甚至不掩諧趣，是夏菁性情使然。

親友一類可以〈戰爭與母親〉、〈賞花人語〉、〈梁門雅趣〉、〈圓桌〉等爲代表。其中梁門是指當年我們常連袂去拜見的梁公實秋，戰爭是指抗戰。〈賞花人語〉因花及人，描寫到素有「綠手指」的夫人杏娟，最富鶼鰈情趣。〈圓桌〉則爲「藍星詩社」的幾位詩人素描了側像，雖未提名，卻不難猜。

作者曾任聯合國糧農組織專家，爲了促進環保，去了不少國家，所以本書記遊之作亦多，僅江南之行就有四篇，他如美國、牙買加、土耳其、聖露西亞等地也都入了遊記，而以〈土耳其之行〉最饒諧趣。

至於妙想之類，則以〈壁虎和黃昏星〉、〈啄木鳥〉、〈最長的一日〉與〈臆測未來〉同題三篇爲代表。〈壁虎和黃昏星〉與〈啄木鳥〉均洋溢著想像，非詩人無能爲力；〈啄木鳥〉更饒諧趣。至於〈臆測未來〉三篇，夏菁憑他科學的素養、博覽的見聞與活潑的憧憬，描繪出第三個千禧年的新世界；這種文章我就寫不出了。其實〈江南之遊〉的第三篇幻想葬身的幾種方式，也設想奇妙。

雜論一類的文章包羅很廣，但大致都因作者久居美國，深知這世界首強在「進步」之餘亦難掩病態與隱憂，所以在負面著墨較多，俾東方國家知所警惕。〈下午三點以後〉、〈養不教，誰之過？〉、〈向哥倫布算帳〉、〈男女無別〉、〈都是電腦的錯〉等篇皆屬此類。

半世紀前，夏菁和我同拜於梁實秋先生之門，受益不淺。梁公咳唾生風，莊諧並作，有時我陽奉陰違，不盡聽信。我要譯《梵谷傳》，他說節譯便可，我卻全譯。我去美國，他勸我不可開車，我卻學了也開了。梁公爲文，以短爲上，崇簡潔之爲美德，所以「雅舍」文章罕逾二千言者。這一點，夏菁卻力行終身，我則另有打算，竟上了梁公力斥而徐志摩力探的「跑野馬」之征途。

不過，二千字以內的小品，仍有夠大的乾坤可供散文家發揮。夏菁在如此的篇幅裡也寫出了不少耐人尋味的作品，例如〈劍道即人道〉就是一篇知性明澈，論析中肯的文章。〈出門趣事多〉寫他在今日大陸旅行的四次經驗，有負面，更多正面的同胞感情；其中「岳王廟的奇遇」一段饒有舊小說的趣味，而「臥車中的禮讓」更兼有幽默與同情，沒有夏菁謙讓而溫厚的天性，是寫不出來的。書中的佳句妙語可引的不少，例如〈只炒此一回〉自述在美國誇口要大請客，手藝卻毫無把握，而客人已聞香將至：「忽然驚覺到名單已備，菜單還在虛無縹緲之中。」〈土耳其之行〉寫該國幣值太低，動輒五、六位數字；夏菁建議他們減去幾個零，該國官員竟答：「這樣，我們就做不成百萬富翁了！」

當年夏菁和我同在台北，曾發豪興，相約八十歲同登泰山賦詩。那時只道歲月尚多，誇下海口再說。可驚一彈指間已到了眼前。泰山早已在等詩人了。明年秋天夏菁就是一位 octogenarian 了，且以此序預爲故人賀壽。

二〇〇四年於西子灣

Fort Collins

第一輯

雨・聖露西亞

半夜，從陣雨中驚醒。

一陣急、一陣緩，像嘉年華會的急鼓，像加勒比海的退潮。一忽兒是千萬隻羚羊奔過屋頂；不多久又如石子路上答答的馬蹄。這可不是夏雨？而舊曆年剛過了幾天。我一時不知身處何季？也不知身在何處？

離開落磯山下時，正是大雪過後。前夜還是星月在天，翌晨已是粉妝一片。世界在睡夢中改變了裝扮。雪是如此地靜謐，近乎神祕。我每次在街燈下探雪，只見一簇簇白色的飛蛾，圍著燈起舞，在紛亂中頗有層次。雪給你一種視覺的美；雨則直訴你的聽覺。雪會有聲音嗎？下雪如果有聲音，那一定會很生動。〈黃崗竹樓記〉：「冬宜密雪，有碎玉聲。」使我極為嚮往；這種天籟，現代人已不大能夠享受得到。

而這時的急雨，像深山的瀑布，一瀉無餘，並有回響。王維詩：「山中一夜雨，樹杪百重泉。」我覺得大雨不但如泉，它簡直籠罩了一切。睡前的蟲鳴、犬吠、蚊唱、車喧，這時全被吞沒。而雨勢又如此強大，它喚來了風、召來了雷，控制了整個海面；使鯨魚窒息，海豚遁跡。當它突然收住了陣腳，像奏到英雄交響曲的末尾──一種龐然的寂止。

雨漸漸地又敲起了鼓聲，也敲醒了我的記憶。我前天才飛到這火山的島國──聖露西亞，號稱西印度群島的海倫，多美的名稱。東邊是洶湧的大西洋，西面是溫柔的加勒比海。每天，太陽從熱烈中昇起，在寧靜中晏落。出沒在兩個不同的天地。這個小島，也有英、法兩種傳統。上世紀曾易旗十四次；不但地名有英有法，語言也交互混用。這小島的特產，包括綠羽紅胸的鸚鵡（St. Lucia Parrot）、加力騷韻律（Calypso）、雙峰並峭的火山（Pitons），以及拿破崙的約瑟芬。這個國家，港埠依山而築，不設紅綠燈；祖先葬在海灘，愛之船停在港灣；大學校長是剛卸任的總督，首相是一位老實的蕉農；獨立還不到十年，卻是個道地的民主政府；百姓都非常勤奮，挨罵的是難得回國的諾貝爾得獎人。

前晚，車子從機場曲曲折折地駛行了一個多小時，在星光中只見山嶺起伏，蕉園遍野。後來總算到達了都城的一家旅舍。卸裝待寢，只覺得海風習習、蟲聲唧唧。從冰天雪地的北美來此，宛若進入另一個世界──一個陌生而又熟悉的世界；使我想起了半個地球外的另一個小島，風風雨雨地度過了數十年，現在是雨息初霽，耐人尋味的天氣。使我也想起了不少故舊；假如有一個忽然出現在我的門口，我也不會感到驚訝。這種久違的、熱帶的空氣，使我感到一種肌膚的微脹和舒適。女主人卻對我說：現在還是旱季。我答：怎麼我會感到有些雨意？

那晚因長途飛行，一夜好睡。第二天清晨被鳥聲喚醒。長呼短應，雙韻獨聲，好久沒有聽到這種天籟，不得不起身。哦，原來這白色的賓館是築在一個山坡之上！四面花木扶疏，遠處海岸畢露。黃沙的海灘，晨風正展開一面面三角形、浪的白旗。椰樹則舞動柔軟的手臂，向朵朵紫雲招迎。身後傳來一陣陣清香，園中的檸檬正盛開。這正是一個不折不扣的加勒比海的好天！

兩天毫無雨意，今夜忽然風雨大作，使我不能盡信；在這種旱季，在這個小島，如果風稍稍吹勁了一些，雲稍稍偏斜了一些，這場雨就下不到這個方圓不過數十哩的島國。這是一種巧合，一種偶然。使我想起，這次來到聖露西亞，也是一種偶然的際遇。我們的一生，豈非交織著偶然和必然？昨日沙灘上的足印是偶然，今朝浪潮的磨滅是必然；停泊的遊船是偶然，港的存在是必然；這場大雨是偶然，雨過天青是必然。偶然、必然，我的存在是偶然，天地的悠悠是必然。英國古詩：「輕輕地走入雪裡或雨中／找個場所我們可以祈禱……」正是我這時的寫照。

一九八八年四月八日

山居閒不住

我住的這個小城，標高五千呎，位在落磯山脈中部的山麓（Foot Hills）。三十年前，我開始寫《落磯山下》時，將它譯介爲可臨視堡（Fort Collins），也有人稱它爲福高崙。這裡雖不是群山環抱，也是依山傍水；稱爲山居，實無不可。何況，從我的居所，開出門來，就見到山。

我的客廳裡有一副對聯，係詩人畫家楚戈所寫，空靈灑脫，爲人喜愛。上聯是「面對洛磯山」；我撰的原句是「門對落磯山」，太座說：將來搬了家，門就不一定對山了！她建議用「面對」，我想想不錯，而且，「面山」如達摩的「面壁」，頗有韜光養晦的含意。至於原來的「落磯山」被寫成「洛磯山」，乃因一位熱心人，把我的原聯傳達錯誤所致。這副對聯的下聯是「心懷香雪海」，香雪海是姑蘇西郊光福山區的名勝。到了早春，一片梅花如雪如海，清香遠播，未親臨其境者，難以想像。

對聯中間，掛一橫幅，有山有水、有松有瀑，有人有亭。題詩的最後兩句是：「山居閒不住，最喜聽泉聲。」非但詩畫配合，而且頗有寓意。山居本來是要睽離紅塵，了隔世事，圖一耳根清靜，爲什麼還要去傾聽萬馬奔騰的泉聲？那一個人能眞正做到「水流心不競」呢？人豈不是一種心情複雜行動奇異的動物！幼時讀李白〈贈孟浩然〉一詩，覺得後者「紅顏棄軒冕，白首臥松雲」，是一位仙骨傲世的隱士；其後念到孟夫子自己〈臨洞庭上張丞相〉裡的兩句：「坐觀垂釣者，徒有羨魚情。」感到不可思議；現在想來，這也是「閒不住」在作祟吧！

想想我在這山城已蟄居七年餘，除教書以外，雖亦偶然雲遊海外，有時也有「閒不住」的感覺。往後，書不教了，難道也要去聽泉聲？這幾年來，電視看了不少，散文難以爲繼。我的第一本散文《落磯山下》是在一九六八年出版；第二本《悠悠藍山》是在加勒比海的小島上寫成；距今快要十年了！「閒不住」，也許正可以將所聞、所見、所感，抒發一番。

我每次去台灣或大陸，總覺得很多人對外面世界的種種，不盡了解。雖然，現代的資訊及傳播，又快又好，但由於語言的隔閡、時間的不足，或譯介的不夠，社會還不能充分現代化，意識還停留於教條化。作爲一個現代作家，尤其是身居海外的作家，夾在中西之間，處於華洋之境，多多少少有些感受，也有些責任，作點公正的報導；說點平實的故事。不好高騖遠，不落於說教；在閒話日常及敘述事物間，或可談言微中，潛移默化，未可知也。

聖經上說閒暇可以使人變得聰明。有閒不去享受，或是「閒不住」的人，大概不是傻子，就是詩人。

一九九二年三月九日，世界日報副刊

不用插翅的飛行

今年落磯山上，下了不少雪。非但夏天可以有豐足的水源，此刻正是滑雪的好去處。據說，世界各地前來的滑雪客，已超過二百萬人，打破了紀錄。但對我來說，今冬眞正的妙處是：山上有雪，山下無雪。每天豔陽高照，年輕人早已短衫短褲，享受這難得的溫暖。

說到滑雪，我三十年前試過一次，就在距此不遠的山麓，跌了七、八跤，寫了一篇〈滑雪記〉，在聯合報副刊發表，那可能是台灣第一篇有關滑雪的散文。當時，台灣橫貫公路剛通，大家對滑雪興趣雖高，經驗卻少。這篇文章，曾引起不少年輕人的興趣。記得，我有一次遠去南美玻利維亞的京城，遇到一位在使館工作的祕書，當他知道我的筆名，就說：「啊！你就是那位寫〈滑雪記〉的作者，當時我們在大學裡還談論這篇文章。」他以爲我多少年來，已經精於此道。天曉得，我就是去了這一遭——恐怕此生也就是這一遭。

最近，冬季奧運在法國阿爾卑斯山麓舉行，每天在電視上可以看到滑雪鏡頭，眞夠驚心動魄。山坡削峻，滑道曲折，要保持平衡，已非容易，還要衝破紀錄，確是夠瞧。有人跌得雪橇和手腳齊飛；有人像著地的火箭，時速一百二十哩。有一個十四歲的少年，騰空飛躍四百呎，那姿態，如鷹如鷂，甚爲壯觀。一位法國選手，在決賽前試滑喪生，爲這次唯一的不幸。美國選手去了百餘人，得了十一塊獎牌，其中九塊是女選手獲得，而且五面金牌，全是女子包辦。美國人大有男不如女之嘆，美國男人在做些什麼？

對我們來講，不管是男是女，大多數是滑雪不如踏雪，踏雪不如賞雪。古典詩詞中描寫雪景之作，恐怕不少，柳宗元：「千山鳥飛絕，萬徑人蹤滅。孤舟蓑笠翁，獨釣寒江雪。」高妙絕倫，仍爲賞雪之作。我們不得不佩服彼邦人士，可以將雪山作爲運動場地，作爲健身、競賽、遊樂，甚至社交之處，還可以當一種投資、賺錢事業。日本人已經開始到科羅拉多購買滑雪場所，可見他們對這方面的興趣。

我想，滑雪會給人一種快感，一種不用翅膀的飛行，青春的跳躍，也有一種征服感。當你御風而馳，在這片晶瑩玉鑿的天地，森林迴避兩旁，山峰飛來又去，身輕如燕，心雄萬丈，你會覺得自己征服了險阻，征服了山，征服了自然。人生到此，已發揮到淋漓盡致。

但是，山是很難征服的。到了雪融石出、人去山空，山又恢復了本來面目，雄偉不屈，好像冬天從未有過，雪從未下過，人從未來過。那時，你在山腳，或許會將自己，想像成一片出岫的白雲呢！

一九九二年三月二十一日

綠水常流

從落磯山國家公園的分水嶺旁，可以看到不少小溪，寬僅數米，深僅盈尺，幾乎可以一躍而過。但不能小看它們，有的是科羅拉多大河的源頭，有的是密西西比河的上流。看它們在草原及森林裡，蜿蜒曲折，細水流長，自在得很。尤其在雪融以後，淙淙盈盈，水清見底，使我們住在山腳下的人，受益不淺。

這樣的水，可濯可飲，平時用慣了，也不覺得什麼。但每次旅行到別處，常覺得那裡的水不是鹹、就是臭，缺少一股甘味。有一次到了黃河邊，自來水開出來，不但色如咖啡，且有沉砂在內。我不免蹙眉；有人卻提醒我，在這裡有水喝，已經不錯了！

那一次，初渡黃河大橋，覺得黃河淤積得連河槽都沒掉，兩邊只靠人造的堤防，將一大片水夾在中間。想想它的上流高原，是我們祖先及文化的發源地。幾千年來森林伐盡，土壤流失，很多地方，形同沙漠。「大漠孤煙直，長河落日圓」，景致固美，但水旱頻甚，民不聊生。我們的祖先東遷南移，虧得地方還大，到了長江、粵江，靠了水田，才能穩住。許多其他國家，就沒有這般環境及幸運，像中東及美索不達米亞一帶，《聖經》上所謂「流蜜流奶之地」（a land flowing with milk and honey），由於破壞水土及森林資源，變成沙漠及廢墟。我們從電視上中東戰爭鏡頭，可見一斑。

說他人，想自己。去年底我回台灣一次。台北的空氣污染如舊，基隆河還發散臭氣。當然，這些是老問題，一朝一夕難以解決，也不能完全依賴政府，大眾至少也應盡一點力量。垃圾隨便倒，路邊砂石堆積無人管，溪溝阻塞不通等等情況，使人懷疑國人的教育程度。我坐火車從台北到台中，二十餘年來第一次，很想看看沿路的「漠漠水田飛白鷺」，但見到的只是兩旁灰黯的後牆、鐵窗、飄如萬國旗的衣裳，以及衰草、危坡，和塞滿污穢的溝壑。以觀光事業爲號召的寶島，比起瑞士等國的潔淨綺麗，不可以道里計。假如我和歐美友人同車，一定會感到汗顏無措。次日報載，李登輝先生正坐火車作首次環島視察，不知道他有沒有看到？或有什麼感想及指示？

最近看到亞利桑那報上的一篇文章，說台灣有三分之一河流污染得很厲害；而且，有些地方，十年後不適於居住。台灣人口還在大幅增加，如此糟蹋，大家要住到或移到哪裡去呢？保護資源及環境，原和國民經濟及社會教育有關，飯都吃不飽，什麼也管不了；現代知識不夠，也不懂如何著手。我們已躋入經濟大國，但國民現代知識，還停留在落後國家程度。我常常想，毛病究竟出在哪裡？

社會及家庭教育的疏忽，可能是主要原因。還有是我們的傳統。幾千年來，各人自掃門前雪，出了家的範圍，什麼也不去管它。國人缺乏公德心，社會上缺少公益，有以致之。我想，要做好這類事情，除政府倡導及投資外，最要緊的是從家庭及教育著手。二十年前，一位美國友人告訴我，他的小女兒爲了防止污染，不用有顏色的草紙。當時，我認爲太過分了！現在，看到美國很多家庭認認眞眞爲環保及愛護草木、動物所做的事，很是感動。電視節目中夾有環保消息，超級市場印發環保建議，都是些你我可以做到的小事：如垃圾分類、鋁罐還原、少用紙張等等。積小成大，對整個社會及國家，裨益甚多。

青山長在，綠水常流，不能只靠政府，要靠大家合力維護，要從每個家庭著手。

一九九二年四月十四日

若到江南趕上春

「若到江南趕上春，千萬和春住。」這是宋王觀的兩句詞，對出生在江南的我，常常縈繞心頭。三年前我首次去大陸省親，先往河南，後下蘇州，已到了「桂子月中落」的時節，今年，我決定在春天去，到了江南，好好「和春住」。

所謂「江南」，在我的意念中，也只是蘇、杭一帶，並不因為年輕時，我在那裡住過。看看白居易在〈憶江南〉一首詞裡，也只描寫了杭州及蘇州。「春來江水綠如藍，能不憶江南？」那一帶到了春天，確是很美，尤其是鄉下。涓妻喜歡「小橋流水人家」，我則愛「春水碧於天，畫船聽雨眠」的境界。我們在北京遇到四十多年未見的表弟，姑蘇人，非常想念家鄉；他建議說：「你們到了蘇州以後，不要搭火車去杭州，可以試乘河船，徐行曲達，經過許多小鄉小鎮，領略眞正的江南風景。」我聽了以後，更覺神往。後來，到了河北邢台探望我的九十六歲的父親，做了些其他的事，又買不到車票，因此，到了蘇州，假期只剩下十多天了。

到蘇州時，清明剛過，久雨乍晴，「風細柳斜斜」，別有一番景色。但因住在現代式的旅館中，總覺得缺少韻味。因此就計畫到城內外名園，如獅子林、拙政園、留園、西園等遊覽。但據告遊人太多，前擁後擠，不容你優游細賞；而且，都是舊地重遊，非屬新鮮。忽然有人建議，俞樾的故居：「曲園」，最近開放，可以先去看看。

果然，曲園就在市中心，無甚遊人。建築亦不宏偉，但精巧有致。有兩件事，對我格外吸引。第一，俞曲園是近代新詩人俞平伯的祖父。第二，曲園中最主要的大廳名為「春在堂」。廳上橫匾為曾國藩所題，屏門上刻有姑蘇吳大澂篆書。據說，俞樾在廷試時，寫有「花落春仍在」等句，為曾國藩賞識，荐為探花，以其有積極的意念。其實，曲園除經史以外，詩、書可稱兩絕，蘇州寒山寺的「楓橋夜泊」石碑，即是他的手蹟。我看到展覽中一幅橫軸，是給他唯一女弟子張某者，有「低鬟一笑圖畫中」之句。名士風流，堂名「春在」，院中丁香芬芳，迴廊曲折，使我徘徊甚久，完全浸淫在江南古城的氣氛之中。

除園林名勝以外，我也去近郊木瀆及靈岩一帶春遊。本來意猶未盡，還要去光福香雪海及洞庭西山一遊，尤其西山處於萬頃太湖之中，風光綺麗，為錢穆歸葬之地。但在動身前夜，忽染喉疾，來勢洶洶，可能是空氣污濁，吸菸人太多之故；翌日只好求醫。這是我在美國七、八年中從未有過的現象。因此遊興大減！不但翌周坐船去杭州計畫，變成泡影；即使軋火車去家鄉嘉興之念，也一併取消。休息了一個星期以後，只能打道返美。

這次到江南，來去匆匆，春是趕上了，但未能和春久住，深以為憾。但有一件事，值得一提。我母親生在江南，但在最後十多年，搬來搬去總是住在北方。據說她對北國風沙及飲食起居，總不能習慣。去年清明臨終之前，還頻頻要求回南方去。這次，我們千里飛去邢台，與諸兄弟奉靈南下，將她安葬在蘇州靈岩山附近公墓，依山向陽，面臨太湖，正是「山光悅鳥性，潭影空人心」，在她可以說賫志得償，在江南和「春」長住；在我說來，也是了卻一樁心願。我的三弟，從北京一路陪同南下，他最近寫了一首舊詩寄我，頗爲感動，茲抄錄如下：

清明雨過見晴天，千里執紼返江南，
春暖靈岩山色秀，風起太湖舞輕煙。
姑蘇城外仙橋鎮，慈母青山長伴眠，
三代兒孫同祭奠，兩行熱淚灑墓前。

一九九二年六月十日

樹

門前有兩棵榆樹，今夏長得特別茂盛，陰陰密密，擋住下午自落磯山射來的驕陽。這兩棵四十多年的老樹，幾年前枝枯葉稀，我們替他們做了些回生工作：請人特別用升降梯爲之修剪整理，每年又噴蟲藥。今春逢上雨水充沛，他們顯得格外蓬勃、繁茂。

四月下旬我們從大陸省親回來，第一眼就見到樹上已長出新葉，狀如半展的摺扇，色若出繭的綠蝶。過不了十天，齒狀的新葉已完全打開，新銳而深刻，似乎在宣布一個季節的循環已經開始。到了五月末，忽然間把我們的視線遮起，天空被他們割據了大半，使遠遠的落磯山，只剩下了山腳。

在這條街上，這兩棵樹顯得很突出。一過校園，遠遠就能夠看到，可以說是我家的標記。尤其到了現在這個季節，亭亭如華蓋，新來的朋友，只要告知這兩棵樹，大概可以按樹索址，萬無一失。其實，在我們後院三面的籬邊，還有幾棵榆樹，只是年歲較輕。他們和其他幾株落葉樹的好處是：在夏天高高地將我家圍起，盡了遮陰、擋風、防音、截塵的責任；到了冬天，尤其在太陽較低、較斜的時日，它們落盡了葉子，讓陽光完美、充分地曬進我們的平房。這些樹的高度、密度和種植的距離，似乎是經過特別設計，以達到冬暖夏涼的目的。前人種樹後人乘涼，我們深深體會到這種美意。

回想我們住過的都市，高樓大廈，檐屋櫛比，樹的生存大有問題。即使有之，也頗有壓迫之感。有的被砍首截肢，爲了幾根電線；有的委靡不振，因爲空氣污染；最好的也如列隊操練，缺少生存空間。樹和人一樣，需要一點自由伸展的餘地。我三十年前第一次來北美旅行，看到他們後院、屋旁、路邊的樹，姿態生動，枝條完美，加以粉白黛綠，大有驚豔之感！

美國詩人基爾默（Joyce Kilmer, 1886-1918）的一首名詩〈樹〉，在描述樹的種種後，有兩句壓軸如下：

詩是像我這樣的笨人才做，
只有上帝能造成一棵樹。

這首詩的技巧雖有人風議過，但最後這兩句，讀了使人難忘。樹的自然、樹的美、樹的神聖，豈是我們的作品能夠比得上？

樹到了這個季節，特別令人感激和喜愛。冬天灰色的樹幹及光禿禿的枝條，太接近死亡。秋天的樹，美是很美，但不久就要落葉滿庭階了！春天，則很多樹尚是葉不蔽體。唯有夏天，鬱鬱蔥蔥，給你一種青春感和安全感。有時，你在園中散步，忽然被垂下的枝條在你身後拂拭一下，使你覺得既親切又神祕。像我現在這樣，躲在後院寫作，被這些樹高高圍住，藏在綠色的淵底，即使飛鳥或上帝想臨空來探望我，還要花一些時間呢！

一九九二年七月十二日

可臨視堡的夏天

夏天來了，這個落磯山麓的小城，顯得既美又靜。

大學一放假，兩萬多個開車亂跑、蹦蹦跳跳的學生，一夜間像鳥雀一樣地鬨散。這個山城，忽然寧靜下來。平日車水馬龍的街道，現在看起來是特別空曠；平日擾人的車聲及噪音，忽然代之以鳥語及風聲。

夏天降臨到這依山傍水的可臨視堡（Fort Collins），出落得清新嫵媚。每棵樹已長齊了新枝綠葉，如華蓋、如垂髮，茂盛得使你動心；好像儘量在施展它們的身腰，顯示它們的青春。假如以四季譬如人生，初夏正是雙十年華。這時，每家人家的草地，自五月起已經施肥、灌溉、修齊，現在是一望如茵。而且園中、路旁、坡邊的隱約的花朵，疏落有致。紫色的鳶尾花、白色的野百合、黃色的魯冰，以及醒目的石蠟紅。但在我的心目中，這些還是舞台上的配角，在等待玫瑰含苞的一吐。

在我家落地長窗的外面，院子的右邊，就有這麼幾株玫瑰；紅黃紫白均有，一年只開幾朵。不要小看了這幾朵，它們是我太太一年辛苦的成績。每年當鬱金香謝過不久，我們就盼望它們的花苞，猜度那一枝或那一種顏色先開。我喜歡血牙色；她則鍾愛剛開是白色、漸漸透出水紅色的那一種。每棵玫瑰輪番開出幾朵，夏天也就差不多了。

其實，到了夏天，這裡的戶外活動，除培植花木以外，還多得很。你可以去附近山上或溪邊野餐、釣魚、露營；參加腳踏車行列、爬山或競走。你也可以去湖裡游泳、划船或滑水。這些都只要半小時的旅程。

有一種活動，卻是老少咸宜，那就是聽音樂。每年到了夏季，這小城裡的音樂會，就像雨後春筍，而且大部分是免費。有時在大學池畔，有時在鬧區的廣場，有時在文化中心的石階。由各種樂隊或團體，演奏各種音樂：古典、輕音樂、民謠、搖滾、爵士樂、藍調以及雷鬼（Reggae）等等，任你自由參加。

我們喜歡的是大學池畔的音樂會。這種音樂會常在太陽將落時舉行，開始前半小時，大家攜眷帶小興匆匆地前來參加。有的帶躺椅，有的抱矮凳，有的捧飲料，有的背嬰兒。恤衫、短褲、牛仔、長裙，各式各樣，紅紅綠綠。有人席地而坐，有人躺，有人鵠立。白髮和童顏，打成一片。音樂開始以後，便有人聞歌起舞；有的是寡人獨舞，有的是匹偶對舞，還有是舉手共舞；自由自在，如醉如癡。這時太陽從雲端撒下一張金網，草坪變成綠海，大家在這艘節奏起伏的船上，出神入化，渾然忘機。我常常想，這種和睦、太平的景色，是小城特有的色彩；不是很多城市及國家能夠做得到的。

可臨視堡的夏天，因爲海拔特高，非常涼爽，尤其是早晚。我在此從不揮汗作書，也不高臥北窗。王摩詰：「閒花滿巖谷，瀑水映杉松。啼鳥忽臨澗，歸雲時抱峰。」正是這種境界。在濃密低垂的樹林中，常有一種聲音；在玫瑰初開的早晨，常有一種消息；夏天的神祕，使你捉摸不定。

我總覺得，這裡的春天太短。三、四月間常常雨夾雪，雪夾雨，陰陰晴晴，使你覺得生命的無常。冬天呢？當然是夠長了，但是冰和雪，將你困在屋中，出去還要腳下留神。秋天美是很美，但當樹葉一片片落下，「秋來山雨多，落葉無人掃。」你會掀起一種憂傷，尤其看到最後一朵玫瑰。只有夏天，給你一種年輕的感覺，一個多彩多姿的機會，一片豐盛的綠意及生氣。

一九九二年八月一日

奉獻和回饋

奉獻的範圍很廣。烈士捨身爲國，慈母捨己爲家，以及教師的枵腹爲下一代。奉獻的目的雖異，忘我的精神則同。至於像基督那樣，爲了全人類釘上十字架；或若修女德蕾莎那樣，奉獻一生爲貧病眾生，不是凡人所能做到的。

一般凡人卻可以在財力、人力以及物力方面向社會奉獻。財力或金錢方面的奉獻，不嫌細小。美國人的慈善捐款，據新聞報導，全年有一千四百億美元之多。公司法人捐贈，只佔百分之五，其他都是個人的奉獻。像「救世軍」那樣，在百貨公司及超級市場門口，放一隻小桶，讓人丟進一、二個硬幣。涓涓之水，積成汪洋。我幼時在教堂做禮拜，當奉獻的布袋送到面前，阮囊羞澀，不知如何是好？後來準備了一毛、兩毛，丟進去時，覺得愛心十足。美國人的慷慨解囊，乃世界之冠。全國有三百多個大型慈善機構，經費動輒二、三十億，都是捐來的，但年來獻金的人頗具戒心。像「聯合慈善基金會」的負責人，曾假公濟私一百二十萬。因此，引發了社會的廣泛討論：究竟每捐一元，有多少錢能眞正用到公益上去？有的，只是二毛、三毛而已！因爲用人、宣傳及管理所費不貲。討論過後，捐贈仍持續成長。一般教徒，遵規要捐收入的十分之一，不知道有多少人能夠做得到？但最近公開的總統一九九五年收入及稅金，柯林頓夫婦年入三十多萬元，確實捐獻了三萬餘元。想想做總統眞不容易，除了辦好內政及外交，還要在捐獻方面做人民表率。

人力方面的奉獻，看來輕而易舉，但也不很容易。主要須有時間及恆心。我三十餘年前第一次來美，看到有很多家庭的主婦，每周均撥出幾天去醫院、孤兒院、老人院或教堂作義務工作，覺得肅然起敬。這是中國社會上不容易看到的現象。我們好像只有家庭最重要，出了家門，就漠不關心。我認識一位美國婦女，年近八旬，不論炎暑或冰雪，還自己駕車去醫院做義工。在中國，這樣的老太太，該在家納福才對。美國人志願服務的單位及機會也多；學生可以參加各種環保團體做些清理工作；老年人參加學校、慈善機構做些公益。我常常看見白髮蒼蒼的老人立在冰天雪地的街道，爲小學生指揮交通，覺得精神可佩。許多忙碌的年輕人，騰出周末假日，爲單親家庭的子女，充任遊伴，如打球、釣魚、划船之類，代替離異的父親。他們是「兄長會」的成員，對家庭破碎的小孩，貢獻很大。據統計，美國白色人種中，有百分之二十參加義務工作；受過高等教育者，比率更大。我自己曾經靠了此間大學的獎學金，來美深造；最近十幾年來，也爲學校盡了些義務，奉獻些勞力，也算是一種回饋。

除有錢出錢，有力出力以外，還有一種奉獻較易做到，就是捐物。這些東西，已經用過，但也不能陳舊不堪。衣服、鞋子、電器、家具之類，款式也許過時，功能應仍保持。每個都市，至少有數個慈善或公益機構，可以接受這些舊物。他們可以將其整理、清潔，然後標價出售。低收入家庭，可以便宜購進；售款可充慈善之用，一舉兩得。捐物者不但可以清除廢舊，有人還列價抵稅，可以說一舉數得！最近傳聞，柯林頓曾將一條穿過的褲子捐出，並作價償稅，中國人引為笑談，美國人則覺得無妨。

近年以來，共產及社會主義崩潰或式微，資本家好像愈加心狠手辣。君不見大公司紛紛裁員，總裁及經理則頻頻加薪；他們每年收入包括紅利及特支，常在二、三千萬。小職員僅賺二、三萬元，還被解職。電視上播出一位電話公司負責人，被記者追問受窘實況，痛快淋漓。但這種貪婪之風，令人憂慮。所幸，社會的另一面，還有不少人在繼續奉獻金錢、人力及物力；還有很多人在回饋社會，予人以溫馨及安全之感。前些時，一位在密西西比州的黑人洗衣婦，傾其一生積蓄十五萬美金，獻給該州一所大學作獎學金之用。這位麥卡迪女士，已八十七歲，自十二歲起即開始失學及洗衣，深感未受進一步教育之苦。因此將一毛、兩毛積蓄起來，捐給學校。她這種奉獻，高過回饋，可以說是偉大和神聖了！

一九九六年六月五日

養不教，誰之過？

今春以來，各方對少年問題的討論，方興未艾。先是柯林頓夫人出版一本專書《傾全村之力》（To Take a Village），以及在專欄裡討論。接著是總統本人提出少年犯罪問題，及其對策。華盛頓林肯紀念堂前面的大聚會，爲兒童及青少年請命及聲援。科羅拉多州州長及議會，亦要立法或採取行動，保護少年、控制罪犯等等。報章雜誌及電視，更是議論紛紛。今年總統競選前，恐怕會將此一問題，列爲雙方辯論要目之一。

如果看看有關這方面的統計數字，就知道事態的嚴重性。少年罪犯的逮捕率，從一九六五到一九九二年，已增加了百分之三百五十。現在，每年約有六千學齡兒童或少年，被殺或自殺。平均每一個半小時，就有一人喪失寶貴生命。據一九九三年全國調查，百分之十四高中男生說，他們在過去三十天內，曾攜帶槍械。另一調查顯示，每年有二百八十萬十二至十七歲青少年，在前一年離家出走或出走過。而且，吸毒率，自一九九二年起，也在顯著增加。海洛英的銷量，最近增加了百分之二十七。如果，我們從家庭及經濟方面統計數字來看，也可猜測這些少年問題的種因。據聯合國兒童基金會報告，美國五個兒童中有一個生活在貧窮水準以下；其中百分之五十，不及貧窮水準的一半。美國的單親家庭，爲世界之冠。據電視台報導，全國有九千七百萬家庭，單親者佔百分之三十至四十左右。

家庭破碎、貧窮，已經是釀成少年問題的溫床。加上電視、電影中的暴行等，似乎使犯罪的年齡，愈來愈小。加州、科羅拉多州，以及芝加哥等地，均發生十多歲，甚至七、八歲幼齡，殺死嬰兒的報導。這種駭人聽聞，似有塵囂直上之勢。徒憑嚴竣的立法和手段，如將少年犯當成人犯審判，以及夜間禁止青少年出門等等，僅僅是治表措施。根本之計，在於教導他們如何養成愛人愛己、自尊自律的價值觀念。前幾年，這種家庭價值及社會道德的問題，已有不少人出書討論。如前副總統奎爾的暢銷書《美國家庭》（The American Family），以及前教育部長班乃德的名著《美德書》（Book of Virtues），提出家庭價值的重建；以及培養同情心、友愛、誠實、了解別人觀點、自律等等的重要。

兒童及少年，本來是天眞爛漫，爲什麼會變得面目可憎，使人側目驚心？第一是家庭問題：缺少父母的愛，缺少悉心的照顧。父母太忙，沒有時間和子女作伴。單親者，更是疲於奔命，無暇顧及教導。小孩們下午三點放學以後，乏人照料，去街上閒蕩，學了不少壞事。我常常想，家庭破碎，由父母造成，子女則平白接受苦果。爲什麼子女沒有權利可以阻止破碎？現在，連小貓、小狗都有所謂動物的權利（animal rights），唯獨小孩沒有！另一方面，很多較好的家庭，對小孩過分寵愛，不加約束，任其予取予求，長大了變得驕橫豪奪，稍不如意，無法自律及克己，釀成大錯。第二是學校問題：現在的學校，常將自由和放任混爲一談。很多採取不聞不問的態度。教師們對學生在課堂上的散漫及不當行爲，視而不見。電視上看到教師們也在訴苦，說學生不聽話，如果管得太嚴，會造成殺身之禍等等。其實，這種情形，不是一朝一夕所養成。所謂冰凍三尺，並非一日之寒。兒童心理學家、教育家重寬不重罰的主張雖好，就看如何執行？雜誌上記載，有一家長因學校中有偷竊事情發生，前往查詢。教師不准用「偷竊」兩字，恐有傷自尊心，只能用「不合作的行爲」（uncooperative behavior）來代替，使得這位家長啼笑皆非。如果學校不能恪守黑是黑、白是白的原則，如何使學生能辨認黑白及是非？第三個問題是，社會及大眾的教育問題，大家討論得很多。如電視、電影的暴行及黃色，影響兒童心理至鉅。幾個月前，世界聞名佈道家葛禮翰（Billy Graham）在退休演說中指出，我們在這方面深入歧途已太久（long way to the wrong road），眞是一針見血。現在柯林頓總統提出在電視上裝置開關，也只是一種權宜之計。總之，美國兒童及少年，在家庭、學校、社會三方面教導缺失下，造成一個極大的危機。其後果，誠如《新聞周刊》所說，像一顆定時炸彈。

回憶我們在小的時候，家教甚嚴，不敢逾越。例如祖母要我每天清早，寫大小楷各一頁，不論寒暑。有次新年初一，我偷懶亂塗未寫，遭到責罰，以後學到恆心及自律的重要。在小學高年級時，老師常常提醒我們，將來是國家的主人翁，覺得很有榮譽及責任感，心中總存有一個好與壞的標準。那時，社會上的種種，因傳播不發達，我們也不甚知道；所聽到的，也是好的和善的一面。至於後來管教下一代，雖然詩人余光中曾寫過，說我管教孩子如老莊；其實，我給他們的是自由而不是放縱。善惡分明、有賞有罰。而且力主言教不如身教，以潛移默化爲上策。現在他們都獲有最高學位，做一個熱愛家庭和有益社會的人，還有何求？當然，那時台灣的大環境，沒有現在這樣亂，學校也嚴，都有幫助。

現在美國，做父母不易，做小孩更難。如何能安然駛過佈滿各種水雷的海面，如毒品、幫會、出走、愛滋病等等，到達成年的彼岸？這種難題，極需要家長、教師、社會三方面的舵手，合力領航才行。否則，養而不教，三方面均有不可原宥的過失及責任。

一九九六年八月十一日

偏見和偏心

英國散文家蘭姆（Charles Lamb, 1775-1864）曾經說過：「坦白地講，我是一束偏見——由喜愛和厭惡組成。」（I am, in plainer words, a bundle of prejudices–made up of likings and dislikings.）這話說得坦白又中肯。由於教育、見識、信仰、經驗，以及環境等等不同，沒有一個人能夠完全免於偏見。我們常常在電視或報紙上看到，大如以色列及巴勒斯坦半世紀的鬥爭、波士尼亞五年來的戰事；小如吾國立法院的打架等等，覺得雙方如果拋棄偏見或成見，即可天下太平！其實不然，偏見或成見，往往根深柢固，不易消免；一旦變成主張或信條，更是貫徹始終，難有寧日。

想想我們在日常生活中，對很多事物，也充滿偏見。喜歡這個，厭惡那個。喜歡去這家超級市場或公司購物，不愛去另一家——雖然那家在大拍賣。又如對某一電視節目或角色、不屑一顧，不管有多麼精采。在社交方面，偏見也不少。如不喜歡花言巧語之輩、高談譁眾之徒等等。也許只是文化不同、教養有別，並不涉及人格上的缺失；也許是我們自己太拘謹之故。記得我初到加勒比海的牙買加國工作，看到當地同事隨身攜帶無線電，聞歌起舞的樣子，不禁側目而視。其實，這是他們從小愛音樂的習慣，和他們做事的精神無關。但和我這種受過孔孟教育、循規蹈矩的人不同而已。但待久了，看慣了，偏見也漸漸消除。

文化和信仰不同，確會造成偏見。《聖經》上亦有外邦人的說法。我三十五年前第一次來美國見習，住在很多偏僻的小鎮上。尤其在南方，覺得他們禮貌雖好，不太親切。也許他們視我為外邦人，不信主。一旦我跟他們去上教堂，跨進大門，一切距離立即拉近，偏見及歧見，頓形消除。以後，受他們的邀請，使我大有應接不暇之勢，而他們也感到東方人和西方人可以和睦相處。當然，現在美國社會，對不同宗教及族類，更加開放及容忍。

談到民族間偏見，我想我們中國人，由來已久。從前的「南蠻北狄、東夷西戎」，不去說它；很多人到現在還稱西洋人為洋鬼子，黑人為黑鬼；叫印度人為印度阿三，白俄為癟三等等。甚至對自己的同胞亦然。上海及江南一帶人對長江以北的同胞，稱呼很不恭敬。這些偏見或歧視，大多因為自己太閉塞之故。我有一位在大陸上的親戚，曾對我說：「住在美國好可怕啊！在街上隨時有被黑人槍殺的機會。」如果他接觸多了，見識或體驗多了，就不會有這種偏見。我想，將來傳播及電視事業的發展，會漸漸消滅這類種族間的歧視或偏見。

時代及年齡的不同，也會緩和偏見。我在二、三十歲時，對老的、舊的、成規的，都不歡喜。寫新詩，不愛舊詩；追求新知，不愛傳統。記得有一次梁實秋先生對我說：「欲求新詩的發展，應該要多多讀舊詩。」當時，我頗不以為然。但過了很久以後，我才悟到傳統的特色，以及每一個國家固有文化的重要。

由偏見即想到偏心。天下有很多父母，因爲子女太多，免不了對其中一、兩個特別偏愛。長男幼子，或是眾男一女、眾女獨子等，獲得父母的寵愛。這種情形，在其他子女幼小的心靈中，常會引起不平。爲什麼父母偏愛的幾個，能予取予求，其他的落爲「二等國民」？猶有甚者，父母不但偏心，而且「偏恨」，對子女中一、二個，作發洩對象，類似虐待。這種現象，在舊式中國家庭中常常存在。其原因，頗爲複雜。可能由於迷信；可能是小孩長相不好，頑皮，或生不逢辰；也可能是父母間感情變異。這種受到不平待遇的子女，卻往往會像卡通中一樣，不是灰姑娘，就像醜小鴨變成了黑天鵝。我們不提倡「棒頭上出孝子」，希望天下父母，不要太偏心！

偏見和偏心，世所難免。能夠反躬自省，豁達開朗者能有幾人？我幼時常聽長輩說：問問你胸當中的良心。有一晚，我摸摸心，感到偏在一邊，覺得是一大發現。白天急急告訴大人。他們卻笑著說：小傻瓜，心本來是偏在一邊的！

一九九六年十一月十六日

歲月有情

「歲月無情」，是我們常用的感嘆辭。英雄頭白，美人遲暮，好像都是被歲月蹧蹋的。其實，歲月是最公平不過的——你增一歲，我添一年。人如此；庭前的樹如此；你的寵物，一隻貓，一隻狗，無不如此。有一人家，在第一個孩子未出世以前，飼養了一隻金毛獵犬。後來這女孩和這頭犬同睡同起。過了十多年，寵物老邁而死，女孩哭得傷心。母親卻泰然地說：牠已經很快樂地在天堂裡了，你不是也長大了嗎？女孩睜大了眼，感到安慰，又好像在憧憬些什麼。

歲月就這樣地把我們推向一個未知，使我們對來日感到好奇而興致勃勃。年輕的果然嚮往美好的明天；就是年長的，回憶過去的歲月，有喜有悲，並不全然是黯然傷神。

想一想幼年的歲月，兄弟姊妹像一群麻雀，爭舌爭食；一旦有外侮，則一致向外，感情忽然間增進了不少。有時你犯了錯，姊兄幫你掩飾一番，使你覺得手足之情，沒齒難忘。到老年相遇時，還會咀嚼一番。這不是很有情意嗎？如果幼小時，尚有青梅竹馬，兩小無猜的境遇，回想起來，不更夠味嗎？

想想青少年代，爲了一個影子，爲了風中傳來的一聲笑語，遐想不斷，甚至廢寢忘食。有時期待樓窗上的一閃娟秀，久立癡候，不肯歸寢。眞如黃仲則詩：「幾回花下坐吹簫，銀漢紅牆入望遙，如此星辰非昨夜，爲誰風露立中宵。」這種情景，回憶起來，不是也很有情趣嗎？

等到眞的談起戀愛來，那些歲月，好像浸在蜜裡，浸在玫瑰液中。對方的一舉一動、一顰一笑，都具特殊的溫馨和醇味。世界只不過是一個特設的舞台；黑夜也會變成白畫。像莎劇中羅密歐所說：

她兩頰的光輝使眾星慚愧，
像白晝壓倒燈光；她的眼睛
在天上閃出一片光芒
使鳥雀以爲長夜已闌開始歌唱。

等你進入「走來窗下笑相扶，愛道畫眉深淺入時無？」之境，那種歲月，天長地久，海枯石爛。沈三白《浮生六記》中描述和芸娘的種種纏綿，雖然寫的是平凡男女，卻代表我們一般夫妻的鶼鰈情深。

生男育女以後，丈夫去「浮梁買茶」，或宦遊四方，和妻兒睽別。這種分離的歲月，當時很苦悶，安然歸來後回想起來，也很甜蜜。杜甫「遙憐小兒女，未解憶長安。香霧雲鬟濕，清輝玉臂寒」之句，既情深又意切。

當你交遊四海，廣結善緣，「江漢曾爲客，相逢每醉還」的年歲，朋友之誼，豈在兒女情長之下？我們一生中有許多朋友，如山一般穩重可靠。當你在心境黯然之時，失意落寞之日，驀然回首，他們會像山那樣，總在那裡等你。和這些朋友交往，雖然形影遠隔，總是靈犀相通。這些朋友，可能和你有職業上的關連性，或是從事類似的工作。當你在躑躅苦思之時，常常覺得他們就在身旁。誠如美國詩人佛勞斯脫（Robert Frost）在一首詩中所述：「人工作在一起，不論他們在一道，或是分離。」一生有幾個知交，不是也覺得很有情意嗎？

到了「山愛夕陽時」的年齡，老伴還能爲你噓寒問暖、理炊端茶；兩人還能品嘗人生餘味，重拾悲歡歲月；莫逆於心，相視而笑。人生到此，尚有何求？如能兒孫繞膝，更是逸興無窮，誰說「歲月無情」？

對年輕的一輩來說，未來歲月，確是千載難逢，多彩多姿。前面所述的那個女孩，可以經過電子郵件（E-mail）和未曾謀面的朋友，互道傾慕；可以在螢幕上和千里迢迢的知己，時常見面；可以憑藉電腦的虛像眞傳（virtual reality），和天涯海角的膩友，擁抱接吻。她如果願意，也可和死去的愛犬，朝夕相會。到了下一世紀，你不會覺得孤獨，歲月也不會枯燥無情。

到了二十一世紀，醫藥更加發達，使老化遲緩。報載，人類可以活到一百五十歲。並且，以整容及化妝手術，使你臉無皺紋。那時，歲月不能在你身上起多大作用，青春常駐。到那時你也不再說「歲月無情」；我們且拭目以待。

一九九七年一月十五日

劍道即人道

我愛戲劇。年輕時參加過話劇演出。早年也曾寫過兩本歌劇。其中《孟姜女》，由音樂家李永剛譜曲，惜未上演。我之得識於梁實秋先生，亦因戲劇的關係。青少年代，也很愛看電影，只是阮囊羞澀；以後，則因工作太忙，上山下海，又要寫詩撰文，難得涉足影院。電視普遍以後，原可足不出戶，觀賞影劇，但我不喜歡鬧劇，不喜歡純粹娛樂性影片，偏愛有啓示性及有意義的作品。揀精挑肥，剩下來要看，又能記得的影片，可以說是鳳毛麟角了。

可是，有一部在四十年前看過的電影《宮本武藏》，給我印象至深。我還記得，看過不久後，和詩人余光中、吳望堯等談起，他們聽得津津有味。從此以後，他們兩人對日本古裝電影的入迷程度，更勝於我。

《宮本武藏》是根據日本吉川英治的小說拍成電影，由東寶公司製作出品。導演好像是稻垣浩。劇中主要描述日本江戶幕府時代、不同背景及作風的武士的遭遇。兩個主角是宮本武藏和佐佐木小太郎。前者由三船敏郎扮演，後者由鶴田浩二擔任。兩者皆是日本的大明星。女主角乃八千草薰及岡田茉莉子。電影共爲三集，分三次演出。第一集《宮本武藏》，介紹宮本年輕時的撒野和好鬥，有勇無謀，描寫他未成武士以前的種種，穿插了愛情故事——兩個女子都鍾情於他。到了第一集落幕時，宮本被關在一個閣樓上，修心養性，一關就是三年，八千草薰所扮的女子，在附近的一座橋邊也等了三年。第二集是《一乘寺決鬥》，宮本訓練出來以後，一改野性，但要成爲武士，還要出外磨練。他這時對愛情還難以接納，志在遊俠四方。在這集中，初次介紹宮本的對手佐佐木。先以其長劍「扁擔」作引子，再以其風流瀟灑，及一舉削人頭蓋的特技出招，效果極佳。這兩位勁敵，起初常常照面而不接觸，增加了懸宕的氣氛。有一次宮本被眾人四面圍攻，佐佐木遠遠作壁上觀；看到宮本退入山邊的泥濘稻田，使進攻者落步爲難時，即喃喃有辭：有救了，有救了。足見佐佐木非同凡響。集終前，宮本將敵人擊倒在地，但手下留情，不去殺他。因爲想起一位老和尚及他愛人的話：要有情義及人道！最後一集《決鬥巖流島》將兩個不同信念及作風的武士對照得淋漓盡致。宮本是苦修、克己，及慈悲爲懷；佐佐木則急進、浪漫、爲名爲利。幾次佐佐木要逼宮本決鬥，宮本託故迴避。最後，兩人在巖流島的一個海灘上決戰，使觀眾在屏息凝神以外，還感到意義深邃。因爲，宮本被迫格鬥，他不用劍而用划船的槳——臨時在渡船中削木而成。用意似乎在暗示「仁者無敵」，不必依賴尖銳的武器。上岸後兩人遭遇不久，旭日在宮本背後升起，使佐佐木面對強光，無法逼視。兩人相持不下，再三交鋒，但方向始終不變，這對宮本有利。到最後，佐佐木劍鋒起處，宮本額角掛彩，佐佐木以爲命中要害，冷然一笑，但隨即龐然倒地，使觀眾大吃一驚，原來宮本的木棒，已將佐佐木擊死！這一場決鬥，究竟是耀眼的陽光對佐佐木不利？還是宮本技高一籌？或是他善用天時和地利？使觀眾猜摹不定，回味無窮，這可能是這部電影及導演的精采之處。劇終時，宮本乘原船而歸，黯然落淚，似有英雄惜英雄之意，也暗示他有放下屠刀，解甲歸田之意。

我從未讀過這部小說的譯本，這集電影也看了有四十年，很多細節，已不復記憶，但覺得這部電影從頭到尾，氣勢磅礴，情節緊湊，終場尤其激盪。不若很多長片，後來往往是狗尾續貂，使人失望。尤其覺得這部電影中的啓示很多，東方式至死不渝的愛情，不去說它；最最突出的是「劍道即人道」。武藝高強，不能隨便欺人。可惜日本人不能遵守武士道傳統，曾經侵略中國，亂殺國人。即使以海峽兩岸近來發生的事件來闡說，有了核彈、飛彈，也不能隨便壓境，一切要從人道、人權的立場去著眼才對。另外一點啓示——人需要鍛鍊及琢磨，像劍一樣。逆境有時對人、對社會有利，可以激起發憤圖強之志。一味享樂貪歡，將會衰敗，如劇中很多武士的下場一般。個人如此，國家也是一樣。

一九九七年三月十二日

書評家難做

作家大多數對書評家缺乏敬意，尤其受過惡評。認為自己絞盡了腦汁的傑作，卻被他說得一文不值。創作豈是件容易的事！賈島「吟成一個字，撚斷數莖鬚」，以及「兩句三年得，一吟雙淚流」等，可以說由心頭到筆頭，何止千里？而評書者可以信口開河，漫無邊際。錢鍾書好像也諷刺過，說有了書評家的本領，書可以看不上幾頁，議論已經發了一大堆。指書評家套套理論公式即可，不必細讀原著。詩人艾略特（T.S. Eliot）也曾說過：「對大多數批評者而言，我們只能期望他們因襲或模仿（parrot）前人的唾餘。」意思是：能夠自出機杼，具有創見者，似乎不多。

我倒是很同情批評者。覺得這種工作不容易做，也不容易討好。要做到眞知灼見，使人折服，實在難能可貴。有人認為評者如無實際經驗，常常會瞎子摸象，謬以千里。歌德嘗言，不知工藝之製作規程者，不足以言評。可是，評者需不需要親身經驗是一個常常爭議的課題。例如，是否只有詩人能評詩？或者不寫小說者就不能評小說？我想，雖然我們不應以偏概全，評者如果有寫作的經驗，對他的評論確有很大的幫助。不會游泳的如何做游泳教練？美國足球評播員常常是退休的球員。也有人說過，好的詩人可兼爲批評家，不是一句過分的話。詩人精簡用字，銳察人生，有了這種經驗，如願兼寫書評，當可事半功倍。

除有經驗外，書評家還要博覽群書，學貫中西。作家就不一定要有這種條件。創作多憑觀察、領悟、直覺及性靈，無關書也。所謂「磨鐵可以成針，磨磚不可以成針」。批評家的要務，如艾略特所說，在於比較及分析。比較要能舉出實例，如果沒有讀過大量作品，就無法博引旁徵。分析要有披砂揀金的學養，如果黑白不分，如何能使作者及讀者折服？

除經驗及學問以外，書評者或批評家要對作者有同情心，要有好心腸，而且要有耐心。肯讀好的作品，也肯讀未成名的作品。這樣才能做到野無遺珠。如果書評家覺得自己高高在上，順我者捧之上天，逆我者貶入地獄，則不但有失公允，而且貽害大眾。如果書評家不針對作品素質，明察細論，僅僅無的放矢，也不能取信讀者，更何況使作者悅服。富有同情心，能使作者及讀者感到溫暖及受益；一味譴責，則使人嘔心。美國女詩人畢小帕（Elizabeth Bishop）曾說：我看過一本文學評論季刊以後，一星期不想讀一首詩，更不論寫詩。評者應該謹慎執筆。

最好的批評家，可能還要具有衛道的精神，看到不公平的批評，還要能挺胸而出，黑是黑，白是白，討還公道。好的批評者，應該要像名詩人兼批評家賈拉爾（Randall Jarrell）所言，要能說出朋友的壞處，敵人的好處。（Speak ill of friends and well of enemies.）這當然是談何容易？尤其是在一個講面子和人情的社會裡。

最後，一個好的批評者或書評家，本身應該是一個讀者，一個「讀者中的讀者」。他能夠指出一般讀者所看不到的東西，而且願意做一個作者和讀者之間的中介者或橋樑。評書者憑他的讀書本領、智慧、人生經驗爲讀者及作者服務，藉此提高整個社會的鑑賞、創作及文化水準。

如此說來，書評家實在難做。他要讀書破萬卷；要對所評的具有親身經驗；要有同情心及正義感；而且要爲讀者及作者服務。這樣理想的人物，何處去找？有人說，現在很多年輕的文學博士及碩士，自己不寫作，就想去做批評家，用晦澀的術語，發發議論，提高學術地位。這雖然是一句挖苦的話，也可以看出社會上對批評家的一般錯覺。

從上節所提書評家的條件來看，在我認識的朋友中，能有資格稱得上「家」的，恐怕也只有少數幾位，然而，又有多少人，能眞正是傳世的作家？作品的質與量，稀薄得像禿頂上的幾根頭髮，理不理髮，都無關宏旨。準此，我退而求其次，誰能在我的書的邊緣，加註或眉批，說些眞心的話，我已經感激不盡了。我自己則不敢寫書評：褒詞對作者永遠是少了一句，貶語則一句成仇，書評家不是我所能勝任及擔當的。

一九九七年四月九日

別人的書房

如果探望親友，我常常在潛意識中要一探他們的書房。有時如願以償；有時則難以啓口。從書房裡，我可以看到主人讀什麼樣的書，有什麼樣的習慣，甚至有什麼樣的癖好。如果容許的話，還可以抽幾本書來瀏覽一番。

書房和客廳截然不同。客廳是裝飾的、是爲了訪客；書房是實在的、純粹爲了自己。因爲書房不加掩飾，大多反映了主人的特性。整潔的人，書房中井然有序，一塵不染；瀟灑的人，東堆西置，脈絡可尋；散懶的人，雜亂無章，積重難反。至於交遊廣闊者，贈書及照片到處可見。有收藏癖好者，則將同一類的物品排比紛陳。喜歡書畫的朋友，牆無餘白。一個現代人的書房，則少不了電腦、傳眞機及影印機之類。

說來也不信，這麼多年來我到過別人的書房頗爲有限。客氣的朋友，只能在他客廳中清談，無法登堂入室。很多熟悉的同事及友人，又把書留在辦公室，他們回家只是軋草、修車及照顧小孩。家中設有書房的人，似乎愈來愈少了。

我離開台灣近三十年。每次回去也只有短短數周，很少有機會進入別人的書房。只記得詩人余光中在廈門街故居的書房，長長一條，書櫥從地板直達屋頂，整潔充實，一如其人。進入他的書房，有進入一個書城之感。他在香港的書房，面山臨海，明窗淨几，不知羨煞了多少詩友！我住在台北安東街時，和梁實秋先生僅一箭之遙。我常常去看他，卻從未踏入他的書房。他有很長一段時間，因爲患痔，每天從早上到午後，站著翻譯或寫作。想像中必定有一張牧師用的講台，可惜未能進去一探究竟。後來他在四維路的書房，因爲設在進門處，我倒有緣一見，覺得高敞廣亮，好像他的前額。最最印象深刻的是詩人羅門、蓉子的「燈屋」。除了各式各樣的燈及陳列的現代畫以外，他們的書好像從樓梯進門處擺起，直到走廊、客廳、廚房及臥室。可以說是人書雜處。這兩位伉儷詩人數十年來一直生活在書堆裡。

近年來卜居美國，很少出去旅遊及訪友。只知道以前的同事及同庚李費蒙（牛哥），收藏有各式各樣的牛的模型，古典現代、金玉俱備，總數在一百隻以上。想必他的書房（或畫室），眞正是「汗牛充棟」，蔚爲大觀。聽說散文家思果的書房裡，備有健身器械，寫累了就去鍛鍊身體。房中可以「允文允武」，主人可以長壽健康。

最近我去洛杉磯探親。我親戚的新書房已經是名存實易。他已經將書放在別處，將書房裝成一個現代的辦公室。電話數架，傳眞機二十四小時開著，還有影印機、印刷機等等，樣樣俱全。我兒子的書房，因剛搬家，還是一切待理。照片和畫還未掛起，光碟和錄影帶到處陳列。他是資訊專家，又涉企管。因此，管理和人力資源以及資訊方面的書籍與雜誌很多。我順便抽閱了幾本，卻不能釋手。

例如，有一本企管的書中談起：在上者要做領導（leader），不要做老闆（boss），看起來很簡單明瞭，做起來則不甚容易。在上者應該爲人表率以外，還要放下身段，與同僚和衷共濟、患難與共，不可一味發號施令。被領導的人，也不能唯唯諾諾，一味奉承。我們常常把領導和老闆混爲一談。多少年前，我曾聽到稱總統爲「今上」，覺得很不自然。還有一本書裡討論美國總統，說是總統如要做得成功，他必須學習如何有效地應對國會。又說，說服的能力和認同的技巧是總統使用的工具，他不能固執逞強或無限的給予彈性。我讀了，覺得很有啓示。

在一冊資訊的期刊中，提到了智慧資本（intellectual capital）的可貴，並舉出了兩個例子。第一是提到石器時代的一個民族克羅馬格能（Cro-Magnon），因爲他們發明了一種粗放的月曆，還能認知紅鹿遷移的時日，在鹿群渡河時，大大斬獲；迫使其他隨機狩獵的民族，難以生存。另外一個例子談到電腦軟體之王比爾·蓋茲（Bill Gates），登出他在一九七六年二月的一封公開信，信中說他和其他兩個合夥人，花一年時間及投資四萬元做成的軟體，被人盜版，他們的報酬，僅僅是兩塊錢一小時。誰想到在短短的十多年中，蓋茲變成美國的首富。智慧資本，有以致之。

另一本書裡談及過去的教訓，應作爲將來的參考。用「瑞士的錯誤」（Swiss mistake）爲例。瑞士的錶向來馳譽全世界，霸佔市場。國內從事製錶業者，共有六萬二千人。他們對機械及發條錶，精益求精。到了一九六八年，也首先發明了電子錶，但不爲同業所採納。一錯再錯，在次年世界鐘錶展覽會中，予以展出，為日本精工社襲取，因此市場一落千丈，製錶者失業率為百分之八十。墨守成規，堅持既得利益者，應以此例為戒。

我在短短的幾天中，瀏覽到的知識，不是平日可以獲得的。雖然我常去圖書館，只是找尋本身職業及文藝方面的書籍。其他的浩瀚似海，不知從何處登筏。我自己書房裡的書，有贈有購，既已擁有，可以慢慢讀來；有的甚至原封未動。倒是別人的書房，隨手取閱，得到意外的收穫。蕭伯納說：「任何國家的書，鮮有值得一讀者。」以他的博學，可以誇言如此。對我們一般人來說，應該是「開卷有益」。但正襟危坐，有時一無所得；無心閱覽，卻覺得學問及眞理，俯拾皆是。

一九九七年六月二十七日

都是電腦的錯

丹佛報紙上最近有一則趣聞：一個酒肆的老闆，韓國移民，去銀行存款，順便問起帳戶結存。銀行告訴他有一百二十萬。他不信，回家後又打電話去銀行的會計部門，還是回答說有一百二十萬；並且說：「這是你的錢，可以領出。」這位誠實的韓國人，一再要求查明。銀行才發現這是電腦的錯誤，多了幾個零。

像這種錯誤，現在已很普遍。如一個月的電話費，開出帳單來有幾千元。訂了機票，班次弄錯。預定的旅館，沒有房間等等。等你弄清楚時，答案千篇一律——電腦弄錯了！

電腦及其他高科技帶來了不少方便，也使人愈來愈依靠它們，愈來愈懶於思考。三十年前，我初到加勒比海的牙買加工作，去郵局買郵票，常常找錯錢。一個英國朋友譏笑說，本地人教育太差之故。我現在發覺，美國的郵局職員，也好不了多少，他們大多數是大學或中學出身，問題究竟在哪裡呢？美國的中學生，不能背乘法口訣表的不在少數，因爲他們用慣了計算機及電腦，按按號碼即可得到結果，何必苦苦去背誦？好像從前我們在中學時代的一首打油詩：「人生究竟有幾何？何必苦苦學幾何，學了幾何又幾何？」事實上，我們還是好好地學了幾何。現在有很多速食店，販賣時只要按幾個餅、幾杯冷飲，價錢就自動算出，不必操心。似乎電腦的軟體，愈來愈周全，這種「黑盒子」（black box）作業，也愈來愈盛行。像大學研究所的學生，都喜歡用電腦模式（computer models）來寫論文，放入一批資料，出來一些結果。但他們對如何去取得實地資料；如何判別資料的可靠性及適用性，不太講究，或根本沒有經驗。有時不免有「垃圾入垃圾出」（garbage in and garbage out）的現象。我懷疑，這樣的社會將來會不會演變成兩個極端？一個是極頂聰明的少數電腦及軟體專家，一個是唯唯諾諾的一般應用者。如果軟體中有什麼錯，應用的人兩手一攤說：我沒有辦法！電視上曾經透露，現在不但在戰車中設有電腦，連士兵的鋼盔上也附有顯示器，如果一旦電源中斷或電腦失靈，戰爭是否會在中途「叫停」？

我年輕時，不但嫉惡如仇，而且還嫉錯如仇。什麼事情，都要問了又問，查了又查；總希望做到盡善盡美，一無錯失。那時，聽到工廠及軍隊中的一項運動，稱爲「零錯」（Zero Defect）者，覺得應該如此。而且常常告訴子女及後進說：「做任何一件事，應預見可能發生的錯誤，設法避免；不應等到錯誤發生後，再去補救。這就是文明人的不同之處。」年事漸長以後，遇到大錯小錯不少，也就開始容忍起來，且以平常心來對待。

記得二十九年前，遇到一件啼笑皆非的錯事。那時，我剛受聘聯合國，在四月間已接到通知，並向原服務機構辭去職務，全家大小，整裝待發。在五月間忽接到一封羅馬寄來的信，說聘請的事，待到將來再說。眞如青天霹靂，不知如何是好？我原服務的機關，在台灣數一數二，那時已經無法回任；而且同事及親友，已經設宴餞別；都使我覺得無地自容，進退維谷。所幸，當時聯合國在台北還設有代表辦事處，我去找他們，起初也不得要領。幾經電信往返後，羅馬糧農組織總部才回答說：這是一個辦事人的錯誤（clerical error）。後來我去羅馬報到，才知道這封信應該送給我原機關的一位同事，義大利人搞不清中國人的姓名，因此張冠李戴。我想，如果在今天，他們一定會說：這是電腦造成的錯。

這件錯失，只影響個人而已。我想，世界上還有很多錯誤會影響或貽害一大群人。誤傳的信息，不實的報導，常會引起群眾的激動，或國際的戰爭。現在從事大眾傳播者，更要小心地避免錯誤。前些日子，在電視上看到一個報導，說美國有一本歷史書，經審核，發現大大小小有幾千個不實之處。例如，書中說韓戰是因爲原子彈而結束；Sputnik 是俄國的一種飛彈；民權領袖馬丁路得・金恩是在尼克森的時代被殺。最荒唐的是，拿破崙在滑鐵盧戰勝等等；錯到使人難以相信。如果用來教育後代，豈不貽害學子？

說到著書立說，須要謹愼。我最近在美國學術期刊上發表乙篇文章，係和兩位美國同仁合著。刊出以後，卻被一位中國朋友發現了一個不應該錯的名詞，覺得很窘。爲什麼校對幾次都不能發現？而且，又用電腦檢查錯字，編輯也審核過，還有錯失。我將此事告訴了用電腦打字的同事，他也覺得尷尬。不料，另一位同事又指出：連你的姓也被拼錯了！一錯再錯，我不敢打電話給該刊的編輯；因爲，所得到的，又可能是一個標準答案：都是電腦的錯。

我的朋友說得好：錯誤是很自然的，可能有一百種；正確才是人爲的，只有一樁。我聽了，笑對他說：「現在的錯誤只會有一種——都是電腦造成的。」

一九九七年七月二十日

男女無別

「重男輕女」是吾國的習俗。小時候常常聽說：「男女有別」；很多事情好像只有我們男孩子能做。五、六歲時我們打彈珠、滾鐵環，女孩子們偶爾前來旁觀。稍長，男女的分別愈來愈大。除一起上學以外，女孩們常常躲在房間內，不知道在做些什麼？尤其在拜天祭祖時，我們年齡雖小，總排在頭陣拈香、跪拜，讓女的跟在後面，更是覺得威風。

這種舊時的觀念，早已式微。除大陸上因爲一胎主義，男孩還是吃香以外，在台灣、尤其在美國，這種「男女有別」的界限，早已廓清。君不見十多歲的美國女孩，穿戴、舉動和談吐，和男孩無甚區別。男孩能做的，她們也都會。好像每個都是野男孩（tomboy）。如果家長只准男孩去爬山探勝，女的一定會說，這是不公平！家庭、學校及社會對男孩女孩的教育，做到「男女無別」的地步。

這樣培育出來的女孩，到了求職階段，對各種行業均無所禁忌。而且社會上三百六十行，都爲她們敞開，不能有所歧視。不要說是女法官、女醫師及女工程師等職業，現在還有不少女兵、女飛行員、長途大卡車司機、電杆保線員等等。電視上，曾看到一位在培訓中的女消防員，拿了一架雲梯，似乎招架不住，還要男的去扶正，她照樣可以卒業就職。有些男士在抱怨，於謀生方面，女人的路子較廣。由於她們的面貌、聲音及性情，可以擔任很多男士難以匹敵的工作，如電話接線生、公司機構的公關人員、接待問詢員，和社會工作者等等。而且電台和報館多喜歡僱用女記者，因爲她們採訪起來較有競爭力和親和力。當前的婦女問題，並不在於職業難找，而是在待遇和升遷方面。女士們除自己做老闆及自由職業者外，她們的頭頂上常常有一層所謂玻璃天花板（glass ceiling）的限制。這一點，可能是女權運動者必須爭取和突破的。我想不久這種限制也將消除。美國已有女國務卿，台灣也有女部長，亞洲還有幾位女總理呢！

從家庭方面來看，夫妻在新式家庭中已經平等。收益分享，家務分攤。如果兩人都上班，周末分做家事，已是天經地義。我有一位男性親戚、公司老闆，他在家除洗車以外，還要洗碗、洗衣及洗馬桶。我稱他爲四喜（洗）博士。據說美國現在的女孩，找對象的標準是 SNAG（sensitive New Age guy），要找一個體貼、分擔家務的男人。又有很多女子，不願生男育女，要過自由舒適的生活，她們追求的目標是 DINK（double income and no kids——雙份收入但無子息）。當然男方也要同意。現在美國有數百萬單親女子，不論是什麼原因造成單親，她們擔當了傳統上男人或父親的職責，不需要在家庭中再爭取女權。美國在男女離婚時，子女均自然而然地歸給女方，除非女的不具扶養子女的能力及有惡習。而且，所有財產都是對分。看來，在這樣的家庭及法制下，也不需要爭取女權。

除職業和家庭以外，在自由國家，男女的社會地位，應該相等；大家均握有神聖一票的權利，「男女無別」。美國社會上，環境保護的呼聲，不少出自婦女。她們抗議環境變壞，影響下一代，以及愛護動物的女高音，遠較男低音爲多。現在女士們創業的也甚夥。即以少數民族的女士而言，自一九八七年到一九九六年，創業的成長率比一般的高出三倍。現在女士們在社會上的形象，不會如日本那樣的緊緊跟隨男人，或像昔日吾國的避藏閣樓。她們出入有男士爲她們開門、開車、開酒、點菸等等，很少具有女不如男之慨！去年報載：美國年輕女子，已經邁入一個里程碑——她們在抽菸、喝酒，甚至吸毒方面，已追上男孩。又說：「對十多歲的少男少女而言，已無性別上的差異。」這種「男女無別」的趨勢，不但表現在菸酒方面，恐怕在生活各方面，也是一樣。因此，爭取女權的呼籲，在這裡，好像不常聽得到。前些日子，讀到一則新聞，說是在南加州婦女要求「具有使用男廁所的權利」，不禁莞爾！

當然，世界上還有很多國家或地方，因爲傳統或宗教的關係，女子在社會及家庭中地位，遠不若男子。在這些國家，女權應該要積極地提高。但在這傳播神速的時代，守舊者難以摒擋世界的新潮流。我想，不到二十一世紀的中葉，全球可以做到眞正的男女平等。「女權」將淪爲一個歷史的名詞。

一九九七年九月二日

藏書樓和愛書人

——訪南潯劉氏藏書樓

有書房，一定有藏書。但爲了藏書而花費二十多年營造一座大樓，在中國亦稱少見。我幼時即聽說湖州南潯有一著名的藏書樓，係劉姓所有；這一次回鄉，順便去南潯一訪。覺得名不虛傳，當然也有些感想。

藏書樓是劉承幹（一八八一——一九六三）所建。他是晚清秀才，父親是進士，但祖父則係學徒出身。後因經營湖絲而發財。有錢以後，總覺得沒有門第，因此要子孫讀書和力取功名。劉承幹父子兩代，不負祖託，獲得功名，而且建造一座江南的名園，稱爲「小蓮莊」。劉承幹年少手闊，一方面趁辛亥變革前後、社會動盪時，大量搜集古籍；另一方面，花了二十餘年完成這座藏書樓（一九二四年落成）。花費銀子三十萬兩，得書六十萬卷。他的藏書有兩大特點：第一是不著重宋元刊本，而珍藏明清兩代，甚至收了不少被清朝列爲禁書的冊籍。第二是廣收全國地方誌一千二百種。據說在中印發生邊界糾紛時，藏書樓的地方誌，用作最好的證據。劉承幹除搜集古書以外，他又聘人到全國各地歷史文物館，花數年時間，抄回寶貴書籍如《清實錄》、《清史列傳》及《永樂大典》等等，使古今寫本藏書，一時無雙。他的另一種貢獻是雕版印書。出有二百多種，版片三萬張。據說他態度嚴謹、敦請專家校訂。刻書之精，著稱於世。

藏書樓的本身是一座迴廊式、口字型的兩層木造建築物，由七間兩進和左右廂房組成，共有書庫五十二間，面積二、四〇〇平方米。中間有天井三百平方米，作曬書之用。全部是古式古香的落地長窗，以便通風透光，窗上刻有「嘉業」兩字，因爲宣統帝溥儀，曾賜有「欽若嘉業」一匾，因此，藏書樓又稱「嘉業樓」。這座樓的前院，有很大的蓮池及假山，採用太湖石築成，頗費匠心，花園及書樓，共費了十二萬銀元。

我們去參觀時，南潯鎮公所特別請辦公室主任徐先生前來說明。聽過他的解說以後，我第一個問題是：這座藏書樓如何能保存得如此完整？他笑著說，嘉業樓完成後經過三次變革，均能化險爲夷，全靠劉承幹的精明以及藏書樓的名氣。第一次是一九三七年的中日戰爭。因日本漢學家松崎鶴雄在戰前曾受到劉承幹的多次贈書，心存感激，囑他的妻舅牧少將到中國後要設法保護。日軍入侵時，曾燒毀南潯房屋四千九百餘間，此一藏書樓成爲「覆巢之下，留一完卵」。第二次是一九四九年解放軍進入南潯，因周恩來的指示，得到保護。第三次是「文革」的時代，因爲劉承幹早在一九五一年即將藏書樓及全部書籍及雕版等等贈給浙江圖書館；變成公產以後，容易保存。據說當時守護人員將大門緊閉，加強巡邏。並將箱櫥之上，貼上毛語錄，使紅衛兵不能下手。另一原因是南潯鎮很小，如有那家子弟砸了藏書樓，立刻全鎮都會知道；因此，逃過這次浩劫。劉承幹捐出一生所藏的書和藏書樓，也許有其客觀的原因。但因此而得到保存，也可以說是機智之舉。

在沒有進入室內以前，我第二個問題是：保管古籍及雕版有無防蟲、防濕、防火、防塵和防盜的設備？徐先生答稱：全有。也許，他不甚了解我的問題，或不知道我心目中的標準。當我們仔細參觀時，只見一座座的玻璃書櫥，櫥內似放有一些乾燥劑、防蟲劑之類。但櫥門有隙，櫥內頗有積塵。他也未指出有何種防火、防竊，或空氣調節的設施。最使我們驚奇的是雕版充斥書架，沒有玻璃櫥保護。不知是缺少經費？或是因襲舊法迄今，未加改進？因為他不是浙江圖書館的專業人員，我也非此方面長才，不能進一步詢問。我只建議他轉告有關當局，和台灣故宮博物館及中央圖書館等交流一下，看看可作什麼改進？或和聯合國教科文組織聯繫，能否添些經費，保存文化遺產。

對於劉承幹這個人在藏書刻書方面的貢獻，華東師範大學周子美教授認為他是「中國近代史上私家藏書最多，花費精力、金錢最多的一個。」又說：「藏書樓的建築規模更是以上諸家（按：指清代四大藏書家）所望塵莫及。稱其為清代以來，私人藏書家之巨擘，毫不過分。」我心想現代人有了錢，添置別墅、遊艇、醇酒享樂；很少會去造樓藏書，更不會刻印贈書。大家均認為保存文化，是政府的事。這位曾被魯迅稱為「傻公子」的劉承幹，卻做到藏書、抄書、刊書、贈書、愛書，終生不悔。分析起來，雖有其家庭及心理背景，但他對於傳統文化的保存，應該是功不可沒的。

一九九七年十月二十九日

上一代的美德哪裡去了？

和一位朋友談起現在台灣社會上的歪風，使人憂慮和恐懼。他告訴我數十年前在台灣各地所遇到的眞人眞事，使我非常感慨。

他說一九四八年剛從大陸到花蓮不久，去花崗山下買西瓜，他對賣瓜的老人說：今天我要請客人，請你代選一只好瓜，這個賣瓜者認眞地將一堆瓜東敲西打，花了至少十分鐘，然後露出靦腆的笑容，陪不是地說：今天我的瓜都不好，你到別處去看看吧！我的朋友說，賣瓜者說瓜不好，台灣人的老實，使他留下一個深刻的印象。

第二則故事發生在一九六六年的春天，他的那輛機關配用的摩托車忽被偷掉。原本要賠償七千元新台幣，等於數個月的薪水，後來有一同事建議，可以先登報，看看能否贖還。登報後不到幾天，果眞接到一通電話，說是可以用三千元贖還，但必須乘某天某班火車，到宜蘭的頭城火車站會面；一手繳錢，一手交貨，不能有人同行。我的朋友如約前往，一個人迎面前來，他一看，此人在列車上曾經交談過，想必這個歹徒先行查明有無警方人員同行。我的朋友如約繳了三千元，取得機車後托鐵路貨運運回台北。一位中年的鐵路貨運人員，感到詫異，問他說：如果你乘摩托車前來，為什麼不能騎回去？我的朋友即將失竊及贖回的原委和盤托出。這位鐵路服務員聽了極為氣憤，要他立即報警。我的朋友認為已與對方歹徒有約，不想再費周章。這位服務員挺身而出地說：這件事發生在火車站，我有責任報警！這時已值中午，我這位朋友在車站附近用過午餐，剛要上車趕回台北時，那位熱心的鐵路人員，即趕來告訴他，歹徒已在一家飯館中抓到，袋中還藏有三千元，現在將原款奉還。我的朋友覺得辦案如此神速，感激不已，對這位鐵路服務人員的俠義精神，永生難忘。我問道：這個歹徒關了多久呢？他答說，歹徒在監獄中，還寫信給他，好像是要關一年多呢！

最後一則故事發生在一九七三年。我的朋友僱有司機開車，有一天他到台中去辦事，回程經過竹南，已近午夜，因為大雨，他那輛國產車遇水失靈，但這位司機，不知原因，停在路中間東摸西摸，動彈不得。忽然有一輛卡車經過，下來一個四、五十歲的人，幫他們將車免費拖到鎮上的一家修理廠門口，那廠已經大門緊閉，還幫他們叩門求救。一位老師父披衣起來應門，並立即幫他們檢查，不出數分鐘，已經可以發動起程，只要了五十元，收錢時，口中還不斷地說：多謝，多謝，貪財，貪財；顯出很不好意思的樣子。他們前進不到幾公里，又因大水潑濺而停車，正在無可奈何時，有一輛破舊的吉普車駛過。兩個年輕人問起，是不是你們打電話來求救？司機看到救星來了，只好說是。一個年輕人下車以後，同樣很快地將車修復，好像還是配電器淋濕的關係，但要索取三百元。我的朋友在後座佯睡，只聽見司機很機警地說：身上只帶了兩百元；且自認沒有打過電話，又說，前面還有生意在等著你們。這兩個年輕人一邊將錢收起，一邊破口大罵，即使車開得很遠，還清晰可聞。我的朋友很感慨地說：「上一代謙和的美德，和年輕一代貪婪的兇相，剛好作一對比。」他接著又說，這是二十多年前的事了，現在更是變本加厲。

我聽了這三則故事，再思量台灣近年來發生的事情，覺得現在哪裡還有花蓮的那種賣瓜人？即使是大眾託付的公家機關，文過飾非，也不說老實話。年來治安機構不能通力合作，迅速偵破重大凶殺案，對小的案件，不聞不問，哪裡還找得到像頭城鐵路員警那樣，路見不平拔刀相助的俠義之士！至於年輕一代，受時下社會風氣的影響，不但巧取豪奪，尤有視殺人為遊戲者。家庭、學校、社會似乎都出了毛病。

我不禁要問：上一代的美德哪裡去了？

一九九七年十一月二十三日

天羅地網談網路

清早打開電腦，就在網路上收到好幾張電子賀年卡，其中一張從台灣送來，因爲是中文，我只看到 Happy New Year 在閃動，其他都是火星文字。但我可以猜得到內容。美國送來的卡，除文字外，還有一隻鹿在跳舞，非常生動。但在取到這張卡以前，卻頗費周章；必須要拷貝一個領卡密碼，比起愛因斯坦的公式，繁複得多了！

我抄了好幾次才對，那張卡最後顯示出來時，才覺得有趣。聽說有的卡，還可以看到送卡人在打躬作揖呢！這種電子拜年的方式，方興未艾，而且可以送一抵百，省去每年手寫、開信封和郵寄的麻煩。

我聽到網路（internet）這個名詞，只不過六、七年前的事；我曾經翻閱一九九〇年出版的《韋氏電腦辭典》（The New Webster's Computer Terms），還沒有 internet 這一個字，大約在五、六年前，很多年輕朋友，已開始用電子郵件（E-mail）和世界各地朋友作瞬間通訊，使我覺得驚奇。記得我第一次在聖露西亞看到傳眞機，已經覺得神祕，那是一九八八年年初。現在的電子郵件，不用紙張，不落言詮，也不花費多少，可以在兩人之間，閃電般傳遞消息及文件，使我不得不心動。因此，也耐心的學習起來，成爲網路通訊的一員。

當然，電子郵件只是網路的一種功能，其他的也漸漸引我入彀。我也用網際網路（world wide web）去找找資料，讀讀新聞，看看娛樂及體育消息，以及查查氣象和商情等等，覺得琳瑯滿目，美不勝收；但也煞費時間。如果對自己沒有約束，將會跌入羅網而無法自拔。因此，我對自己定了幾條規則，第一，不能逛得太久。雖然我享受免費的網路，卻不能妨礙別人；尤其學生的作業。第二，不參加閒談（chatting）。和陌生人搭訕，會造成糾紛或落入陷阱，你不知道對方是男是女，或是何方神聖？第三，不買東西，生怕受騙。說到受騙，最近新聞報導，美國每年用電訊欺騙的總額，已達四百億美金之多。網路上的騙局，如雨後春筍，而且專門針對高齡人士行騙。即使你沒有電腦，他們也有辦法得逞，何況你有一架不設防的電腦！

現在用網路作廣告的人，也愈來愈多。成本低，效果大，可以使全世界一百五十多個國家看得到。不但公司廠商在網路上大作廣告，私人亦在網路上推銷自己，設立一個網址（website）。據說現在已有十萬多個公私網址，而且以幾個月加上一倍的速度猛增。這類網址，有文字、有畫面、有照片、有動作，也有音響。畫家可以藉此展出一、兩幅傑作；音樂家可以播出新曲；詩人可以刊出新作等等，以引起眾人的注意及興趣，使願者上鉤。這種自我宣傳的事，我不敢做，要待將來大家都做，我才考慮，所以，我暫時不將「自我宣傳」，列爲第四條禁律。

我起初想像，網際網路只不過是一套資訊，好像是你隔壁的圖書館或博物館。如果你不加利用，則對你毫無益處。汗牛充棟，若不開卷，其益何在？一旦你有心涉獵，食指一按，可以網門大開，任你瀏覽（browsing）或研讀。但現在的網路又都有互動性（interacting）。你可以用它和銀行往來、購買保險、請超級市場送菜、函購百貨，以及訂機票、訂旅館、買戲票等等；甚至還可以藉網路求醫。雖然，目前使用的人還不多，趨勢卻已經明顯──網路將打入你的日常生活，隨你有三頭六臂，也難逃它的網眼（net）。

最近美國廣播公司（ABC）在一晚間節目中，訪問了一位八十二歲的老太太 Tasha Tudor，她是著名的兒童書刊及插畫作家，其著作及別人討論她的書籍，已有九十多種。她在二十五年以前，放棄現代生活，要回歸十九世紀。住在佛蒙特州鄉間的一座木屋中，深居簡出，遺世獨立，連無線電都已捨棄。在這次難得的訪問中，她的對答具有高度的智慧、哲理及詩意。使我聯想到已故的著名詩人佛勞斯脫（Robert Frost）。我看得正在出神的時候，播報員卻說：你們如有興趣，可以看看她的網址！突然使我一驚，這樣一位高齡的遁世者，也有網址？翌晨，我花些時間查查，果眞她的資料、作品、照相，甚至用她照片製作的日曆，一應俱全，嘆爲觀止。所謂「天網恢恢，疏而不漏」，現在應該有一種新的含意。當然網路也有它脆弱的一面，雅虎（Yahoo）近日的病毒威脅，使它們難以捉摸，即爲一例。

現在有很多人上網入癮（hooked），每天花費不少時間在東逛西看。據報導，北美有二千四百萬人在最近三個月內上了網路。花費的鐘點，何止億萬！年輕人日夜浸淫，樂此不疲，我卻做不到，也許他們年輕，可以揮霍些青春。我呢？一寸光陰一寸金，要節約地用，要省些時間和精力、眼力，來寫詩作文；或者輕鬆、調劑一下，擺脫網路的糾纏，和老伴手攜手的同去shopping！

一九九八年一月十日

撥鐘入春

入春才幾天，冰雪未融，已經要把鐘錶撥快一小時，因爲一年一度的日光節約時間，又要實施了。

每次要撥鐘，覺得頗費周章，因爲自己總記不清家中有多少隻待撥的鐘錶？暗暗一算，頗爲吃驚，總數要超過兩打！客廳、起坐間、書房、縫衣室、花房，加上三間臥室，已經是大小八隻鐘；還要加上電灶上的，電視上的，錄影機裡的，電話錄音機上的，足足一打。可不能忘記汽車裡的，傳眞機內的，電腦中的，暖氣自動調節器上的，和七、八隻手錶，不是已經有二十四隻了嗎？當然，有的只能聽其自然，過半年可以恢復舊觀，何必多此一舉。但常常在用的，卻不能不加調整。我常常想，現代人要這麼多的鐘錶，有什麼用處？其實，在家一隻鐘，出外一隻錶，不是已經夠了嗎？要守時，不在鐘錶的多寡；要勤奮，也無關日光的節約。可是鐘錶還不斷地增加，有的是電器上附來，我無法割捨；有的是別人贈送，我不能拒絕。這樣，家中的鐘錶總是有增無已。

說起送鐘，中國人認爲和「送終」同音，大家避諱。我家的三隻大鐘中，倒有兩隻是別人送的。掛在花房裡的一隻是我讀研究所的指導老師所贈。他是國際著名集水區治理專家。曾經去過台灣，對台灣今日治山防洪的政策及試驗，貢獻很大。對我的獎助及提掖，不遺餘力。他暇時喜作木工。二十年前，曾經送給我一些掛飾，他退休以後，又送我這隻木鐘，上面鑲有楓樹、櫸木及板栗等等葉子及種籽浮雕，看上去既自然又美觀。我們一直把它掛在花房裡，和花草相映成趣。

第二隻鐘是我四年前去緬甸舉辦講習班時所接受的禮物，由林務署署長親自贈給。那時，緬甸剛剛對外開放不久，很歡迎外賓。他們又具中國尊師重道的傳統，學生對老師十分尊敬。一位在美國受過我們教導的學生，臨走時跪下來磕頭，說是受益謝恩，使我覺得很窘。想想別國的學生，絕不會有這般眞誠。緬甸的官員們均穿長衫馬褂，彬彬有禮，別有一番氣氛，好像是我們民國初年的景象。這隻鐘的本身由一個花樟的瘤鋸成，精巧的一片，中間深赭，外緣淡黃，非常出色，我們把它放在客廳裡，可以有目共賞。

我家的這些鐘，不是用電就是用乾電池。有聲若無聲，不鳴也不休。好像個個是注目但不饒舌的旁觀者，在觀照我們的生活起居。從前在國內，我們也有過用發條、會準時敲打的鐘，遇到心情不佳或心事繁重時，會敲得使你心驚肉跳或掀起老大徒悲之感。即使滴答之聲，在午夜夢迴時，也會使你恐懼或失眠，使你聯想到像希區考克電影中的槍聲將響、或炸彈將發。當然悠揚的鐘聲，也會使你有飄然出世之感。有一次，我去德國南部的一個小鎮開會。晚間因爲疲倦倒頭就睡，一無所聞。清早忽被鐘樓的叮噹聲敲醒，不但不覺得懊惱，反而產生一種不期的快感。在台北時，也曾有過一隻咕咕鐘，每一刻鐘，有一、二隻鳥出來咕咕一番。那時孩子還小，大家覺得很有趣，後來漸漸聽而不聞。有一天鐘壞了，又覺得空洞和寂寞起來，希望重購一隻。但有一次到了日內瓦的鬧街，聽到眾多商店裡的咕咕鐘，非但滴答不斷，而且百鳥爭鳴；從此，打斷了買這類鐘的意念。

無聲的鐘用之日久，漸漸會沒入記憶之外，使我聯想不起發生的事情和發生的時間，渾渾噩噩，林盡不知年。除非有特殊的事件，使你不得不牢記時間。回憶半世紀前，一位年輕的好友，臨終在病床上，念念有辭，忽然嚥氣，生命中斷，而他腕上的手錶還在分秒前進，一看是下午一點十七分，此情此景，終生難忘。

這類無聲的、存在記憶邊緣的鐘錶，在撥快時間的剎那，又恢復了它們的眞實面貌。有的也恢復了它們急促的跫音，好像在告誡我，春天已屆，要早早起床，要好好欣賞周遭，不要蹉跎時光。在這復活節的前夕，使我想起英國詩人浩司曼（A.E.Housman, 1859-1936）一首詩的最後兩段如下：

人生只不過七十歲，
雙十年華一去不復回，

從七十裡減去二十個春季，
僅能剩給我五十而已。

看盛開的花，如火如荼
五十年實在太嫌短促，
因此，我還是到樹林内
看櫻花與雪同輝。

一九九八年五月十三日

偷閒

據說閒暇是近代文明的產品。在二十世紀初，除非是僕役如雲或蓄有家奴的家庭，一般芸芸眾生都是終年工作，或爲三餐忙得不可開交。尤其在不景氣的時代，中等家庭，那有什麼閒暇？即使到了抗戰時期，以及台灣光復不久，公教人員待遇菲薄，很多人家的婦女，天未亮就起來生爐子、燒早飯、照顧孩子、洗衣服；不久又要買菜、準備中飯；下午則清潔及燙衣，不到五點，又要開始燒晚飯。忙忙碌碌，只爲了溫飽，一無自己的空間；人生究竟有什麼意義？後來我去很多經濟落後國家工作，他們的婦女，除燒飯以外，還要到很遠的溪邊去取水、洗衣；又要上山去砍柴，作爲燃料，覺得她們更是可憐，一生就是這樣，沒有空閒和休息。

現代人之所以有閒暇，乃受了進步、富裕及科學發明之賜。社會上分工合作，以及機械及電器的改進和普遍所致。以前要花費多少時間去煮飯、洗衣、清潔。現在都可以機器代勞，大多數按按電鈕即可，節省了不少時間。若以通訊來說，這三、五年來的進展，眞是一日千里。我有好幾位朋友，多年來我寫信去，總是石沉大海。自從他們有了電子郵件（E-mail）以後，就有了信息。因爲不需要手寫，也不需要買信封、購郵票，或跑出去寄發，只要按按鍵盤，可以省卻多少麻煩及時間。

閒暇也是生活品質的標尺。三十年前，如果你能每年度假、外出旅行，別人都會羨慕。當然這種度假和休閒的風尚，現在已不希罕，因爲生活品質的普遍提高及改進。我在五〇年代，有幸在台灣的一個中美合作的機構做事，規定每年可有兩個星期的休假；如果你請休，還可多得半個月的薪水。否則，連錢也不給。這種強迫休假的事情，在當時台灣，聞所未聞，很是起眼。現在國際間用國民收入來衡量一個國家的進步與否，頗受議論。我認爲，國民的生活品質，如空氣、水質、衛生、交通等等，應該列入之外；國民的有無閒暇及休假，也應考慮在內。

近代的機械文明雖節省了不少時間，但現代人是不是眞有空閒？貧窮者爲生活而忙，可以理解；有錢人還在瘋狂地追求錢財，熙熙攘攘，豈有寧日？即使一般中產階級及知識分子家庭，爲了渴望子女成龍成鳳，每天也忙得分秒必爭。太太除理家之外，還要送子女上學、學琴、畫圖、跳芭蕾舞、打網球、溜冰，將一天時間，用得一乾二淨。如果夫婦兩人上班，孩子託人管教，每天一家人聚不在一起，講不到幾句話，第二天又要開始，這樣惶惶恐恐的生活，和擔水砍柴者，有什麼區別？前些時，電視上介紹一對夫妻，一個上日班，一個上夜班。小孩則託人照顧。等太太午夜回來，丈夫及小孩都睡得人事不知。後來仔細衡量，覺得太太還是在家爲上策，不但經濟合算，感情亦多增進。結論是一味瞎忙，不若坐下來多方面考量，改善生活方式。

人生忙忙碌碌，多數爲追求錢財，但目的爲何？有一則笑話：一個美國佬去墨西哥旅遊，看到酒吧外面一個本地人蹲在牆角，用大草帽將臉遮起。第二天，還是這副德性，就過去和他搭訕，問他年紀尚輕，爲什麼不去工作？那本地人卻反問他爲什麼要工作？老美說可以賺錢。本地人又反問，賺了錢做什麼？老美答賺了錢將來可以逍遙納福。那人用帽子將臉一遮後立即蹲下，帶著酒氣說，我現在就在逍遙納福！

每個人每天只有二十四小時，如何創造閒暇，不是一件容易的事，有時要靠社會的認同。如最近法國人將每周工作四十小時，改爲三十五小時：即每星期上班四半天以後有二天半休假，使大家舒展一下，可以在家多多納福。要節省時間，創造閒暇，有時也要靠自己，如選擇住在小城，到辦公室、去銀行、寄信件、買菜，只要花很少時間即可。不像在大城市，辦一件事就要花上一整天。許多大公司遷到小城，不無遠見。

有了空閒以後，如何善加利用，也是一大學問；很多人終年如牛馬，有了假期，隨著觀光團體，自早到晚馬不停蹄，回家後嘆說，比不休假還要辛苦，眞是何苦來哉！其實，有休假或空閒時，讀一本想讀未讀的好書；念數首抒情遣懷的小詩；聽幾闋只有天上有的樂曲；約二、三知友晤言一室；或和家人攜手郊遊；或竟自高臥北窗；不是都很有意義及値得回憶嗎？

古人說：「偷得浮生半日閒。」可見閒暇難得，你要去偷，偷來後還要好好利用。

一九九八年六月十六日

另一個拉斯維加斯

賭城拉斯維加斯（Las Vegas）位於內華達州（Nevada），舉世聞名。來美旅遊的人都趨之若鶩，甚至來考察公務者，也千方百計，想去一親芳澤。好像是到了美國，未去那裡，便是白跑一趟。三十年前我在此間大學讀研究所的時候，就有很多同學，遇有假期即抽空前往。我呢？直到近年才去過一次。夜景綺麗，表演精采，吃住便宜，不在話下。

今年七月底，在新墨西哥州北部一個社區學院（community college），邀我去演講及參加會議。一看他們的地址，也是拉斯維加斯，使我充滿了旅遊的幻想。

飛到新墨西哥州的大城阿勃克奇（Albuquerque）下機，去該州的拉斯維加斯，汽車要駛二個多小時。沿途視野開闊，但荒涼無人。起初是石礫和草原，想必雨量有限；到了北部漸漸有淺山起伏，松柏叢生。一位從美東來的同伴說，這種曠野及森林，他那邊看不到，此生還是第一遭。使我忽然意識到，這裡正是落磯山南端的起點；這座大山，北經科羅拉多州後，綿延三千哩，縱貫加拿大，一直到阿拉斯加的北部。我們平常住在落磯山麓，「只在此山中，雲深不知處」，很少想到它的來龍去脈。

到了拉斯維加斯的市區，停車一看，只有一個廣場（square）。四周有店鋪，中間是一方公園。我們要住的旅館是一座一百多年的建築，重新修復和開張不久。周遭的房屋及店面，矮矮小小。這種布局，和中南美洲的很多小城相仿。廣場往往是唯一社交、約會、集合之處。到了節日，青年男女繞著廣場，一圈一圈的漫步，邊談邊走，很是羅曼蒂克。

這個拉斯維加斯小城，也有它歷史上的重要性。據說，當初是印第安人和白人、美國和墨西哥國、南軍和北軍的必爭之地。而且，還有一條有名的聖塔非篷車道（Santa Fe Trail），從密蘇里州經過此城才到達聖塔非，後來這條路又延至加州。百年前商賈及移民，不絕於途，盛極一時。其後因區域性開發集中在中部及南部，這個小城才漸漸衰落。

最有趣的是：城很小，只有一萬四千居民，但有兩個市長和兩個學區，以廣場為界，西邊通用西班牙文，學校也以西語為主；東邊的全部用英文。據說西邊的住民，第一代是從西班牙直接移民前來；稍後，又加上了墨西哥人——因這裡曾經隸屬墨西哥國。西城的房屋全是泥磚砌的厚厚方方的所謂 adobe 建築，狹小破舊。這些居民原來都是山區的小農，遷來小城以後，也無甚工作可做。東區的住民均是早期白人的移民和冒險者的後裔，住屋和一般美國鄉村的無異。我曾於一九六〇年代旅行過美國的二十多州，到過西維吉尼亞的礦區，阿帕拉契的山區、密西西比的僻鄉，對那時貧窮的現象，記憶猶新。但這是三十多年前的情況。經過詹森總統的掃除貧窮計畫，歷屆政府的農村復興工作，眞想不到，貧窮還是根深柢固的存在於眼前。隔天，剛好看到一條新聞，說是新墨西哥州的北部，係美國最貧苦的地方。農業衰退，工業缺乏，有以致之。

我們在社區學院討論了三天；包括了三個急切的議題。第一是如何誘導年輕人繼續務農？第二是如何利用山地而不破壞水土資源？第三是如何誘導中學學生接受謀生技術？因爲大多數年輕人不會再念大學。

在這三個農業、水土保持及教育的議題中，討論最久、興趣最廣的是教育中學生的課題，因與會人士，大都是教師及教育行政人員。有一位東部費城來的女士，特別講解她在那邊主持「中學專業訓練」（high school academy）的經驗。主要是結合企業界和學校，早早訓練中學生。他們稱爲「技術準備」（tech prep）、「建教合作」（co-op）、「學徒見習」（apprenticeship），以及「就業基本學習」（work-based learning）等等。我對中學教育是外行，但從他們的討論中，獲得不少啓示。會中有九個年輕人說，他們覺得中學裡的課程，和到社會上做事，沒有多大關係。又說，在中學時代，沒有老師關心他們的將來！我想，這種「專業訓練」的設置，可以幫助不準備進大學的年輕人，早早找到自己的志趣；可以送他們到企業界去見習，獲得一技之長，半工半讀；可以減少下午三點回家以後，無事可作，游手好閒，淪爲幫派的機率；對於貧窮的家庭，也可有些補貼。當然，「專業訓練」的範圍很廣，環保、電子工業、農林、藝術均無不可，要看社會需要、學生興趣，以及學校能力爲準。但這確是件有益於社會、年輕人、甚至工商業的好事。一位教育行政主管感慨的說：美國中學生的離校率（drop rates）高達百分之四十，在這窮鄉僻壤，如不好好誘導學生，這些年輕人將來能夠做些什麼？

這一個拉斯維加斯，和世界聞名的那個賭城，截然不同。一個富，一個窮；一個是享樂者的天堂，一個是求生者的泥沼。使我深深的體會到，美國不全是一片樂土。

一九九八年九月二十七日

試測新世紀散文的風向

散文寫了幾十年，我常是興之所至，很少想到要怎樣去寫？只要有些靈感，一扇晴窗，坐下來，入定，就可以「得心應手」。

最近讀到《余光中散文》（一九九七，浙江文藝出版社），他在序文中將散文分成狹義與廣義兩大類；又將後者的功能分為六種：抒情、說理、表意、敘事、寫景及狀物。他說：一篇散文往往兼有好幾種功能，只是有所偏重而已。他在三十五年前寫過一篇〈剪掉散文的辮子〉，轟動一時。文中把當時中國的散文，諷評一番。他列舉「學者的散文」、「花花公子的散文」、「浣衣婦的散文」，有趣而中肯。他主張「現代散文」要有彈性、密度，以及講究質料等等，極有見地。

這使我想起楊牧在《中國近代散文選》（一九八一，洪範書店）的序言。他將散文分為七類：小品、記述、寓言、抒情、議論、說理及雜文。余楊兩位所見略同；楊牧則更進一步，將每一類散文，舉出一位先輩名家，作為濫觴。他對吾國古典散文的特色，極為稱道；對近代作品的推陳出新及更上層樓，頗具信心。楊牧曾將我的散文，歸爲「議論派」。據他的解釋，這派的特色是「所議之論平易近人，於無事中娓娓道來」。又說這派「最近西方散文體式」。但我自己在《悠悠藍山》（一九八五，洪範書店）的後記中卻說，我心儀的是唐宋大家，他們的散文，確能做到情與理的兼顧，美與知的相融。

最近，我常常在想：快要進入二十一世紀了，應該寫出哪樣的散文來，才能引起讀者的興趣和共鳴？或是，現代的讀者究竟要看什麼樣的散文？這個問題，使我思索良久。我雅不欲把散文再去分類，余楊兩位列舉甚詳，毋庸狗尾續貂。以我的淺見，不論題材爲何，新世紀的散文，至少應該做到四個條件：簡約、生趣、機智和融貫。這也可以說是我對新世紀散文風向的一種試測。

「簡約」恐怕是第一個條件。現代人愈來愈忙，誰願花很多時間去念冗長的散文？當然，所謂長或短，本是相對的。但「冗」而「長」，則使人厭煩。除長篇小說外，長篇的散文能寫得氣勢如虹、左右逢源，實非易事。這樣的作家，也究竟不多。梁實秋先生曾說，作文要知道割愛。要「簡單而有力量，整潔而有精神，清楚而有姿態」。歸納起來，就是簡約的意思。美國現代詩的開山鼻祖龐德（Ezra Pound）主張語言要有效地運用；又說「偉大的文學作品恆將語言的涵義發揮到淋漓盡致」（language charged with meaning to the utmost possible degree）。我認爲簡約的層面包括密集、具有強度、經濟、含蓄和舉一反三。好比新筍出土，露出端倪，明眼人已知爲何物，不必挖根露體。簡約要做到「言盡而味無窮」的境界，才算成功。將陋就簡，不是眞正的簡約。寫散文者，不妨多多揣摩詩人這方面的技巧。

第二是「生趣」。在此的解釋是「生動」和「趣味」。「生趣」兩個字連起來，也可解作對人生煞具興趣。現在的世界七彩繽紛，聲光奪人。坐下來看書看報的人，已經不多，誰願意讀死氣沉沉、老學究式的散文？當然，所謂趣味，並非指低級趣味而言。記得在十七、八年前，當我開始在台北聯合報副刊寫一系列的「客海欣談」的散文時，主編瘂弦已來信對我說：儘量要寫得趣味化。我當時頗有勉為其難的感覺，現在想想，殊有見地，至少從報紙副刊的立場而言。我主張趣味應該像「水中鹽、蜜中花」，無痕而有味，能使讀者作會心的微笑，不是張口大笑。至於熱中人生，乃指人生這一本大書。寫作不應是逃避人生，而該是詮釋或討論人生，並且要寫得生意盎然。

新世紀散文的第三個條件是「機智」。散文除有生趣以及引人入勝以外，還要給讀者一點東西，不管是什麼東西。如作家獨特的看法；人生邊上的註解；或是一種簇新的哲理。散文如淪為實錄，則用錄影機就可代替，毋須咬文嚼字；散文如寫得人云亦云，則用鸚鵡來學舌即可，不必枉費筆墨。從另一方面而言，廣義的散文絕不是枯燥的論文或研究報告，那是學院式的知識，不是一般讀者所能接受。我想，機智是一種快捷的、睿智的反應，能看到別人看不到之處；能說出別人說不出的話。作家要能在兩種漠不相關的事物間，指出共同點，像搭一座便橋，讓讀者欣然通過。或是在讀者迷惑、失落之時，予以智慧地強心一擊。

最後一個條件，我想是「融貫」。現在不是一個閉關自守、偈居一隅的時代。全人類休戚相關、榮衰與共。世界因資訊的發達，愈變愈小，變成一個「地球村」。新世紀的作家，恐怕要悉心注意世界的潮流；不斷攝取當代的新知；並要融會貫通現代人的觀點和個人的看法。不亢不卑，有捨有取。有了這種宏觀作爲基礎，才能看出周遭事物的是非好歹；才能信手拈來，言之有物；才能談笑風生，娓娓動人。因此，作家除能把握本國文字以外，如能多懂一、二種外國文字，則大有裨助。

上面所述新世紀散文的條件，只是我個人的試測。提出來，僅僅是爲了刺激進一步的討論。如果測得風向偏差，我最多落得像一個認眞、卻誤報的氣象家。

一九九八年十月十日

變色龍

熱帶森林中有一種蜥蜴，牠的顏色隨溫度、光線、情緒以及環境而變化，稱之為變色龍（Chameleon）。這個英文字也可以解釋為一個輕率、善變的人。其實，人類也會變顏色；諸如「聞之色變」、「面紅耳赤」、「慘綠少年」等等，這些都是情緒上或一時的反應。究竟人的本性或個性能否改變？或是「江山易改，秉性難易」？如果有改變，多少是遺傳的影響？多少是環境所造成？錯綜複雜，恐怕現在的科學，還不能準確解答。

以我個人的改變來說，三十歲前深受中國傳統文化的影響：偏重人情，明哲保身；唯唯諾諾，不辯不爭；粗枝大葉，事不求精。三十歲以後到洋機關工作，和一位劍及履及的德裔美國專家共事，忽然覺得今是而昨非，力求洗心革面起來。當時感到社會上有很多人，滿口敷衍，不據事實；籠統含糊，說不清時間和地點。可能因為我們的文法中缺少時態（tenses）、冠詞（articles）以及代名詞的性別等有關。加上講面子等習俗，使我在傳譯和工作方面，常常發生困難，夾在中、西文化不同之間，左右爲難。最普通的例子是：有人說看見一隻鳥，而說不出那一種鳥；種了一些樹，不解釋是什麼樹。對國人而言，鳥就是鳥，樹就是樹；對西方人言，要打破砂鍋問到底——而回答往往是不得要領。漸漸地，我原來「溫文而啞」的個性，也變得精確、實際、有效率起來了！

回想年輕時，四〇或五〇年代的台灣，沒有電視，難得看一場電影，報紙只有兩大張，國外新聞只有半版。我們坐井觀天，在思想上是閉關自守；在態度上是夜郎自大。等到和西方接觸（如我個人的經驗），開放留學、新聞自由、觀光發達以後，社會受到衝擊，個人也多多少少受到時代的影響而有所改變。現在台灣的年輕人，和歐美及日本等國家，沒有什麼太大的差別；聽一樣的音樂，穿一樣的牛仔褲及跑鞋，看一樣的節目，受一樣的時尚薰陶，我常常說，他們是一國的。尤其現在的通訊及網路發達，不管你在天涯海角，均逃不出它們的天羅地網，對人們的生活，行爲、思想影響至鉅。以不變應萬變、遺世獨立的人，恐怕將要如鳳毛麟角了。

近二十年來，台灣和大陸有很多人遷居北美。這些新移民來到一個不同的社會，浸淫日久，有什麼樣的改變呢？以我區區十多年卜居的經驗，有下列諸方面的體認。

第一是會變得容忍。在美國光怪陸離的事情看得多了，也就見怪不怪。對一切事物，以容忍態度處之。在美國穿奇異服裝、染各色頭髮、男生戴耳環等等，很是普遍，自由人什麼都可以做。政治方面，口水之戰，大家均以平常心待之。第二是變得平民化、平等化。穿著、飲食、起居，並不像台灣那樣刻意講究。年輕教授上課，穿得和學生一般模樣。幾十年前在台灣，有人看見穿藍布衫者，當他是僕役工人，現在才被牛仔褲一新耳目。平等化使家庭中父母和子女，社會上老闆和夥計，減少了距離和隔閡，免除了不少俗套。第三是變得有公德心，有禮貌。不會在公共場所大聲喧鬧，不搶嘴插話，不隨便吐痰、吸菸。對於婦女，知道尊敬，也會幫做家事，不擺出大男人姿態。第四是在美加這種守法的社會，新移民會變得戰戰兢兢，恪守成規。開車不闖紅燈，垃圾不會亂丟，不敢侵犯他人，按年按季報稅等等。當然，也有試法貪利之徒，但一般對華僑的安分守己，頗有好評。

在另一方面來看，久居新大陸，也會染上了壞的習慣。第一是對資源的浪費。水、能源、紙張，以及日用品等等，不像在國內那般珍惜。一個從大陸來的小女孩，知道用肥皂時把淋浴水暫時關掉，洗手時亦然；而且離開房間必先關燈。我的孫兒女完全不理這一套，覺得一切可以取之不盡，用之不竭。美國人對食物及水的浪費，頗爲驚人。據說家家戶戶用來澆灌草坪的水和肥料，要比全球落後國家農民用來生產糧食的還要多。三十多年前，我在美國喬治亞州一個水土資源保育會議上，坦陳見到的種種浪費，並說保育是一種心態（state of mind）。後來在用餐時，聽到鄰桌有人回應，說美國不是一個需要節省針和線的國家。經過七〇年代能源匱乏的教訓，以及近代環保團體的呼籲，情形雖有改善，但我行我素的還是很多。第二是變得錙銖必較，不是沒有錢或要省錢，而是一種不肯吃虧的心理在作祟。購物一定要等拍賣（sale），否則總覺得不合算，做了冤大頭。我有一個朋友，爲了一元錢只能買四條絲瓜，不能買到六條，寧願等上一個星期。也有人爲了一加侖汽油可以便宜一分或半角錢，開車一小時到鄰州去加。我不知道這是何種經濟算盤！但很多人有這種做法。第三，我個人覺得在美國待得愈久，愈缺少一種讀書人的浩然之氣。今天能在市區順利地找到一個停車的位置，就高興了一天；明天接到一張罰單，便變得懨懨欲絕。整個精神和心態，繫於日常瑣碎；或是夙夜奔波，未遑顧到生活更深一層的意義。現在西風東漸，國內的情況也頗令人憂慮。

人在不同環境，自然而然地會改變習慣、行爲，甚至個性，這和變色龍有什麼兩樣！

一九九九年一月七日

啄木鳥

最近遷入新居，買了一隻「鳥鳴鐘」；這隻「鳥鳴鐘」是美國愛鳥、愛動物的奧特朋協會（The National Audubon Society）的出品。每一小時用不同的鳥鳴來代替敲打，每隻鳥聽起來，都好像在迎風宛轉，悅耳動聽。獨有一隻啄木鳥，僅在枝頭發出篤篤之聲，好像在工作不停。

我在聖誕前夕，忙於校對一冊三百五十多頁的稿子。每小時只能校對十頁，夜以繼日，鳥聲不絕。每次聽到啄木鳥捉蟲之聲，掀起會心的微笑——我也有捉不完的蟲豸。

從前我曾寫過一篇短文：〈詩與啄木鳥〉。大意是說：「寫詩的人往往一句十年得，得來非易。然而這種一字一嘔血的苦吟結果，每每在排印時被一筆勾銷或糟蹋了！」我常常想，英文排錯了字母，讀者還不難猜度；中文係一字一義，有時錯得離譜，讀者還以爲是新潮或前衛。最糟的是錯得太接近，讀者認爲是作者的原意。點金成鐵，化玉爲泥，使作者有無可奈何之感。如果要更正，至少要等下一次——下一期、下一個月，或再版。

編輯或校對要像一隻啄木鳥那樣，把每一枝、每一葉上的小蟲捉將起來，才算盡了責任。如果任其漫生，不但損壞了原作者的苦心，更是顯露了自身的不足。但是要做到百無一失、通篇無誤的境界，也談何容易！這一點，作者和讀者，均應體諒。

身處海外，早年有幾冊詩文，因稿件寄遞不易，每每敦請心細而有學驗者，代爲校對。當然代校者和我，背景不同，很難做到萬全的地步。如我在一篇詩裡寫的是「雲杉」（樹名），代校者以爲手民誤植，將之改爲「雲彩」。又如「安居」變成「定居」，「几首」變爲「九首」等等，也不知是排字錯誤，或是代校者責任？後來我在一本詩刊上發表新作，每發現有錯印之處，很認眞地要這位主編朋友在下一期更正。一期期下來，更正連連；對刊物、編輯，及讀者加上不少累贅。到最後，對小錯小誤，也就一笑了之。我的詩文，不是法律文件、政府告示，將來有機會再改不遲。我從前說過：天下的事，做錯有百分之九十九的機會；做對只有一椿。

要做一隻目光銳利、具有耐心的啄木鳥，實亦不易。我自己校對的經驗是：看了文意就顧不到錯字；專找錯字就顧不到文意。顧此而失彼，除非每一頁要讀上兩遍以上才行。尤其是校自己的作品，「寫的人」和「校對者」合而爲一，好像監守自盜，難免沆瀣一氣。一切讀來自然通暢，不易發現錯失之處。猶如別人的褲鍊脫落，你可以一目了然；自己的卻往往不能俯察下情。

我覺得最最困難的是校對簡體字排的文章。在台灣習用的簡體字如「云」、「体」、「点」、「复」等字，以及「应尽义务」等詞，好像與生俱來，看起來極爲自然。大陸上衍生或新創出來的簡體字，只給我似曾相識之感，無法確認，要翻閱繁簡兩用的字典才行。例如一個「脏」字，翻了字典，才知道是「髒」字的簡體。但後來又發現它是心臟的「臟」字的簡體。因此，當遇到「心脏肮脏」四個字，我要揣摩半天，才能了然。至於「请」（請）和「清」、「设」（設）和「沒」、「韦」（韋）和「书」（書）等等，校對時難以一眼判別。我不反對文字的簡體化，這是一種趨勢（其優劣已討論得很多）。但在字典納入簡體字的時候，要能披砂揀金，不可照單全收。例如，我在校對時，發現曇花的「曇」字，被簡化爲「昙」字，鉛字看上去和我們的「县」字差不多。經查字典，並無此字；想係打字者的創新。雖然「雲」字可以寫爲「云」字，但和「日」字併起來，就有些杜撰了。准此，則襯衫的「襯」簡寫爲「衬」字，以「寸」代「親」，將父親大人，可以寫爲「父寸大人」了。東湊西拼，豈能隨便成爲吾國文字；現代的倉頡，可勿愼歟？

繁體字有他傳統的尊嚴。尤其將古典詩詞，一旦改爲簡體，頗有打了折扣（cheap）的感覺，讀起來不夠韻味，這也許是從小看慣繁體字的關係。聽說毛澤東的詩詞，最近用繁體字印行。年前，浙江文藝出版社爲香港回歸而出版的「唐詩菁華」，用宣紙倣古籍印出，不但大方高雅，字體亦從繁體。如李白的「浮雲遊子意」，並未排成「浮云游子意」；「綠煙滅盡清輝發」，也未排爲「绿烟灭尽清辉发」。雖然後者尚可以卒讀，總是不愜人意。

啄木鳥在樹上啄的是害蟲，使樹木健康、成長、生生不息。我們寫作、校對、刊印，也爲了一種成長——文化的延綿不斷。我這幾天每次遇到篤篤不停的啄木鳥聲，雖然不甚悅耳；聽起來，像是一種督促和共鳴。

一九九九年一月二十二日，世界日報副刊

好事不出門

友人自台灣寄來賀年信，在寥寥幾句中說：「今年好消息太少。」起初，我以平常心待之，這年頭電視和報端，充斥了壞消息，不足爲奇。後來忽然想起，別人曾經告訴我，這位朋友的兒子，最近突然病故，他雖痛在心頭，神情不改，照樣辦公。想想這個人眞有勇氣，不願將壞消息傳給別人。

反過來看看，社會上壞消息俯拾皆是，好消息的確太少。美國如此，台灣也如此。我每天看半小時台灣新聞，殺人、放火、強姦、打罵等等，不絕於耳。有時我懷疑，社會的風氣眞已敗壞到如此地步？最近我去了台灣一趟，從北到南，也不覺得有什麼可怕。這種過分強調殺人放火的壞事，傳之千里，會給人一種三人成虎的錯覺。誠如我大陸的一個親戚說：你們住在美國，實在可怕，走在馬路上隨時有被槍殺的危險。他這種錯覺，是誰造成的呢？我想，假如我是一個外星人，初臨這個地球，只要打開電視及翻閱當天報紙，一定也會覺得沒有一處是安樂之土。

我常常揣度，媒體爲什麼喜歡報導社會上種種的壞消息，而不願意去挖掘令人鼓舞的好消息？第一，可能是壞消息夠刺激，動人聽聞。而且，人性中有一弱點是喜歡緋聞、探聽別人的隱私；這和看悲劇而覺得自慰的心理一樣。因此，讀者或觀眾方面，貪多無厭，媒體方面，現炒現賣。第二，可能是壞消息容易採訪，只要和醫院、法院、警察局、消防隊保持連絡即可。對於好人好事，則要花費不少時間去探聽、發掘、採訪和撰寫，所得結果，不一定能轟動社會。在此一切講究經濟、快速、效果的現代，報導壞消息，似乎是一條捷徑。

問題在於新聞報導，要不要負有社會責任？這可能是一個見仁見智的老問題，也難以獲得結論。在媒體方面看來，只要不偏不倚報導事實，別人無可厚非。而且，在自由民主的國家，新聞有絕對的自由。但是這種「好事不出門，壞事傳千里」的風氣，對整個社會道德，尤其對下一代的影響，似也不能完全忽視。美國有識之士，也有請電視、新聞及影劇界稍稍檢點和收斂之議。聽或不聽，還要看實際行動，還要看收播率──歸根結柢（bottom line）是錢的關係。但像影片《鐵達尼號》那樣，也可大賺特賺，不一定要全憑性和暴力，投觀眾所好。

說到投觀眾所好，前些時科州發生一宗記者捏造鬥狗賭錢的新聞而解職。最近美國哥倫比亞廣播公司的《六十分鐘》節目中，播出一個德國名記者，爲了要維持他不墜的聲譽，假造了很多轟動國際的故事，如販毒、游擊隊，以及美國三K黨和德國納粹的餘孽聯繫作案等等，賣給電台去廣播。結果被人揭穿，關了幾年。這位小名爲馬克的記者，最近出獄以後，坦認「自己的成功毀滅了自己」。最好笑的是，在電視上映出，他和從前假造《希特勒日記》的另一位仁兄，在一起喝酒，眞是所謂沆瀣一氣。

那麼，胡言謊報，或傳播壞事會不會影響社會道德，和下一代的行爲？這個問題，應該要問社會學家或行爲、心理學家，我無法作答。假如我說會有影響，則別人以爲我是「衛道派」；假如我說不會，則自己泯於良知。前一陣，美國學生在校園內開槍打死老師及同學的有十餘起之多。有的還攜帶幾管槍和穿上野戰制服，和電影上看到的相仿。有一個僅五歲的幼稚園幼童，因被老師罰站，也要帶槍去殺死老師。這類模仿和抄襲影視劇的不良反應，令人憂懼。現在，柯林頓總統的彈劾案，方興未艾，舉世矚目。但在美國國內，據說只有百分之二十觀眾，感到興趣；而且有三分之二以上人士，認爲區區小事，不必大事報導。有人分析說，因爲六〇年代以來，性的開放及實驗，加上傳播的推波助瀾，大多數人都和柯林頓一個調調兒，認爲何罪之有？不論彈劾案結果如何？這件事如發生在四、五十年前的美國，則毋須國會勞師動眾。

我認爲，報導好人好事，不一定是「保守」、「迂腐」；報導壞人壞事，也不一定是「新銳」、「酷」（cool）。新聞應該「自由」，但也不必「自限」。好、壞，均可報導，應該保持平衡。日前報載，美國國家廣播公司娛樂節目部總裁自認長久以來太偏重色情，今後要加強家庭傳統價値的宣揚，作爲補償和平衡。我希望這種風氣，將來可以普及全球。至於我呢！也喜歡聽聽台灣傳來的好消息，如幾年前報導的小學生讀唐詩，和近年台北市的「公車詩」之類，也盼望我的朋友，在下次的賀年片上說：「今年好消息眞有不少！」

一九九九年三月三日

言老無忌

在舊曆新年前後，看到台灣電視節目中，有很多政府首長，向獨居老人贈金慰問，狀至親切。覺得吾國敬老的傳統，一息尚存。但在一般現實世界中，因時代的改變，老人好像有被遺忘的跡象，尤其是在海外。

今年是聯合國訂定的「國際老人年」（The International Year of Older Persons）。在公元兩千年的新生兒還未呱呱墜地前，已活了一千九百九十九年，應該可以稱老。聯合國舉出「老人年」要遵守的幾個原則中，有「獨立」、「參與」、「受照顧」、「尊嚴」等項。其中最引人省思的一條，是老人應有「儘量住在家中」的權利。

關於這一點，中國從前的大家庭，在一個屋頂之下，小輩或僕役甚多，照顧老輩，絕不成爲問題。現在的小家庭，兒媳同時上班，也無傭人，父母老得不能動彈時，只好將他們送去養老院，實也無可厚非。但如果小輩行有餘力，或有錢僱人，因討厭老人而將他們推出門外，這就不可理喻。但這種情形，在各國均有發生，因此引起聯合國的呼籲。

爲什麼全世界忽然注意起老人問題來？我想這和醫藥發達、平均壽命延長，和老人的人口驟增，造成很多家庭和社會的問題所致。以美國爲例，平均壽命已達七十五歲左右。戰後出生的一代，已叩五十大關。從前咒詛骯髒老人（dirty, old men），現在快要臨到頭上；看看自己還不壞嗎？據最近調查，四十歲到六十歲的受詢人中，有百分之七十幾以上，認爲自己健康、快樂；婚姻及家庭也都美滿。即使六十五歲以上所謂退休族，一般多能獨立生活，悠哉游哉，多采多姿。釣魚、打高爾夫球，或是漫遊世界。有的還作志願工作，爲社會服務，給人形象乾淨俐落，何髒之有？

當然，社會上有很多寡居、晚景悽慘的老人，我們不大看得到。他們孤苦無依、貧病交加，誰去照顧他們？的確是一個值得大聲呼籲，協力化解的課題。尤其在追求功利、金錢至上、缺乏愛心的社會，老人的問題會愈益嚴重；即使吾國的孝道，因時代變遷，亦漸式微。其他國家受經濟及小家庭的影響，對老人的照顧，也每下愈況。

從另一方面來看，身爲老人，如不能做到「老當益壯」，亦應自力救濟，獨立求生。要能做到經濟獨立，日常起居獨立，不要凡事依靠別人。如果能達到這種獨立的境界，則可克享天年，聊以卒歲。到有一天眞的動彈不得，子女才可以將父母送離家庭。

其實，現代人注重營養和運動，每個人均可以比實在年齡年輕上十歲。七十以前，不能稱老。我有一個朋友，在搭公車時，人家叫他爲老先生，他耿耿於懷；那時他已七十開外。現已八十有五，還能獨立生活。美國作家史坦（Gertrude Stein, 1874-1946）曾說：「在我們內心永遠活在一個年紀。」（We are always the same age inside.）這句話，道出每個人的心態。詩人余光中在過七十歲生日時，寫了一首詩，最後一句說：「自覺才三十加五呢？」我的詩人朋友中，不少已經過了七十，大家還握著夢筆生花之管，寫下青春活潑的詩篇，不讓少年。據說，美國第一位桂冠詩人勞勃・潘・華倫（Robert Penn Warren, 1905-1989），在晚年八十多歲時，每天還閉門寫詩——不少還是情詩！

這個人人忌諱，不願說出的「老」字，究竟有多可怕呢？中外都有「老友」、「老伴」、「老窩」、「老酒」之說。咸信老的事物，不一定比新的遜色。人老了，也不一定要讓人可憐，老是一個自然現象。我常常想，時間老人是最公平不過的。你活一天，我也活一天；你增一歲，我也添一年。不論貧富貴賤，世界上還有比這個更大公無私的嗎？到了老而退隱，或老成凋謝，也是很美的事。葉慈（W.B. Yeats）有一段詩如下：

我聽過這個老人說：
所有美的事物都會漂泊而去
像流水一般。

我年輕時不相信「人生七十才開始」，那種過分自信的豪語，現在還是不相信。倒是喜歡英國近代詩人菲立浦斯（Stephen Philips, 1864-1915）的一句：

一個人不會老，只是變醇，像好酒。

一九九九年四月三日

易如眨眼

從前我們用「易如反掌」來形容一件輕而易舉的事。現代的人，連反掌都覺得費時；一切事情，如果能用手指一按，即可達成，豈不更好！這種境界，因為科技的發展，已經不是夢想。諸如通訊、尋找資料、看氣象、查對商情，以及購機票和訂旅館等等，在網路上按下滑鼠或鍵盤，就可達成。說不定將來還可以按鈕煮菜或駕駛汽車，在日常生活上，增加不少便利。

難怪現在的小學生，不願死背乘法表，只想按按計算機即可得到答案。我們豈能錯怪他們？人的懶惰造成人的進步，不全是一句俏皮話。照目前電腦發展的速度來看，不久將來連指頭都不必用，只要向電腦念念有詞，即可計算一個程式，或寫出一篇文章。

有人甚至預測，到了二十一世紀中葉，世界上的人將分爲兩大類。一類是少數的科技發明家，他們研究出眾多儀器設備及電腦軟體，供人們使用。另一類是芸芸眾生，只要動動手指，下下口令，或眨眨眼睛即可。

我常常想，我們從小受的教育是循規蹈矩，克勤克儉，做事要學「愚公移山」的精神等等。雖然無可厚非，但卻陷於墨守成規，多多少少扼殺了改革性和創造力。我也在懷疑，假如沒有西洋文明的衝擊，中國到現在還停留在點油燈、倒馬桶的階段？記得在大陸開放之初，北京電視台播出，某一區公社居民，自誇馬桶洗得多麼乾淨，一字排開在路邊展覽，使我瞠目結舌，無法向外國友人解釋。

那麼，這些推動人類進步的發明家或改革者，究竟和一般人基本上有何不同？我想，除掉他們的專業知識以外，主要是對事物抱有質疑的態度，尋求不斷的改進。所謂「從質疑中找出眞理」（From questioning we come to truth.）。這類人的腦子中，經常盤詰著怎樣可以更好？更容易使用？或成本更低？

有了這一類人的貢獻，使我們一般人按按手指即可。記得去歲電腦軟體「視窗九八」剛要上市時，美國政府及社會上人士對軟體大王蓋茲（Bill Gates）的獨霸市場，頗有議評。蓋茲則辯稱：如果遲遲不上市，將是社會的一大損失。這是何等的自負和自信！我想，蓋茲已是全球首富，他所追求的，不完全是金錢；他可能是當仁不讓，具有一種使命感，要把這種軟體改革得更加完美。

據最近報導，現在另外有一批資訊專家，以年輕的戴卡薩（Miguel de Icaza）及托凡茨（Linus Torvalds）爲中心，推展一項GNOME的計畫，主要係將發展出來的軟體，無償供給社會上拷貝應用。這批專家，不以自身牟利爲目的，而以造福大家爲宗旨，值得我們的欽佩！

我們除拭目以待更好的軟體以外，對晶體（chip）方面前瞻性的躍進，也不容忽視。前些日子電視節目中映出，一個全身癱瘓的病人，在腦中安上一個晶片之類的裝置，即可用電波發出信息，在電腦上寫出自己的名字。加州理工學院，現在研究發展成一種「矽和活細胞」合成的晶片，稱爲神經晶片（neurochip），用來察看幾十億腦細胞的記憶、推理及聯想的功能。目前先以老鼠爲對象，將來可能推及人類。

這樣發展下去，到了下世紀中，許多事情，更不需動手，僅憑刹那的腦波，即可控制和達成。以寫作來講，從前說「出口成章」、「倚馬可待」，將來也許連口也不必動；從前說，從心頭到筆底，何啻十萬八千里，將來只要眼睛一眨，即可做到。這並不是狂語，因爲現在最快速的大電腦，每秒鐘據說已經可以演算到百億次。到那時，速度還會大大地加快。在下世紀中，只要在腦中、眼鏡片上或身體的哪一部分，加上一個小小的晶片，我們就可精通數國語言，胸藏百科全書，行走如飛，且具千里眼、順風耳的本領，比以前電視上的「六百萬人」，還要高強。到那時，人們不再說「易如反掌」，要改爲「易如眨眼」。

當然，要達到這種境界，還要靠大家不斷地去設想、革新，和突破。正如一個聞名國際的電腦公司，在雜誌上宣傳說——他們會「想」，會「做」，會「達成任務」。

一九九九年四月二十六日

壁虎和黃昏星

日前來到加勒比海的一個小島，一位朋友問起我：「你最近寫的散文，似乎傾向知性，談社會問題和高科技等等，有沒有……」不等他說完，我就接腔：「感性的嗎？我常用它來寫詩。」我又說：「的確，散文題材也很不容易找到。」他好像不理會我的答覆，看著牆上的一條壁虎，繼續說：「你可以寫些自然的東西，譬如說，壁虎啊，星啊。」說時，牆上的壁虎忽然竊竊作聲，我從屋簷下望出去，一顆黃昏星正在閃動，我頓覺壁虎和黃昏星之間，好像有一種神祕的關係。爲什麼壁上的那隻呼叫的時候，那顆星就會顫動起來。

這也許是我的幻想。平時碌碌終日，哪有閒情去看牆上的一隻壁虎和屋簷下的一顆星。這些都是司空見慣的事了，等到有人提醒，引起我注意以後，它們忽然賦有一種新的意義，給我一種顯明的回憶。

壁虎在江南故鄉稱爲「四腳蛇」。小時候，大人們常用牠來嚇唬我們。蛇已經夠可怕，常在老家屋頂或橫匾後，嗖嗖有聲（也許是老鼠），使我們聞之色變。蛇而有四隻腳，可以爬到床頭，更是可怕。何況，牠的尾巴，可以鑽入耳內，直搗腦中，這種神話一樣的壁虎，極具嚇阻作用。

及長，覺得壁虎很神祕，使我引起一種幻想。牠很靜、很柔、肢體玲瓏，像一個嫻靜的少婦。牠在你的四周，你可以意識到牠的存在，但牠不會打擾你，像一個體貼的太太。當然，牠怒叫的時候，使你忽然驚覺——也許忽略牠太久了。

初到台灣中南部時，才知道壁虎會叫。第一次睡在榻榻米上聽到格格之聲，從地上躍起，東找西尋，才在紙窗上看到一隻象牙色的壁虎，眼睛突出，肚子鼓起，搖頭擺尾，很像一隻恐龍。我曾經寫過一首詩，把蜥蜴（包括壁虎）一類的，歸屬恐龍的後裔，有一段如下：

或說，你曾是一頭巨怪，
有龍的眼，雄獅的爪。
上蒼的慈悲將你縮成無害。

（蜥蜴）

然而，壁虎和星星有什麼關係呢？我想，這要靠一點聯想，據說，恐龍在世界上消滅，就因有一顆龐大的隕星擊撞了地球，厚厚的塵埃，遮天蔽日，久久不開，植物難以成長，碩大的恐龍因此滅絕。但天道寬厚，漸漸出現了人類。而且因爲上蒼的慈悲，將恐龍的遺傳質，僅保存了絕小部分，讓牠們縮小成爲今天的蜥蜴和壁虎。因此，每天壁虎第一次看到黃昏星，必定仰天長嘯。而闖了大禍的星，因爲「星」有餘悸，也一定顫抖一番。

寫到這裡，讀者也許要說，胡謅，這是詩人的幻想。我的辯護是，在日夜辛勤工作之餘，遇到復活節連放四天假，心靈頓開，就寫了些像詩，像神話，像散文的東西，有何不可？我們這個世界，本來有很多不能解釋的現象，宇宙之外還有宇宙；原子以內還有核子；生死以後還有復活。壁虎和黃昏星，還是你我都能看得到的實體和具象，何怪之有？

說到幻想，說到詩。我最近讀到一篇介紹現代詩的論文，提起一九七二年在《巴黎評論》（The Paris Review）上刊出一首 Bruce Andrews 的詩，只有一行。

Bananas are an example.

（香蕉是一個例子）

介紹者說，「香蕉」是一種實體，「例子」是抽象的意念。這首詩是將實體的領域和意念的領域連結在一起。又說，香蕉本身是一個適當的例子，具有散文性。外來性（生長的地方），政治性（誰去採擷），以及性感；香蕉這個例子，可以代表一切。甚至有人說，夏娃在伊甸園內採下的果子是香蕉，而非蘋果。

夠了！假如這一首四個字的一行詩，能引發洋洋灑灑的評論和幻想；我這一篇兩千字的散文，只能說是已經費煞筆墨了！

一九九九年五月二十九日

土耳其之行

第一天飛抵土耳其的京城安卡拉（Ankara），已是傍晚時分。我在旅館中用餐，帳單開來時，使我大吃一驚，一共是兩百萬土幣。後來才知道土耳其的里拉（Lira）和美金是四十萬比一，這只不過是五元美金而已！等到我換了錢，口袋中充斥幾千萬元土幣，眞所謂「腰纏萬貫」，翌日才敢上路。

我這次受聘於土耳其政府，看看他們世界銀行的森林及水土保持計畫。旅行、開會及演講兩周，到了不少觀光客不常到的地方，遇到不少政府官員及農民，對土國的種種，有深一層的了解。這也是我第一次踏上土國。

記得在讀小學的時候，已聽到過土耳其的名字。土耳其的凱末爾將軍（Mustafa Kemal）和國父孫中山，都是推翻帝制或帝國主義，建立現代化國家的英雄。這次造訪了凱末爾的墓園，我還必恭必敬的行了三鞠躬禮。

等到稍稍懂得英文時，覺得很奇怪，土耳其和火雞，竟是同一個英文字——Turkey。後來想想，中國和磁器，不也是用同一個字China嗎？才覺得釋然。可是，英語中這個Turkey的字，好像不受尊敬。罵人Turkey，表示是笨蛋；事情失敗，也用Turkey來形容；都不懷好意。而Turk（土耳其人）這個字，在字典上的解釋也是粗暴、殘忍的同義詞。爲什麼大家要損土耳其人呢？其中大有文章。

他們土耳其自己人的解釋，可以姑妄聽之。土耳其人源自亞洲。從十三世紀到十八世紀間，他們建立了一個鄂圖曼帝國（Ottoman Empire），疆域擴展歐亞，盛極一時，他們驍勇善戰，使這一帶的人心有餘悸。到了第一次大戰，土耳其支持德國，戰敗後國土被歐洲很多國家瓜分，經凱末爾將軍驅走後，巴爾幹國家的很多移民，同時也被逐出。因此迄今憤憤不平云云。言之頗有道理。

土耳其地跨歐亞，而且極大部分屬於亞洲。歐洲人覺得他們是東方人；我們東方人看他們不像黃種人，認爲他們是西方人。因此，他們是不東不西。而且屬於回教，夾在佛教和基督教之間，頗難認同。從前沒有飛機，交通困難，文化更難交流。對我們中國人來講，他們是歷史上西域的蠻族或番邦。有一位土耳其人問我：「你們築的長城，就是爲了要防我們？」我以泱泱大國的風度答稱：「你們只不過是其中一小族而已！」聞者大笑。

雖然是第一遭造訪，土耳其的朋友卻有不少，並且交往很久。我覺得他們的禮俗、交情，以及想法，和我們中國人相仿。這次和很多年輕朋友朝夕相聚，覺得他們守時、守信、認眞、努力，而且誠懇和善。除了有些人的顴骨和鬍子看上去不習慣以外，做朋友倒是很忠實的。我有一次問起：「看你們都是和藹可親，很平和的民族，為什麼國外對你們不盡了解？大概你們的宣傳做得不夠！」這位年輕朋友答稱：「我們四周敵人太多，被他們抹黑的關係！」我數數他們的周圍，有希臘、保加利亞、敘利亞、伊拉克和伊朗等等八個國家。都有歷史恩怨，大家虎視眈眈，的確夠瞧了。

我這次有專車，攜萬金，縱橫九千里；上高山，探腹地，在兩周之間，到過幼發拉底河（Euphrates River）及底格里斯河（Tigris River）中間的美索不達米亞平原，一探古代文化及宗教的發源地。也到過先知城厄爾發（Sanli Urfa），一睹聖經中亞伯拉罕的遺蹟。最後到達地中海北岸的曼辛（Mersin）及穆脫（Mut）一帶，沿路到處是廢墟，均是古羅馬、希臘建築的遺址。這一帶，幾千年來，你爭我奪，歷盡滄桑，連土耳其人也搞不清楚是怎樣一本流水帳。

土耳其歷史及文化悠久，地大物豐，人民也多努力進取。因為立國之初，決定政治和宗教分離，比鄰近很多國家開明得多。政府民選，男女平等，應該在一、二十年中，會變成一個經濟上的強國。我開玩笑地說：「你們鈔票上為什麼要這麼多的零呢，拿掉三、四個圈圈，不就好了嗎？」一個陪我的官員答得妙：「這樣，我們就做不成百萬富翁了！」土耳其人看上去很嚴肅，倒也蠻幽默呢！

一九九九年七月三日

誰能免於上當？

日前接到一封伊利諾州南區法院寄來的通函，說明這是一樁集體控告案；凡於一九九二年三月到今年六月間，曾接獲某個出版社團推銷信件或買過他們產品的受害人，均可要求賠償等等。這封通函，寫得密密麻麻，全是法律字句，不堪卒讀。接到這封通函的人，何止百萬。想到不久前，報端也有披露，這家負責推銷出版物的公司，至少要花費百萬元，通知四千萬客戶，可以隨時中止訂購或退還貨物。

這也使我憶起，多少年來常在電視上看到一段廣告。有一隊人馬，送一張百萬元的巨型支票，到人家門口，使得獎人喜極而狂的鏡頭。看上去，誇大極了，並不眞實，訂幾份雜誌，能夠得到百萬獎金，天下豈有這樣容易發財之道？這是推銷上的噱頭，過火的宣傳。但聽說，很有效果，上當的人，眞有不少！

我也有一段類似上當的切身經驗。在一九八五年剛到美國，訂了一份全球聞名的文摘。過了不到幾個月，文摘的推銷部就來信說，我是他們的好客戶，現在以特價向我推銷一本《自己動手大全》，附了兩個信封，一個是要買（Yes），一個是不買（No），而且說明，還可以得獎。我因爲知道美國請人修護，每次花費不貲，因此想自己動手，就買了這本書。不久，推銷部門投我所好，又介紹另一本《日常問題解決手冊》，我又慨然接受。後來，他們得寸進尺，要我訂一套二十餘冊的《電腦叢書》，那時，我剛剛在搞電腦，當然義不容辭以 Yes 信封作答。這樣下來，不但我是一個好客戶，更是一條被他們釣到的大魚。因此，從書的範圍，擴充到CD及錄影帶等等。每次來信，好像是推銷部主管的私人信。好話說盡，總是暗示，得獎機會大大增加。有很多次，我用了 No 的信封，他們還是糾纏不放。這樣若即若離過了一年半載，他們施出最後的招數。有一封信是由旅館寫給我，說你來領獎時，我們可爲你預留客房。又有一封信說是有什麼樣的禮車在機場接我去總部。最荒唐的是，由一家保安公司直接來信，要保證我領獎時的安全等等，眞是花招層出不窮，使我感到不勝其煩。以後，就不加理會，這樣才漸漸安寧。虧得所購之物，還有用處，也未花費多少。我當時猜想。這是他們委託的推銷公司的主意，和這家有名的出版公司無涉。

這個想法，到最近證實是錯了！電視上看到一位老太太，花了大約七萬至八萬美金的積蓄，向這家文摘公司買下無數書籍、CD、錄音帶等等，一匣又一匣，眞所謂汗牛充棟。問題是她不聞不問，繼續大買特買，中了魔似地以爲得獎在即。後來她女兒出面干涉，政府也舉辦公聽，要將歷年所購之物，用卡車退回。最使我感到驚奇的是出席公聽的文摘高級人士，還振振有辭地說，他們並沒有欺騙人，因爲在他們的推銷信封後面，註有一行小字，說明買不買都可以有得獎機會！

我在一九六一年第一次來美後，寫過一組詩：〈史密斯先生〉，形容美國人。認爲美國的第一流人才，不是那些在台上念論文的蛋頭，也不是在胸前掛勛章的將軍。而是商場上的無名英雄——無處不在、全能的 **salesmen** 。我到現在，還認爲是如此，他們可以無中生有，無往不利。有時難免做得過火，使推銷之術和騙人之技混在一起，使消費者難以判別。中國人「老少無欺」的爲商之道，不知在商業管理的課程中，還有人提到否？

我們在日常生活中遇到，超級商場中有大減價的廣告，等你趕去搶購，說是已經售完，或貨物未到，已登報說明等等，不一而足。這些商場的最高技巧，就是要引君入彀，只怕你不肯登門。因此，他們讓你退貨，不問原因。往往你退了一件衣服，又去買了幾件或其他物品。這是他們的高招。貨物出門，一概不認的經商之道，早已過時。

我不知道公聽及集體控告對這些精靈的推銷商人，有什麼樣的影響力及道德上的約束？商人憑廣告、電視、網路等等向你層層包圍，除了少數有耐力、具慧眼、無物欲者，可以不爲所動外，芸芸眾生，誰能免於上當？

一九九九年十一月二十二日

幻想三千
——臆測未來①

千禧年在驚惶和歡呼中安然來臨，我們難免要回顧和前瞻一番。公元一千年是什麼狀況？到了三千年又將如何？當然，公元一千年時的情形，翻翻歷史即可知曉梗概。以中國來說，那時正值宋代，交通、貿易、印刷、火藥、軍事等等都很發達，比起同時的歐洲和他處，不但毫無遜色，可能更高一籌，只是我們後勁不足，被他們後來居上而已。

公元三千年的景況爲何？只能各憑臆測；不妨瞎說三千，每一個人都可以大膽假設，反正到那時已經死無對證，後人最多譏笑你坐井觀天。但是，要說得頭頭是道，有板有眼，談何容易！現在科學突飛猛進，要預測三、五十年的事，已經很難，遑論一千年。因此，對公元三千年，我們不能說是預測，只能說是幻想。

今後一千年，大家所關心的問題是什麼呢？我想，不外是：人會變得怎麼樣？社會會變得怎麼樣？以及我們的地球又會變得怎麼樣？這三大問題，不是一篇短文可以說得清楚。我們不妨先幻想一下人的本身將會如何變化？用時下的一些跡象和想法，來稍作妄測。

現在已經有人在腦中及身上裝置晶片，藉以恢復人的機能。在實驗室中，晶片和神經細胞已在互相融合和溝通。將來的發展，不可限量。到那時，人和機械混爲一體。如果有人要去俄國旅行，腦中裝上晶片，俄文就可以對答如流。要去西班牙時，可以抽調一片。這種即時語言（instant language），用起來可以通行全球。除語言外，各種知識如人文、地理、數學和科學等也可如法獲得。到了那時，社會上芸芸眾生，還有什麼事情可做？只要靠一批專業科學家，不斷創造這類智慧晶片，爲大眾服務即可。最最神奇的可能是一種小如紅血球的機器人（Nanobot），能夠進入人腦及血管中作種種偵查，及用網路互相溝通。產生的結果可以影響我們的思維、想像，以及行爲。到那時，人和機械的智慧，將融爲一體。你說這個人智慧很高，也許他只是個智商普通的人，因爲機械裝置（mechanical implants）而變得高人一等。當然，人的肢體用機械補強，已經司空見慣。你的耳朵已有特別裝置，不但「隔牆有耳」，可以聽得很遠，變成「順風耳」；你的眼睛不但是「千里眼」，尚能在黑夜中透視。從前電視上的「六百萬元男人」及「超人」（superman），只是小巫見大巫而已。

人的壽命，下世紀中可以延到一百二十到一百五十歲。到了公元三千年，你如果不想多活，糟蹋自己，到三、五百年就亡故，別人還會惋惜你的早夭。這樣的長壽，應該是遺傳工程的貢獻，將有缺陷及敗壞的基因（gene），加以控制或更新所致。凡是壞的肢體，則用機械來補強。至於內臟方面，諸如心、肺、腎臟等等，在過渡時期，將用養殖的「超級豬」的器官來暫時移植，直到一種永久不壞的機械器官可以應用及替代。

壽命這樣長，人類將如何打發時間？我想，到那時內向的人，大可以在屋頂下消磨歲月。沉迷於一種更精采的虛像眞傳（virtual reality）遊戲。可以讓你在家裡攀登喜馬拉雅的頂峰；去巴西的亞馬遜森林探險；到百慕達三角地帶潛水；或研究南極冰帽和地殼內層的組織和變遷。厭倦後，可和千里以外的情侶和友人握手言歡，甚至鬼混一番。這樣，日子也容易打發。至於外向的人，到時可以去參加外太空和宇宙的旅遊。一個個星球，每次來回也要半個到一個世紀，幾趟跑下來，壽命也就差不多了！唯有人類的長壽，才能禁得起這種宇宙之旅。

《西遊記》裡的孫悟空拔幾根毛就可變成幾個眞假難分的行者。多少年後，由於生物技術的發達，我們也可以從毛髮中拷貝自己，只看你要拷貝多少？到那時，一個人備有四、五個拷貝，不算稀奇，其中一個如因太空船失事而殞命，至少還有第二個、第三個當作備胎。假如工作太多，一個可以去出差公幹，一個可以去城裡採購，另一個清潔住屋和環境。原來的這位仁兄，則可蹺腳納福。準此，也可讓一個拷貝去做醫生，一個做建築師，一個去做律師，全是高收入職業。如果所造樓房因地震而倒塌，或醫死了人，這位律師，就可以爲「自己」辯護。女士們有了拷貝，一個可以穿長裙，一個穿短褲，另幾個可以穿夾克或禮服，試試時裝，顯顯身段，其樂無窮。問題在於拷貝太多，非但別人搞不清楚，原版的自己也將墮入霧中，一定要編號才行。例如，今日〇〇七號輪值掃樹葉；明天一〇一號要開車等等。

雖然可以拷貝自己，人總愛收留些小寵物，可以日夜作伴。到那時，我們至少可以選擇兩大類的寵物：機械的和合成的。散懶的人，可以選擇機械狗、機械貓，或機械魚、鳥之類。它們具有動物的性能和可愛之處，但不必餵食或費時去照顧。勤勞的人可以選擇合成或雜配的動物。把狗和貓的特點，用遺傳工程造出一隻似狗似貓的動物，可以稱牠為Docat。牠有貓的柔和，又具狗的義氣，使人覺得格外可愛。或是將長頸鹿、大象之類，育成迷你型，可以養在後院任君逗樂。或讓小孩牽著鼻子走。到那時，世界上的物種增加很多，而且無奇不有，也不會有人再提出保護稀有動物的要求。只是要創造許多古怪的名詞，為各式各樣的寵物命名。

以上只是幻想「人」的未來，有的已經在科學研究上露出端倪。是不是能在公元三千年前達成？誰也無法預料。但科學在加速發展。以電腦為例，據說一九五〇到六六年間，速度每兩年加快一倍，現在是每年一倍，將來是每月一倍。有人估測，到二〇一九年，普通家用電腦可以比美人腦；到二〇二九年，其速度可抵一千個人腦。當人類比現在聰明萬倍，電腦快速百萬倍，不到二千五百年，以上所述，早已實現。到那時，若有人看到這篇文章，將會笑掉牙齒，認為幼稚不堪，井蛙之見而已！

二〇〇〇年一月八日

天馬行空
——臆測未來②

到了第三個千禧年，我們的衣食住行以及社會的環境究竟會變得怎樣？這個問題，誰也無法臆測。世上一切事物的演變，有時好像是按部就班、一步接一步的往前走；有時又會跳躍、空降，不能用今日的科學知識，加以推論，何況還要隔一千年。我們只能以人類普遍的願望，對日常生活上遇到的問題，作一種夢想式的改革、期待，和展望。

穿衣本來是爲了禦寒或祛暑。到了近代，目的已有所改變；要趕時髦及流行，往往穿不上幾次就要更新，不勝其煩；春夏秋冬，也花費不貲。我想，在二十一世紀內，科學家會發明一種衣料，四季咸宜。當你走出門去，太熱或太冷，纖維可以自動調節溫度，保護你的身體。這種衣料，也會自己清潔或燙平，不勞你去操心。它也可以伸縮及變色，這樣每天可以換花樣，不會覺得寒酸落伍。到了公元三千年，衣服僅成裝飾品，身上只要塗上（coating）一層物質，毛孔仍可透氣，體溫和外界絕緣。到那時，回到原始，和其他動物一樣，可以赤誠相對。衣服只是爲了遮羞或炫耀，也沒有人再提倡天體運動。大家倒是要勤練體格，以示健康之美。到了這種境界，窮人富人的差別，可以大爲縮小。

現代人對燒飯做菜已經感到不耐，大家只想買熟食回家，可以節省時間和勞力。將來這種趨向，更是變本加厲。營養家和科學家聯合起來，除發明營養液體及丸藥以外，將製造出一種塡充食物，不怕胃酸，不會消化，進食一次以後，要到六個月或一年再換。這樣，你會覺得胃中常飽，毋需三餐。對於忙碌的人，可以大大節省時間；對於食指浩繁的家庭，可以減少開支。當然，有錢的人及饕餮之徒，不惜爲此，還可以過屠門而大嚼。

在這一天到來以前，人類也許還要繼續食用遺傳質改良的菜蔬及穀類，最近已經育成一種米，稱爲「金米」（golden rice），特別將維生素A，加在裡面，可以補充營養，嘉惠窮苦的兒童。將來則可加入更多的營養。科學家也可育成一種作物，枝上結番茄，葉子如菠菜，根下長花生或馬鈴薯。全世界農耕面積可以大大減少，飢餓及營養不良的人，漸可絕跡。另一方面，由於晶片及電腦的愈來愈小，人們的餐具內均可裝置，變成「聰明餐盤」（smart plates），每盛入一隻雞腿或一個山芋，它會顯示熱能，如果你拿得太多，它還會發出警告——包括脂肪太多、營養過好之類，使你能常保身材及健康。

將來的住屋，不但可以用機器人清潔、打掃樹葉和剷雪等等，還能自動調節空氣、溫度、濕度、光線，甚至安全防衛、滅音、滅火等等。屋內設備及家具，均由電腦控制。壁上裝有一種感受器（sensor），聽你發號施令（voice command），就會爲你做事。如關門、熄燈、叫機器人前來倒茶之類。也可以命它顯示電台節目，和隔洋的親友對談。老年人如要請教醫生，也可在銀幕上顯出；急要時，救護車也可召來。此外，冰箱中食物不夠，它會自行訂購，只要預先設定項目及數量即可；浴室的磁磚及地面，可以自清自洗。還裝有人體洗滌機，像現在的自動洗車一樣，噴上乳液、髮精，爲你洗滌及擦乾。

此外，這種精靈屋，二十四小時可以徐徐旋轉，冬天追太陽，夏天換窗景，隨你的需要。最酷的，可以到處遷移，湖邊、山頂、海角天涯，它可以在很短時間內自卸、自裝，以及在新址自建。因爲所有的建材及基本設施，都配有晶片及電腦。人類的自由，到時將大大增進。

目前世界上的大都市，人車擁擠不堪，常有「行不得也」之感，將來老的不死，小的激增，如何得了？我想，關於「行」的問題，將來一定會有解決妙方。最近已經在發展一種飛行汽車（skycar），塞車時可以像直升機那般飛起，超越車群後再落地前行，或者直飛目的地，要看燃料多寡。將來，這種陸空兩用的工具，可以改進得輕巧方便。每人一輛，在都市上空飛來飛去，因具精靈裝置，不會相撞，也毋須控制塔指揮。再過幾百年，物理學家或許會發明一種反地心引力的裝置，使人類可以騰空而起，加上一些動力，即可飛行無阻。另一種可能是過了幾世紀，生物及遺傳學家，融合了人類和巨鷹的遺傳質，使我們各長一對翅膀，可以天馬行空，像天使一樣在藍天飛翔！

在這個一千年之間，學校、醫院、銀行等等將要漸漸式微及沒落。學習可以靠傳播、靠下載（download）知識，或在腦裡裝置（implant）晶片。患病者可以隨即在家中見到醫生，索取藥方及收到成藥。如果要開刀，家中的機器人在醫生遙控之下，代爲「捉刀」，或者用電腦藥丸，修補內臟。金錢往來，買賣交易，均由電腦操縱記錄，看不到現鈔及支票。如此，還要銀行、醫院及學校何用？準此，圖書館、保險公司、辦公室、交易所等等，均要沒落，和前述的幾種公共機構，變成歷史名詞。我想，到那時博物館有增無已，供人憑弔；百貨公司及娛樂場所還照開不誤。否則叫這些太太們如何打發時間？

社會演變到這種地步，是不是已經接近天堂或樂園的境界？答案可能還是否定的。如果科學眞能如此進步，而人類若仍不能根除自私、貪婪、險惡、凶殘等等劣性，縱使能夠天馬行空，如天使一般；在上帝的眼中，我們還是凡人、罪人。

二〇〇〇年二月十六日

大同世界

——臆測未來③

在第三個千禧年來臨以前，人類的環境究竟會變得怎樣？地球又會變得怎樣？這些是饒有興趣，但見仁見智的問題。我的猜想，在今後一千年中，如果戰爭或恐怖分子沒有將地球、或生態環境破壞殆盡，人類的前途將無限光明。我們現在正處在小孩玩火的年齡，遺傳工程、生物武器、核彈、臭氧破壞、氣溫劇增等等，如果不加控制或運用不當，將招致人類及地球的毀滅。但我深信，人類會從錯誤及所得教訓中逐漸成熟，不致愚蠢到自毀自滅。

能源、水及污染問題，在今後一百年內應該優先獲得解決。先用日光電池及環保電池（eco-logical friendly battery）作爲先驅，繼之以太空發電，或利用水的分解供應能源，使污染減到最低限度。至於用水方面，那時已用廉價方法，將海水變爲淡水，輸供城市之需。或進一步將潮濕空氣直接凝成飲水，使離海較遠地區，無匱乏之虞。在污染方面，如廢氣及污水處理等問題，應該早有解決，而且比現在的技術更為簡單和便宜。對於有毒物質，可以用一種超級蟲（superbug），將它消化後安全排除，無損環境。

只有在開始的一、兩個世紀內，全球因為溫度升高，冰帽融化，沿海城市會遭到部分淹沒。到那時，將二氧化碳輸存海底的方法，應已發展到完善可行。這樣全球溫度升高的問題，可以獲得解決。

「人定勝天」是我們的一句俗語，但當前的科學，還是難以做到。風災、水災、地震、旱災等等在任何地點，均會發生；而且每年損失巨大。在今後數百年間，科技會集中在消除及減免這方面的災害。先會在預測方面加強，如在颱風氣團中撒下精靈灰塵（smart dust），測知風速、風向、風勢等等，隨時報告預測中心，作種種預報及整備之用。在地震及洪水未來以前，也用精靈儀器，預測動態。到了將來，科學會更進一步去消除這種天然災害的肇因，能做到眞正人定勝天、呼風喚雨的境界，使全球風調雨順，國泰民安。

因為人類生存環境的息息相關，資訊的發達，地球愈變愈小；到那時，全球會認同由一個政府來管理——從現在的聯合國或歐洲共同市場的模式，發展而成。在達到這一步以前，傳播及交通方面，更加要發達及普遍。無論海角天涯發生什麼重大事件，這個政府要能迅速加以處理和解決。

貧富懸殊的問題，將由這個世界級的政府來設法解決。不能像現在那樣，富的國家對窮的及落後的國家，視若無睹，或作杯水車薪之濟。尤其對天然資源的運用及分享上，要有一套方法。以森林而言，它是地球之肺，富有地區的國民要補貼貧窮地區的人民去積極保護，不讓它們受到破壞。同樣地，在河流下游的國家，要出資給上游或源頭國家居民，保護水源，不去污染及濫用。

到了那時，貧富消弭，只有一個政府，國家及民族間不會有戰爭發生。龐大的軍費，可以用來改善全人類的福祉。而且，等到人類可以移居地球以外的星球，壓力可以大大減輕，人民的生活可以從容舒適。

由於資訊及傳播的發達，眞正做到「天涯若比鄰」以後，全球的文化和習俗有熔於一爐的可能。穿一樣的衣服，吃一樣的食物，唱一樣的歌；可能用一樣的文字。在走上世界大同的途徑，當然會發生衝突和陣痛。每個國家或民族，如何在公平競爭原則下保存自己的傳統，使其爲全世界所認同或採納，的確是一個棘手的問題，需要審愼考量和明智的抉擇。

屆時，宗教可能會式微；但我想，不會統一或消滅。宗教因涉及死後的種種，科學無法去證明。人就是活到千歲，免不了一死，也免不了想到身後的種切。因此，科技再發達，宗教也不會滅絕。由於各人可以自由信仰，宗教也不會統一。基督教、回教、佛教還是各有地盤及殿堂。我們很難想像一個信仰上帝的教徒，會輕信下一世輪迴成一頭豬，或是一隻羊。

到第三個千禧年時，全球由一個政府管理：文化和習俗小異而大同；貧窮消除；疾病絕跡；宗教和睦相處；戰爭不再發生。而且，食物都靠合成，減少農耕。風調雨順，到處都成長森林及草原，連沙漠及南北極都植被廣生。青山綠水，整個世界像一個公園，一座樂園，人們寓工作於娛樂，又可自由來往，優哉游哉，不啻人間天堂。天堂是人類夢寐所求之處，已嚮往了三千年，到那時，將可實現。

且不要太高興！世界雖是太平無事，到那時，外星人的侵略已經迫在眉睫。這是人類的隱憂。因爲外星人種類繁多，形狀各異；而且難以溝通。我們雖然科學發達，也無法一一對抗千千萬萬、光怪陸離的宇宙駭客。可能還要等上一千年，到第四個千禧年，才會有個妥善的對策。人類能否生存到那個時候？只有看造化了！

「生年不滿百，長懷千歲憂」，我們就是這樣的多慮嗎？在此科技一日千里的時代，要妄加推測千年以後的事，比瞎子摸象還要缺乏依據，還要離譜。即使在一九五三年時，IBM當時的老闆華森（Thomas Watson），估計全世界電腦的需要量，只有五台。他的預估，現在引爲笑談。多少年後，有人談到我這篇臆測，將有怎麼樣的反應呢？眞不敢想，不敢想。

二〇〇〇年三月十日

洛陽紙賤？

最近美國小說家史蒂芬・金（Stephen King）的新作《騎乘子彈》（Riding the Bullet）在網路上推出以後，引起讀者的熱烈反應，一時洛陽紙貴，因爲可以迅即印出，變爲「速成書」。反過來講，也可造成「洛陽紙賤」，因爲很多人將其下載（download）新近流行的「電子書」裡，根本不需要任何紙張。這類電子書較一般的掌上電腦大，售價在三、四百元之間。據說可以儲存四千多頁。帶著這樣一本滿載的電子書，即使環遊世界，也足夠你閱讀。去年秋季時，已有一千二百種所謂「電子書文叢」，今年可能倍增。而且有些品牌的電子書，可以不經過電腦，直接自資料卡輸入。

從環保及天然資源保育方面來看，這確是一個好消息。將來的教科書只要一本「電子書」就夠，雜誌、新聞、圖書等等如法炮製，可以節省多少紙張，少砍多少森林，免除多少垃圾。即以森林的砍伐而言，每年全球砍伐總量的百分之四十係作紙漿之用。紙的消費量減少，森林保存的面積可以相對地增加。

說到紙的消費量。有人曾用它來衡量一個國家文明及發達的程度。很多年前，看到一篇文章記載，吾國的用紙量僅及先進國家的數十分之一等等，覺得很是納悶：這個文明古國，眞是如此落後嗎？來到美國以後，才恍然大悟他們用紙的浪費情形。老一輩中國人，從小受「惜紙」的教育，用起紙來，都很吝嗇。而且吃飯不用餐巾紙，擦鼻不用薄棉紙，大便不用好草紙；紙袋、紙匣、紙箱用了再用：寫信、作文使用雪白的紙張，總是戰戰兢兢，用多了，大人還會說話。美國的小孩呢，衛生紙一抽幾丈；擦鼻子連用十多張：寫不上幾個字，就將白紙丟棄。家庭中如此，社會上紙匣、包裝紙、購物紙袋的浪費，有目共鑒。尤其是每日的報紙數十頁到幾百頁，你能讀上幾頁？這樣林林總總的加起來，當然消費量要比國人多上幾十倍。這和文明有直接的關聯嗎？砍伐大面積森林（包括天然林）作爲造紙之用，結果是如此浪費，不是自己在破壞自己的環境和資源嗎？我年輕時，曾在台灣東部的林區管理處做事，看到台灣紙業公司林田山林場，在高山峻嶺上將樹齡數百年的紅檜、扁柏等等砍下來，一車車送往羅東工廠，覺得很是無奈，不知道他們運去作木材販賣，還是拿去造紙，如果用於後者，眞是暴殄天物！

有了電子書以後，會不會對今後的書報及印刷事業造成極大的威脅？這恐怕是一個難加預測的課題。從前剛有電視時，有人預測電影院會門可羅雀。因爲在家欣賞要比擠車購票，方便得多。那知年輕人一對對去電影院，別有情趣；而且佳片輪到在電視上出現，已似明日黃花。因此，戲院的票房紀錄，還是直線上升。印刷的書和電子書相比，自有它的好處。陳列在書房之內，平添了不少書卷氣，坐擁書城者，更可顧盼自雄；即使不能汗牛充棟，也具左擁右抱之樂。濃縮成寥寥幾本電子書以後，還要書房何用？書房中沒有了書，就和廚房中沒有糧食一樣。如果，書只落寞幾冊，還有什麼書香子弟可言？詩書傳家，更做不到了！前年去大陸時，我買了一部新出版的線裝書《唐詩精華》，選用浙江富陽名竹製成的上等宣紙，仿宋繁體精印，讀起來不但神情古遠，而且幽香撲鼻，這種享受，豈是閃閃爍爍的電子書可以比擬？

電子書將來會流行，但不會替代印刷的書。兩者當可並存，就像電影院和電視一樣。依我個人的經驗，信件、文稿等等如不用紙張去印出，也潛伏一種很大的危機。例如七、八年前，電腦用五吋的軟碟（floppy disk）儲存及印刷；不久改用三吋半的硬碟；現在則光碟（CD）又在盛行。原來儲存在五吋軟碟上的資料及文件，已經找不到一架電腦可以印出，要特別設法才行。最近IBM又發展成一種儲存量百倍，不到一吋的卡碟，照此發展下去，數十年後，我們現在用的碟片，將變成骨董或廢物，而白紙上印出的黑字，反而可以保存及流傳。

電子書可以減少紙張的消費，可以使「洛陽紙賤」。但是，二千一百年前蔡倫發明的紙張，不會頓時匿跡，應該還可以用上一、兩千年才對。

二〇〇〇年五月二十九日

大度山的消息

大度山又有消息傳來。這一次是報上提到東海大學教堂的後面，要興建一座十層高樓。這座貝聿銘設計的教堂，看上去像個A字，風格別致；如果後面起了個泰山壓頂，則景觀破壞無遺。學生的譁然，可以理解。我記得，多年前校方要砍伐相思樹林，學生也群起抗議，後來好像是不了了之。

大度山原名大肚山，屬於台灣西部平原突起的一座紅土台地；在台中境內，稱爲大肚山。這個鄉土的名字，後來不知是誰，改了一個字，變爲大度山。詩人余光中在一九六一年，寫了一首〈詠大度山〉的詩，使山名益彰。其中有「春天在大度山上喊我」及「整座相思林的鷓鴣在喊我」等句。這是他在東海兼課時所得的靈感。而我和大度山及東海的關係，還要早七、八年。

一九五三年我在中國農村復興委員會任職不久，就經常去那時的大肚山、沙鹿鎭西勢里一帶推行水土保持及造林工作。山上風沙很大，林木稀少；大雨以後，砂石滾滾自溪壑而下，釀成災害。大肚山可說是台灣水土保持的發祥地。東海大學成立之初，校園空曠寥落，曾約農校長和該校董事、也是農復會會計長發起種樹造園計畫，由農復會補助該校及台中市政府執行，派我去設計及督察。我們在界址，尤其在東西向主要道路旁，築了防風林帶，種植木麻黃、夾竹桃及竹子等等；在校園內行人道旁，栽了鳳凰木；其他山坡上則遍播了相思樹種籽。在撫育成林的幾年中，每經過台中市，我總要去看顧一番。這件事，知道的人不多。詩人楊牧好像在散文中提過此事。詩人季予是東海第一屆畢業生，也知道此事。在我參加他畢業典禮時，林木已經很蔥鬱了！

相思樹生長很快，四、五年可以鬱閉成林。到了十五、六年已經可以砍伐更新，作爲上等薪炭材。所謂更新，即是齊根砍伐以後。任其重新萌枝成長，只要保留根部即可。東海大學的相思樹林，有否更新過？我已無從知悉。他們的問題，不在更新；而在於除根、剷平，和營建。這樣便毀壞了優美的環境。學生的反對，自有其理由。

台灣的校園內，能有一片樹林，並不多見。綠油油的樹林變成水泥地和高樓，的確是大殺風景。樹沒有了，蟲鳥難存，大自然的天籟會遜色不少。到了冬季，當季節風強勁時，大度山上更是寒風凜冽。學生平時在相思樹林中，可以散步談心，讀書打睏。如果童山濯濯，生趣定會缺缺。

當然，校方也有苦衷。學生平添了七、八倍，宿舍、教室、行政辦公廳均需擴建，到哪裡去找地呢？報上問：「東海爲什麼不瘦身一下？」這也是談何容易？好像時髦女郎一樣，不吃飯、服藥、拚命運動，還是瘦不下來。東海成立時的構想——辦一個小小的、精緻的大學。後來應社會的需要漸漸擴大，現在已經是中年發福，如何瘦身得了。這件所謂「教堂事件」，怎樣才能妥善解決?的確需要校方和學生代表坐下來好好商議。

這個消息，也使我想到學校的風氣和大學生的作爲。東海是台灣早年僅有的私立大學之一。因爲是教會創立，風氣一向比較開放自由。我的印象中，國立大學那時思想管制及軍訓比較嚴格，學生循規蹈矩，不敢逾越，也不管別人及校方的事情。大學生很乖順，但也變得非常現實。當然，由於近十多年來，大環境的蛻變，一切都變得開放和活潑得多了。最近在電視上看到，某某大學的學生，光著上身，穿著內褲，在作猛男秀，旁邊的女同學還在男生的短褲上簽名等等。這種現象，在二、三十年前，難以想像，不但使我有耳目一新之感，且具時代究已不同之嘆!我希望他們的活力、衝力，也將應用到學校以及社會的改革方面去，不要讓東海的學生，專美於前。

大度山傳來的消息：一則有關土地、相思林和校園的消息；春天的消息；年輕學子的消息。在這個海峽兩岸山雨欲來的季節，我忽然聽到遠方傳來鷓鴣的呼叫。

二〇〇〇年六月二十四日

只有在美國

「只有在美國，送披薩到家比救護車還快。」
「只有在美國，車庫內堆滿了廢物，昂貴的轎車卻停在屋外。」
「只有在美國，銀行內金庫敞開，櫃檯上的筆則用鍊條繫住。」

以上是一位拉丁美洲的朋友，最近用電子郵件送給我十多條「只有在美國」中的數則。顯然，這是一個外國訪客的觀感。

在美國寄居久了，便會融入他們的社會和習俗，見怪不怪，一切視爲正常；缺乏一種敏銳的反應或差異感。

我在一九六〇年代初到美國時，感到一切都新鮮、有趣；一切都要和國內比較一番。那時，台灣的經濟還未起飛，平均國民所得，還在五百美金左右。和美國相比，各方面都要差上四、五十年。只有在「食」的多樣方面，以及「吃」的花費方面，使美國人瞠乎其後。到美國人家去作客，常常是一道主菜、一盤生菜或沙拉、一道甜點而已。使我不時懷念起國內的冷盤、熱炒、雞鴨魚肉等等，不勝垂涎。但仔細想想，中國人的好客，固是美德，一桌請下來，將一個月的薪水吃光，以後日子如何度過？太要面子，不顧家中生活，實在是要不得。在台灣時，我的親朋中有借了錢來請客的。更有一人，是向我借了錢，請我吃飯，眞有蜻蜓吃尾巴，自己吃自己之感——因爲不知道何日才能還清？而美國人呢？有個同事請我們去參觀他的農場，中午拿出一盞湯及幾塊麵包。我對太座說，這可能是第一道，後來左等右等，茶也端出來了，才知道已經結束。他們的簡約，使我吃驚。

國人對親友如此好客，對陌生人則態度蛻變。我們從問路、到衙門辦事，就可領略。美國則不一樣，在我初到新大陸時，覺得特別有人情味，尤其在小鎭上。不管認不認識，看到時大家招呼，說聲早安或晚安，感到十分溫暖。去機關找人，總有人熱心指點；問路時，還會帶你前往。我記得，有一次回台灣休假，去看一個朋友，因爲不確定門牌，正在探望時，忽然開門出來一個老叟，指著我說：你東張西望要來偷東西嗎？使我哭笑不得。朋友知道了，調侃地說，聯合國專家淪爲小偷了。最近據報上說，美國大都市中的禮貌也漸漸式微。而依我的經驗，現在台灣及大陸在這方面，已有普遍地改善。

可是，國人還是喜歡隨便闖人家，管閒事，給人建議。從前沒有電話，無法預先約定，闖去就是。到了現在，有人還認爲，朋友愈熟，愈有闖的權利。電話預約，顯得見外了。你如果對你的朋友說，下次先打一個電話來，他一定會不高興，可能不再登門了！在美國辦事訪友都要預先約定，這是對別人的尊重，大家都忙，可以有備有序。養成這種習慣以後，即使我們和兒子家，僅一箭之隔，要看孫兒女，也會先行通知，不會隨意闖去。

管閒事，給建議，在國內司空見慣，卻會造成很多是非和糾紛。清官難斷家務事，美國人絕不會管別人的私事。Privacy（隱私權），人人會尊重。十多歲的小孩只要提此，父母也會退避三舍。我們除喜管閒事外，還會作種種建議，有時會越俎代庖。建議中最常見的是醫藥。我們喜歡成藥，常常在不懂藥理情形下，推薦給別人，非常危險。美國人則謹慎得多了，有病總是請教醫生。記得在一九六〇年代，藥品不准上廣告，後來雖然解禁，常有一行小字：要問過醫生才能用。

比較下來，我們是愛面子、管閒事的民族。熱心過了界限還不自知：要面子使自己受累，甚至受苦。美國人在這方面要比我們保守、老實得多。他們不諱言，我的丈夫是木匠，或這是我第二任太太等等。我初來美國時，聽了覺得不習慣，因爲在國內聽不到一己的坦陳，多的是旁人的謠言。英雄不怕出身低，有什麼可吹噓的？尤其是在自由平等的社會裡。柯林頓的家庭及行爲，無礙於他總統的成就。我朋友送來「只有在美國」的最後一則：「只有在美國，一個退役戰士，住在無家可歸的紙箱中；一個逃役者，住在白宮。」雖屬挖苦，也不無眞理。

東是東，西是西。由於時代的進步，傳播及交通的發達，文化及習俗上的差異，將漸漸不顯著，甚至消弭。「只有在美國」，這種外國訪客的觀感，也只能作爲酒後茶餘的談助而已！

二〇〇〇年七月九日

重翻日曆
——幾句合時的格言

日曆並非是日記。一頁頁翻過，日子過掉了也就算了。到了年終，更是一丟了事，不會去重翻重讀。但是我這本一九九三年的日曆，與眾不同。它是一本刊有名言的檯曆，下面列有三個名字，要你去猜測是誰說的，答案印在背面。人名中有赫赫如愛因斯坦者，也有詩人、醫生、明星、現代作家等等。林林總總，一年三百六十五句。當初讀來饒有趣味，時過境遷，也就忘了。

最近因整理書房舊櫃，這本殘缺不全的日曆，特顯眼簾，重新翻閱一遍，覺得內中很多警句箴言，在時下頗有新的含意。例如，二月十一日的一句：「信任是愛的最佳憑證。」（The best proof of love is trust.）出自當代一位心理學家之言。這句話，不但可以應用在夫婦之間、家庭及社會上，也可用在海峽兩岸之間。大家口口聲聲說愛國家，愛吾中華；但雙方就是互不信任。鋒刃相對，或咬文嚼字，關係很難建立起來。報載南北韓將接通縱貫鐵軌，他們能夠互相信任，而且如此快速，我們的確顯得迂腐老大。

四月二十四日有一句：「多少人死於意外緣因不肯放掉雨傘！」（How many people are killed in accidents because of not wanting to let go of their umbrellas!）這是法國詩人梵樂利（Paul Valéry）的話。這位象徵派先鋒的涵意，在指出一般人的貪小失大；枝節而忘根本。我們現在的政治，不就是如此嗎？五月八日的一則：「無爲常是一種好的做法和說法。」（Nothing is often a good thing to do and always a good thing to say.）。在經濟理論上，do nothing 也是一種替代方案。老子不也是主張無爲而治嗎？社會上的是是非非，多的是庸人自擾之，政府也應該管得愈少愈好。

五月二十二日的一句，深獲吾心：「時尚褪色——風采則永存。」（Fashions fade — style is eternal.）這是當代一位法國名服裝設計家的箴言。好像在警告從事文學或藝術工作者，不要跟著時尚去轉。今天立體派，明天存在主義，後天則是後現代等等，應該要建立自己的信心和獨特的風格。

六月五日的是美國女作家史坦（Gertrude Stein）的美言：「我們內心總是活在一個年紀。」（We are always the same age inside.）史坦女士在第一次與第二次世界大戰之間，活躍於法國巴黎，海明威等等常是她的座上客。活力充沛，青春不老，正是每個作家所嚮往的境界。這句話和六月二十七日的另一句有異曲同工之處：「每人心中，有一祕密的神經，感應美的震盪。」（In every man's heart, there is a secret nerve that answers to the vibrations of beauty.）對於美的事物，不管驚鴻一瞥，或是滄海月明，每個人都會有心跳的反應。年輕人如此，年老者也不例外。詩人、藝術家的心，永遠不老。

四度得過奧斯卡獎的女明星凱薩琳・赫本（Katharine Hepburn）有一句警語，印在七月十五日的日曆上：「敵人深具激勵作用。」（Enemies are so stimulating.）我看過若干赫本的電影，也在電視上見到訪談。她講話擲地有聲，而且率直得很。這是她體驗人生及戲劇的金玉良言。吾國生於憂患，死於安樂；無敵國及外患者亡，也是此意。我們現在處於一個敵對的分治狀態，希望能相互激勵，由彼此競爭而更上層樓，未始不是中華民族之福。

八月十九日的一頁上，刊有美國前總統尼克森的一句話：「失敗並不會使人完蛋，放棄才是。」（A man is not finished when he is defeated. He is finished when he quits.）尼克森的爲人，我不敢置評。但他這句話，說得很有種氣，可能是他再次參選總統成功後的勸人之言，我用「完蛋」來譯 finished，好像缺少敬意；如果聽過他有名的錄音帶（tape），就知這兩個字還不算粗俗。

大名鼎鼎愛因斯坦的一句箴言，錄在十一月十九日的一頁上，我的直譯如下：「任何人讀得多而用腦少，會養成懶於思考的習慣。」（Any man who reads too much and uses his own brain too little falls into lazy habits of thinking.）學而不思則罔，《論語》所述，似乎更進一層。書呆子及兩腳書櫥，都是塡鴨式教育的成品。愛因斯坦的理論學說，全靠他能做到篤學深思。

重翻舊的日曆，重讀格言，覺得頗有新意。茲摘譯數則，期與讀者共享，雅俗則不論矣。

二〇〇〇年十月二日

禿鷲

禿鷲（Vulture）是一種食肉飛禽，頭禿無毛，雙翅展開可達十尺。牠能在數千尺高空偵知食物。在我的印象中，牠們成群地在沙漠上空盤旋，或棲候在大樹之上；黑壓壓地一堆，像一群死神。

最近在網路上，我接到朋友送來的一張照片，一個骨瘦如柴的黑膚稚童，跪伏在地上奄奄待斃，身後不遠之處，赫然佇立一隻禿鷲，幾乎和小孩一樣大小。這種死亡的威脅，和即將解體的恐怖，躍然畫面之上。這位朋友又加上幾句警語，說我們有吃有穿，還有什麼要抱怨？

眞的，比起這些苦難的人，我們還有什麼要抱怨的呢？世界各地，尤其是非洲，每年不知有多少兒童，死於饑饉及疾病。回頭看看美國人的浪費，每天糟蹋的食物，不能想像。即使家家戶戶草坪所需的灌溉及肥料，可以使很多國家的糧食自給自足。以我個人在聯合國糧農組織的經驗，覺得除水、種籽、肥料以外要解決飢餓問題，眞不簡單。外患內爭，兵燹連年，使民不聊生，哪有時間去農耕？加上水旱天災，缺乏保護及預防設施，更是流離失所，哀鴻遍野。

我因為對這張照片印象深刻，就做進一步的調查。得知是一位南非記者卡特（Kevin Carter）一九九三年在蘇丹所攝，題為〈死的守望〉（Death Vigil in Sudan）。這張傑作在翌年獲得普立茲獎，但這位年僅三十三歲的記者，卻在得獎兩個月後自殺身亡。據說，他在攝影後，將禿鷲趕走，自己坐在樹下痛哭流涕。他是因為貧窮，及受不了這種活生生的殺戮、饑饉，及人間殘酷的慘狀而自戕。

說到殘酷，使我想起和禿鷲有關的另一樁新聞。最近的電視節目《荒島倖存》（Survivor），轟動一時，最後一天的末段，有一位名蘇珊（Susan Hawk）的女士，對另一位可能獲百萬元大獎的競爭夥伴凱莉（Kelly Wiglesworth）大肆攻擊，她甚至說出這樣的話：你（指凱莉）就是倒在地上渴死，我也不會給你一滴水喝，我是一隻禿鷲等等。當晚觀眾有一、二千萬，竟能說出這樣殘酷和惡毒的話，並且以禿鷲自況；使我目瞪口呆，百思不解。美國人平時應對，謙謙有禮，不大會說傷人的重話。我不知道，這是預先安排好的台詞，用以增加節目氣氛？還是人性在緊要關頭的赤裸表白？

Vulture這一個字，原可作「貪婪者」解。照韋氏大字典的解釋，凡貪得無厭、毫無情義，並拿別人來犧牲者均屬之。因此，在一般人的心目中，這是一個壞和惡劣的代名詞，是一隻凶鳥。

且慢，禿鷲大多數只食腐肉。牠們爪子無力，喙嘴內彎，無法生擒活剝。這也是造物者的巧妙安排，否則以牠們敏銳的眼力和嗅覺，其他小動物豈有生路？因為牠們只食腐肉，使動物屍體不會長期暴露，而且牠們的消化系統有特殊能力，可以消滅細菌及毒素，排泄物不會傳染疾病。這一切，都對人類有益。

非但對我們有益，有一種火雞禿鷲（Turkey Vulture），色彩鮮豔，從不殺生，在空中飛行打轉，翅膀成V字形，數小時不會扇動，姿態極美。愛鳥者對牠們特別鍾情，組有一個協會，自一九九四年起已花上百萬經費，專門從事牠們的生態研究，並設有網址供人交換訊息，閱覽參考。

早在數十年前，美國詩人傑佛爾斯（Robinson Jeffers, 1887-1962）寫過一首〈禿鷲〉的詩，大意是說他在山坡上假寐，一隻禿鷲在天空中不停地打轉，向他打量。他只好自言自語地說：不要浪費時間，我的老骨頭還有用處。後來看牠在空中飛得如此壯麗，又改了口氣說：非常抱歉，我使你失望，如果被你啄食，變成你身體的一部分，則可以共享你的翅膀和眼睛。最後兩句詩，試譯如下：

多麼悲壯的結局，升入天空；
死後多麼好的生命。

我對蘇丹的這張照片，不能忘懷；對蘇珊的幾句厥辭，不能消化；但對禿鷲的形象，卻能漸漸地接受。今後出門，將要向空中仰望，看看有沒有V形的英姿！

二〇〇〇年十月二十一日

向哥倫布算帳？

今年十月間的哥倫布節，在丹佛市發生一件遊行被阻撓的事件。一百四十七個印地安人被捕。原因是義大利群眾，舉辦了九年來第一次的大遊行，慶祝「義大利人自豪的哥倫布日」。可是碰上了這裡的印地安人，認爲哥倫布是種族滅絕者，也是販賣奴隸的販子。雙方發生齟齬及衝突，印地安人並要求美國政府取消「哥倫布日」爲國定假日。

事實上，早在一七九二年及一八九二年的十月十二日，美國已慶祝過哥倫布發現美洲的三百年及四百年的周年紀念日。並自一九二〇年起，訂爲國定紀念日。據報導，科羅拉多州還是第一個倡議者。美國郵政局在一九九二年曾發行一套郵票，紀念五百周年。印地安人在前幾年，已提出異議，因此不舉辦遊行。今年義大利人要舉辦遊行以前，印地安人要求不用「哥倫布」的名字，未被接受，因此雙方大鬧一場。幸而還算理智，警察也有備而來，沒有釀成流血事件。

哥倫布有錯嗎？要向五百多年前的歷史算帳，也不是一件容易的事。第一，哥倫布四次航行到達的地點，都在現今加勒比海的西印度群島，如巴哈馬、古巴、海地及牙買加之類。在牙買加北岸，尚有發現灣（Discover Bay）的地名。哥倫布最遠到過中美洲的巴拿馬附近。據近年來考證，北歐的維京族（Vikings）比哥倫布早五百年已經渡過大西洋到達現在的加拿大。第二，哥倫布受了馬可波羅的影響，一心想到中國（Cathy）來，他想找出一條通過日本國（Cipango）到達中國的捷徑，不須繞過南非的好望角。但他大大地估錯了地球的圓徑，到達古巴時，還以爲到了中國。第三，他當時的主要目的，除要達成一己的夙願以外，是要找金子、香料等等財富，並不是要想征服及滅絕別人。

這使我想起，比哥倫布還要早的吾國航海家鄭和。早在一四三〇年，鄭和已經七次航達南洋。哥倫布第一次航行只有三條船，一、二百人；鄭和第一次（一四〇五年）出航時，據說有六十二艘船，二萬七千餘人。七次航行，到過三十餘國，包括今日的越南、泰國、爪哇、印度洋及非洲等島嶼及國家。並沒有併呑他們的國土，只是要他們臣服及進貢而已。哥倫布憑三條船出海，更不會作鯨呑之想。

但在那個時代，西班牙及葡萄牙，確向海外擴充勢力，相互爭霸。教皇還特地爲他們劃定界限。而且，哥倫布的航行，確是由西班牙國王、王后及政府資助。因此，他們發現一個小島或陸地，登陸時要插上西班牙皇家的旗幟。以後也有屯墾及移民的事蹟。如果一查中南美洲的歷史，就知道後來西班牙人如何欺迫、奴役、甚至消滅當地的印地安人如瑪雅族的後裔及印加族等等。這是後來的事，哥倫布管不著。

即使一四九二年哥倫布沒有發現美洲，英國的卡勃脫（John Cabot）在五年後的一四九七年，也已到達加拿大的紐芬蘭（Newfoundland），這是眞正的北美洲。兩年後，義大利人維斯普齊（Amerigo Vespucci）及西班牙冒險家奧海達（Alfonso de Ojeda）也航行到南美洲的北端、蘇利南（Suriname）及委內瑞拉等地。後來最有名的當推葡萄牙人麥哲倫，他領導穿越南美尖端的海峽，進入太平洋，雖然壯志未酬，客死菲律賓，他的夥伴卻完成了環繞世界一周的壯舉。如此看來，發現美洲是遲早的事，印地安人不能只怨哥倫布，應該怪後來的殖民者。

印地安人指責哥倫布，愛好動物者也可抱怨印地安人。北美野牛（buffalo）的瀕臨滅絕，他們是始作俑者。我四十年前來美時，就到過若干野牛保護區，說是全美只剩幾百頭。那時，大家對自然生態觀念剛剛萌芽，看來頗爲新穎。近二、三十年來，美國傳播業巨子泰納（Ted Turner）在全美各地收購數千萬英畝土地，不是爲了畜牧賺錢，而是爲了使這些土地恢復原來的生態環境，讓野牛徜徉其間，不加圍籬。也算是一種補償和贖罪之舉。

假如沒有哥倫布或其他人發現新大陸，美國會變成什麼樣子？這是一個一百萬元的難題，沒有人能給準確的答案。這塊原始的土地，沒有外來的影響及衝擊，會不會有今日的進步？以近代的中國爲例，我們自稱爲文明古國，如若沒有西潮的衝擊，恐怕今天還很落後。美國的印地安人，應該反躬自省，不須怨天尤人。

義大利人也不必自豪。哥倫布據說是西班牙猶太人的後裔。他雖然生在義大利的熱那亞，十四歲就常常離家出海，未受好的教育，據說只會當地方言；二十五歲時即去葡萄牙及西班牙一帶。他不但未用義大利文寫過任何東西，連他的名字及簽名後來都改成西班牙文：Cristóbal Colón。而且，他的航行也是西班牙贊助的。

我常常覺得，言論可以自由，但行動不可以放縱，妨礙了他人。現在社會上有很多團體，民族及環保意識特強，本來沒有什麼不好，只是有些激烈分子，矯枉過正，做出了不法的事情，往往演成悲劇。印地安人向五百年前的哥倫布算帳，結局還算是平和。我們在台灣，也常有發展和環保間的衝突，慎思篤行，應爲解決的上策。

二〇〇〇年十二月二日

頭等艙的「驕客」

電視及報紙上，前些日子常有飛航的種種消息。大者如協和客機及新航的出事。小者如停飛、誤點、機上肇事等等。好像飛行的安全，大有問題；航空公司的服務，也每下愈況。

但在眾多壞消息之中，也有幾則頗饒趣味，引人省思者。第一則是關於一個二百五十磅的頭等艙嬌客——不，是一頭豬，引起了不少議論。據報導，有母女二人，從費城搭機到西雅圖，預先告訴航空公司有一隻十三磅的小豬要隨行，並說：這是一隻有醫生證明的服務性的動物（service animal）。航空公司聽說要買頭等艙，當然禮遇有加，答允了下來。但到時，卻來了一頭二百五十磅的龐然大物。牠不但將座位佔盡，而且還侵略到通道的空間。在飛行時，雖是鼾聲大作，大家還能忍耐。到飛機下降時，則豕突叫囂，不肯就範，而且隨地方便，使乘客掩鼻失措。最後，還靠不少人幫忙，前拖後推，才能安然落地。當然，有些乘客向航空公司抱怨，聯邦的飛安機構，也作專案調查，最後卻是不了了之。我不知道，這是什麼樣的「服務性的動物」？或僅僅是一個寵物？也許牠在醫藥上有特殊的用途也說不定？至於牠的機票是否全價？半價？或照貨運標準？甚至隨行免費？報上沒有交代，也許是一個祕密。總之，在這個不能虐待和歧視動物的世界，人和豬似應一律平等。不，牠能乘得起頭等艙，身價高人一等，航空公司也要另眼看待。這使我想起，現在有一種超級豬，牠的器官可以移植到人體，我們今後的延年益壽，還要靠靠牠們，豈可小覷？

我三十多年來在世界各地旅行，從來坐不起頭等艙。只是憑了機緣，有幾次莫名其妙地被升等入艙。記得，有一次從羅馬飛回華盛頓途中，坐的是頭等艙的第一排，舒適寬敞，顧盼自得。不久，服務小姐恭恭敬敬地問我要喝些什麼酒？是不是要先試嘗一下？我平時對杯中之物，素不講究，只說了一聲白酒即可。後來手執一杯，覺得清芬甜醇，酒還未喝到一半，美麗的服務員又來頻頻添酒，這時，窗外雲飛不斷，窗內溫暖如春，大有飄飄欲仙之感。忽然間，後座一位仁兄，大嚷一聲，要服務員拿酒瓶來驗明正身，服務員只好唯命是聽，恭恭敬敬拿原瓶來請他過目。這位仁兄接著卻大發雷霆說：你們怎能拿出這樣的劣酒（cheap wine）來待客？這位小姐只能低聲下氣，陪不是的說：我可以換另一種前來，看看您喜不喜歡？第二瓶酒拿來時，他好像還是嘰嘰咕咕，勉強接受。

我當時看在眼裡，十分納悶，天下竟有這樣無禮的人！不知這位仁兄是什麼身分？他是皇親國戚？還是政府顯要？或僅僅是一個買得起頭等艙的「驕客」？我那時剛在羅馬開會回來，幾天討論的是如何運用糧食方案，救濟非洲及亞洲的廣大貧民。他們瀕臨飢餓邊緣，而在這個頭等艙裡，卻有如此傲慢和挑剔的酒徒，人間還有什麼公平可言？

可是，在不久前，我又讀到另一則有關頭等艙及酒的新聞，標題是：「航空公司只用好酒待客」（Airlines say they will serve no wine that isn't fine）。消息中提到，頭等艙的乘客，以五倍於普通艙的價錢購票，航空公司當然要以佳釀饗之，何況，闊佬們常以酒食好壞來選擇航空公司。又稱，頭等艙乘客是公司的金礦云云。因此，每家公司對酒的選擇，未敢草率，例如，新航每年要舉辦品酒大會兩次，每次品酒六百瓶之多。很多公司，除聘專家協助以外，還要灌注服務人員酒的常識、端酒及倒酒的方法，有些酒在飛行途中，由於搖晃及艙中氣壓關係，可能變質，還需向乘客解釋。服務人員，對乘客的偏愛也要揣摩。英國人喜歡陳酒，日本人鍾情名牌等等。要款待頭等艙的嬌客，實非易事。

我覺得，航空公司如此看重頭等艙，而將普通乘客降爲二等國民，已是有目共睹。多年以來，普通座位愈來愈小，餐食也愈來愈簡陋。飛行變成一種受罪；長途飛行，綁緊腰帶，動彈不得，更似長期徒刑。我每次在搭乘飛機時，會特別體驗到，人原來是不平等的——至少用錢來衡量。最新的消息說，凡體重三百磅的人，今後要買兩張票，才能入座。美國胖子很多，不一定是富翁，他們坐不起頭等艙，會不會興人不如豬的感嘆？

二〇〇一年一月六日

新年的信息

這個落磯山下的小鎮，能看得到的台灣衛星廣播，每天僅半小時。我們還要在半夜錄影，早上觀賞，但從不錯過。年底時，忽然宣布終止。不知道是經濟影響，還是政治原因？大家都很悵然，我卻說：不看也罷！因為在三十分鐘的節目中，車禍、殺人、放火佔了大半；還加上遊行抗爭、議會打架、政治醜聞等等；看不到令人興奮或感到溫馨的報導。

我不知道這是報導的偏差，還是社會就是這種樣子？假如是前著，傳播界值得反省；假如是後者，誰要負責任呢？關於傳播方面，我年前曾在「世副」發表一篇〈好事不出門〉，略有評述。社會缺少祥和之氣，領導者、教育界，甚至每個國民均有責任。否則，暴戾恣睢，巧取豪奪，上行下效，永無寧日，豈是國家之福？

就在新年裡，缺少廣播可看，意氣低迷的時候，偶然接到兩則信息，都是意想不到的。第一則是親戚從網路上轉來，達賴喇嘛的新世紀福音。我敬重佛教，不能算是信奉，但對達賴喇嘛的爲人及言行，很是喜愛。讀了他的十九條條文，覺得沒有一條是在爲佛教宣揚，每條都可以作爲我們爲人處世的守則。其中有一條要我們遵守三個R：尊重（respect）自己，尊重（respect）他人，並對自己的所作所爲負責（responsibility）。有一條說：「得不到自己想要的有時會帶給你驚奇的好運。」這是一句很有哲理的勸誡話，足以安慰失意者的心靈。又有一條說：「不要讓瑣小的爭執毀壞了偉大的友誼。」何等眞知灼見！人與人之間、國與國之間的糾紛，甚至決裂和戰爭，有時只爲了一些可笑的爭執。海峽兩岸咬文嚼字的爭執，不也是如此嗎？最值得一提的是第十二條：「一個有愛的氣氛的家庭是你生活的基礎。」（A loving atmosphere in your home is the fundation for your life.）國人以家庭爲重，其實，這句話也可以擴充應用到社會上：一個充滿愛的社會是我們生存的基礎。

這封電子信，敦促受信者要立即轉給他人，並說，如能轉送五到九人，生活可以改得一切如意；九至十四人，則在三星期內有五則驚人的好消息等等。我不迷信這些，只是願意將這種福音傳給讀者，也算是一種功德。

新年裡的第二封信，則是一個送報人給我的。她在一年之中，也有一、二個便條，報告報紙的分發情形，通常經我一覽後便丟棄。這一次，倒是一封道地的通函，送給這區的訂閱者。新年有閒，也就拿來仔細閱讀一番。覺得字裡行間，充滿了人情味，充滿了關愛。這位送報的女士說，她每天早晨三點半就去取報，風雪無阻，而且要花費整整兩個小時，才能將報紙摺疊、夾入廣告，以及套好塑膠袋等等，但她覺得很値得，因爲這裡的訂戶對她很友好。尤其在聖誕及新年時，給她賀卡或謝言。她對有幾天清晨忽然下雪，使所送報紙不能事先防範，以致弄濕，感到抱歉。又說，凡是她看到報紙在門口積有二、三天未取，斷定全家離鎮外出，她即自動停止送報，以防宵小。她建議，有事可以隨時聯絡，她不會覺得打擾。最後說，今年她要請假兩次，其中一次要陪同落磯山的合唱團，去卡奈基音樂廳（Carnegie Hall）唱歌。在此期間，她會託她的兒子代送。她說，我兒子熟悉送報的路線，但他不一定送到我指定的地方，要請大家原諒！

我讀了以後，深深覺得現在的社會，有這樣負責、關心別人的人物，實在難得。她做的是一件收入微薄的送報工作，能夠如此盡心盡力，敬業樂群，能不使高居廟堂、尸位素餐者警惕或汗顏。我和她從未謀面，只聽說她每天下午還在一家百貨公司兼職。假如我是一個記者，也許會發掘更多有關她的生活及爲人，作一個詳細的報導！

達賴喇嘛立德立言，是一位東方的聖哲。這位送報的女士，則是一個鎮上的凡人——一個服務社會、克盡職守的普通人。他們兩位各不相干的人物，在二十一世紀新年開頭的幾天裡，給我的信息則相同——一個充滿愛的社會是我們生存的基礎。

二〇〇一年二月十二日

馬上・枕上・廁上

馬上、枕上、廁上，稱爲「三上」，據說歐陽修的文章，即得之於「三上」。夫子自道，頗有趣味。不知道他有名的〈秋聲賦〉，得之於那一個「上」？

古人出去郊遊，駿馬一匹。「踏花歸來馬蹄香」，何等境界，何等風光。一個人閉門讀書，或埋首案牘，一旦抽空出得門去，輕騎緩行，或馳騁田野，當有不期的快感和鮮活的靈感。李白「落花踏盡遊何處，笑入胡姬酒肆中。」孟郊「春風得意馬蹄疾，一日看盡長安花。」都是馬上的絕句。現代人出門，大多是坐車，道路擁擠，駕駛危險，「車上」就產生不了什麼靈感。我在台灣時，每月要去鄉下或山上出差數次，有司機駕車，可以利用時間看書。但兩眼盯在字裡行間，車子在山路上東彎西轉，不多一刻，就受不了，要想嘔吐。後來改變主意，隨身帶一本小簿子，準備及時摘錄靈感，也因路途崎嶇顛簸，無法寫字，所獲不多。

枕上能產文思，倒是很多人有這種經驗。第一種是枕邊細語。白天她做她的，我忙我的，到了並枕而臥，正是談心的好機會，有憂共解，有樂同當，這種 pillow talk，當會帶來不少創意。

第二種情形是半醒半睡之際，幻想特多。歐陽修自己的詞：「故欹單枕夢中尋，夢又不成燈又燼。」燈滅了，人還未入夢，值茲朦朧之際，文思卻油然而生。據說英國詩人柯立治（Samuel T. Coleridge）的名詩〈忽必烈汗〉（Kublai Khan），也是在吸鴉片後的半昏迷狀態中寫成前半段。依現代的心理學來解釋，半醒半睡時，潛意識最活躍，許多白天壓在心頭，無法吐露的思維，這時蓬勃洶湧，自由組合，成爲一種創造的力量。曾讀到一本書：《The Art of Creative Thinking》（創思的藝術），書內建議一種方法，使你進入知覺朦朧的境地（twilight zone）。這個方法，要你手執一個罐頭而睡，你如眞要睡去，罐頭會鏘然落地而將你驚醒，如此這般，不久你會進入朦朧。雖然可笑，有心人不妨一試。

第三種是眞正的作夢。據說貝多芬、華格納，以及迪士尼樂園創辦人華德・迪士尼等，多自夢中得到許多偉大的靈感和概念。我自己也有枕上的經驗。但早上起來後必須立即記下，否則被雜事打岔，就很不容易再想起來了。這種靈感，一縱即逝，必須及時掌握。

文章能在廁上產生，聽起來頗是發噱，但也有可能，要看個人的習慣和能耐。當然，這裡說的不是「廁所文學」——那些在廁所壁上亂塗的歪詩和穢語。我想，在廁上看書看報的人，當不在少數。在《世界日報》上看到一篇妙文，題目好像是如何博得丈夫歡心。其中有一條是讓男人在廁所裡看書看報，不要去催促他。因爲男人在外辦公開車，緊張忙碌，回家後閉門納福，無傷大雅。

我也有在廁上閱覽的習慣，推己及人，想當然耳。記得有一次回台度假，著有《克難苦學記》的前農復會主委沈宗翰先生請我們夫婦餐聚。飯後，我送了本新出的散文集給他，並說：「作爲你廁所裡消遣之用！」離開時，涓妻便說：你怎可說這樣不雅的話？我說：語雖不雅，這也算是自謙。而且，胡適之先生也曾說過，他也喜歡在廁所裡看書，莎士比亞的劇本，也在電車和廁所裡看完。

至於在廁上構思，我倒沒有這種經驗。我不能想像，歐陽修如何能做得到？那時沒有抽水馬桶及通風設備，他如何能夠忍耐得住？胡頌平編著《胡適之先生晚年談話錄》中，曾經提到過一段：「抗戰期間，于（右任）先生曾向最高當局建議，能使西北人家每家都有一隻馬桶，因爲那邊實在太窮苦了。」云云。果如此，則千年前的宋朝，會有怎樣的設備？歐公所謂的廁上，究竟要登？還是能坐？難以考證。也許他才思敏捷，也是個倚馬可待的曠世奇才，只是此馬非那馬而已！

不管是馬上、枕上、廁上，或是今日的車上、船上、機上，要攝取靈感，除要睜大眼睛，耳聽八方以外，在心中要永遠豎起一架雷達，才能收效。我年少時寫過一首題爲〈靈感〉的詩，雖屬稚嫩之作，意思還在：「縱使靈感是雲雀在頂空飛鳴／千萬人裡有幾個被引起注意……除非你心裡永遠的架起雷達／靈感從天邊起飛即可牢抓。」你我如果日夜競營，或漠不經心，靈感是抓不到的。

二〇〇一年四月十日

磨桌子

吾國以前的上班族有「磨日子」或「磨桌子」之說。西方也有killing time一詞。有些人到了辦公室，泡茶、看報、談天，磨磨桌子，辦不到幾件公文，一天就過去了。這已經是守本分的，還有遲到、早退、中間溜出去辦私事者。因為待遇有限，吃不飽、餓不死，缺乏競爭之故。在政府方面而言，給大家一個就業機會；在個人方面來看，算是一隻飯碗。各得其所，相沿成習。

自從私人企業發達以後，「效率」兩個字突然流行起來。用人少，做事快，講方法，爭效果，情形就大大不同。以台灣來講，這僅僅是三十年來的事。以大陸來說，可能是最近十年間的現象。在我一九八九年第一次去大陸時，大多數的商店還是公營，要問問價錢或看看貨色，相應不理，常常碰壁。吃公家飯嘛！不必討好顧客。現在已經一百八十度轉變，笑臉相迎。

我幾十年來，有幸經歷了不同性質的機關：政府機構、公營事業、洋機關、國外機構等等。磨過桌子，也做了些實際工作。

光復不久，初到台灣時，在政府機構做事。等因奉此，學了不少。但常因缺少事業費，不能到野外工作。有一段時期，家中無米，要向人借貸，眞所謂枵腹從公。後來轉到公營事業，待遇略有好轉，但也勉強夠用。一家人住在一間不到六個榻榻米的宿舍，廚房及廁所公用，距有一箭之遙。那時大家都窮困，能夠溫飽，也就很滿足了！後來進入一個中美合作的機關，經濟才好轉。

那個機關，待遇佳，工作氣氛和當時的政府機構截然不同。開明、講效率、信任職員、沒有官僚作風。在那個機關裡，洋人和國人並肩工作，一視同仁，因此大家都戮力從公。例如，我剛進去時只是一個小職員，但如果要下鄉工作，機關會派一輛車、一位司機任我使用。在當時車輛稀少的情形下，這種待遇，在其他政府機構，只有首長才有。我當時計算過，政府機構類似我的職位，要申請出差及其後報支，必須經過層層核簽，前後要蓋章六十次之多。在我工作的機關，只需四、五人簽字而已！我覺得政府機構，總是在防弊，不信任人，因此效率不高。加上待遇有限，使得很多職員，只是簽到簽退，磨磨桌子而已。

我後來在聯合國任職，派到不少尙在發展中的國家做事，知道這些國家的情形和台灣早期不相上下，磨桌子的窘相，也很普遍。有些國家，只見桌子不見人，因爲他們爲私生活而忙，有的要做兩個以上的工作，才能餬口。

一個人從學校出來，到退休爲止，無論在政府、學校或私人機關做事，要花四十多年的漫長歲月在辦公室或辦公桌上度過，想想辦公的環境，實在太重要了！我最近在電視上看到兩個相關的報導，使我大開眼界。

第一則報導是關於北卡州的一家高科技軟體服務公司。螢幕上映出來有健身房、育幼園、游泳池等等。有人在玩球，有人在接受按摩，有人在喝咖啡聽鋼琴演奏。不久，又顯示洗衣公司送衣服前來，這些都是公司的福利。他們照顧職員，眞是無微不至。這家公司被財經雜誌選爲全美一百家最適家庭婦女工作的公司之一（best companies for working mothers）。他們不但具有彈性的上班時間，而且要做到「盡力工作及盡心玩樂」（To work hard and play hard）爲目標。據公司執行長說，這類高科技公司，職員的更動率很大，他們位置偏僻，如果不是這樣爲員工設想，將要花費龐大錢財及精力去找新人，重新訓練——往往得不償失。據史丹福大學的獨立研究，這家公司看上去開銷很大，但比經常換人、研發成果無以爲繼的公司，要省錢和划算得多。

第二則報導是一個位在加州矽谷的小公司。看了更覺匪夷所思。電視上顯出的辦公室像一個大雜院。職員穿短褲、恤衫、拖鞋，甚至有赤腳者，三三兩兩在室外及走廊上開會討論。有些在案頭工作外，不少人在室內練習高爾夫球、打撞球、聽音樂，甚至表演絕技。辦公桌上有各式各樣的陳設；有一個職員，甚至在上面高架一張木床（bunk）溫習大學生活。據公司的負責人解釋，他們對職員的服務，也包括送衣服去洗衣店、按摩，甚至在母親節安排獻花等等。他說，辦公場所是員工生活的重鎭，要他們覺得自由自在，才能盡量發揮他們的活力及創造力。因爲新的、有價値的構想，就是他們公司的財源。其中有一位年輕職員說，別人出了三倍的薪水要挖角，他則無動於衷。

假如你剛在謀職，你願不願意參加這類有朝氣、具挑戰性、爲員工設想的機構？還是情願蕭規曹隨、等因奉此，磨磨桌子以待退休呢？進入二十一世紀，想法果然不同，一般行政或企業的主管人士，也應該有新的、前瞻性的看法才對！

二〇〇一年四月二十七日

不可一日無此君

電腦已經是大眾生活的一部分。不！對我來說，已經是不可或缺的一部分。我到了耳順之年，才起步學電腦和打字，現在則唯恐落後，勤學少年。早上起來以後，第一件事就要打開電腦，看看有沒有世界各地親友送來的電子郵件？其次，要看看網路上今天有什麼重大的消息？尤其是關於台灣及大陸的種種。因爲，美國的新聞，二十四小時在電視上均有，唯獨國內的即時新聞，只有在電腦上才能獲得。我們這個小城，訂閱的《世界日報》，常要過三、四天才能寄到，時興明日黃花之感。當然，副刊及小說等等，則沒有時間性。

除了這兩樁每晨必看的事以外，我寫散文或科技性文章，不時也要從網路上搜集或查證資料。如索取圖書及參考文獻；利用百科全書；以及查證新聞及學術方面詳細的報導等等。足不出戶，可以收攬天下的資料爲我用。

我也常用網路查看銀行帳目。雖然可以做到直接支付，但因考量安全理由，尚未試過。有時，我也在電腦上查看金融及經濟消息，商情及物品價格，也曾購買相機及皮鞋之類，倒也方便

廣　告　回　信
台灣北區郵政
管理局登記證
北台字第15949號

235-62
台北縣中和市中正路800號13樓之3

印刻出版有限公司　收

讀者服務部

姓名：________________ 性別：□男　□女

郵遞區號：__________

地址：______________________________

電話：（日）______________（夜）______________

傳真：______________

e-mail：______________________________

INK

INK PUBLISHING

讀者服務卡

您買的書是：______________________________

生日：________年________月________日

學歷：□國中　□高中　□大專　□研究所（含以上）

職業：□軍　□公　□教育　□商　□農

□服務業　□自由業　□學生　□家管

□製造業　□銷售員　□資訊業　□大眾傳播

□醫藥業　□交通業　□貿易業　□其他____________

購買的日期：________年________月________日

購書地點：□書店　□書展　□書報攤　□郵購　□直銷　□贈閱　□其他

您從那裡得知本書：□書店　□報紙　□雜誌　□網路　□親友介紹

□DM傳單　□廣播　□電視　□其他

您對本書的評價：（請填代號 1.非常滿意 2.滿意 3.普通 4.不滿意 5.非常不滿意）

內容______　封面設計______　版面設計______

讀完本書後您覺得：

1.□非常喜歡　2.□喜歡　3.□普通　4.□不喜歡　5.□非常不喜歡

您對於本書建議：

感謝您的惠顧，為了提供更好的服務，請填妥各欄資料，將讀者服務卡直接寄回或傳真本社，我們將隨時提供最新的出版、活動等相關訊息。

讀者服務專線：（02）2228-1626　讀者傳真專線：（02）2228-1598

可靠。電腦上可以購買機票，我還未試過。有一次，我兒子用 Priceline. com 購買了特別廉價的來回機票，要到上飛機以前才能取到，使我戰戰兢兢，覺得有些虛驚。應用電腦，尚可在旅行以前，查對親友的街道及位置，開車訪問時可以按圖索驥，很是方便。當然，電腦上還有很多自娛的節目，玩撲克、西洋棋、聽音樂，甚至賽車等等，我要等到眞正孤寂無聊時，才用來解悶。

總之，電腦之爲用大矣！我不是玩家，僅僅是一個普通的使用者，已經可以有下列用途：通訊、看新聞、資訊、寫作、演算、購物、尋訪、娛樂，以及銀行和記帳等等。可以隨各人的需要和喜愛，靈活應用。只怕沒有時間或不懂使用，則備而無用，形同虛設。據專家說，一般人用電腦，僅達到其能量的百分之一、二十而已！

前一陣買了一架數位照相機（digital camera），使用起來輕鬆方便，而且所攝照片可以立即在機後顯示出來，不滿意時可以取消後重拍。這種相機應用小若郵票般的記憶卡，可以重複拍用。問題在於照好以後如何輸入電腦？又如何從電腦轉存起來作長期保留？這需要一點工夫及技巧。我在舊電腦中，曾經儲存不少照片，但在去年底，接到一封帶有病毒的電子信，將大部分照片檔案，毀諸一旦，深爲痛惜。所以最近又添購了一台新電腦，可以大量轉存入CD、永爲保存。一張CD可以存放幾本照相簿的照片，豈不方便？拷貝以後，可以分贈給至親及好友，留作紀念。當然，像我這樣的半瓶醋，做起來也頗費周章。據說，最新型的數位相機，有一個底座，照完後放入底座，只要和電腦接通，就可將影像自動輸入電腦，眞是日新月異。攝影、輸存、印出，不到一刻工夫；不需暗房作業，就可見到眞相，這是高科技之賜。

另有一種高科技，正使我寢食難忘——即是用語音輸入中文。寫文章，爬格子，已經一生，一筆又一筆，年齡和眼力均受限制，如能用語音及電腦寫作，可以事半功倍。但是，我的國語不標準，說的是浙江「藍青官話」，而且從小對注音符號，未曾熟練；用英文去拼音補字，也因爲習慣上用的是威妥瑪式拼音（Wade System），對現代的「漢語拼音」，用X及Z等等，感到困擾，往往花了一、兩小時，連念帶拼，才能給朋友寫上寥寥幾句，不成敬意，更不要說一、兩千字的文章了！我雖有一套中文語音輸入的軟體，用起來也不容易。先要經過語音訓練，再要按部就班地驗明正身及預設環境，有時對麥克風說了半天，一個字也顯不出來。等到有所顯示，使我啼笑皆非，例如我說「英雄」，螢幕上顯出的是「行凶」；我說「秀麗」，顯示的是「修理」；我說辦理，出來的是「搬離」等等。最糟的是人的名字，因爲不是一般用的詞兒，更是錯得離譜。我說「謝逸峰」，顯出的是「寫一封」。我只能重說「感謝」、「飄逸」以及「山峰」等等，再將閒字一一去掉，才得正果，眞是辛苦萬分。聽說有些作家，已用語音寫作，能夠得心應手。我猜想，他們不但會說標準的京片子，而且對注音及拼音都十分到家。我多麼希望有一天能眞正做到「出口成章」。如果屢試不靈，只好重投娘胎了！

使用中文，使我氣餒，但對電腦，倒還信心十足。我的好友詩人余光中曾寫過一首詩，自稱漏網之魚。我卻是自投羅網，欲罷不能。回想從前沒有電腦時，日子不知怎樣度過；現在，則有「不可一日無此君」之感。

二〇〇一年七月三十日

劫機何時了？

一九七一年十二月，我從牙買加到委內瑞拉的首都轉機，要去阿根廷開會。在加拉卡斯（Caracas）的機場，遇有兩件事，至今印象深刻。第一是我首次要搭坐波音七四七客機。那時，這種巨無霸剛啓用不久，很多機場還無法降落。我在夜色朦朧中看到那架泛美客機，覺得實在雄偉碩大。第二是那晚忽然間風吹草動，機場檢查特嚴。持用聯合國護照，本可通行無阻，卻在機場大廈受到翻查。到了停機坪在登機以前，手提包又被仔細檢閱，眞是前所未有。二、三百個乘客，在夜涼如水的氣候下，一一檢查到午夜才上飛機。心中怦然，不知出了什麼事情？所幸，飛行途中，一切無恙。但原來的興致，打了一個大折扣。

我當時想，這樣地繁複檢查，對安全雖有幫助，對旅客極不方便。自從有人劫機以來，全球的乘客都遭受時間和金錢上的損失，航空公司，更不勝負擔。我記得很清楚，在一年前（一九七〇年九月），阿拉伯游擊隊自歐洲劫持了四架客機，內中有美國環球航空（TWA）及瑞士航空等等。其中三架，被劫到約旦國的沙漠中炸毀，三百多人倖免於難。只有一架以色列客機，因保全人員制伏了劫持者，才能安然降落於倫敦。這樁劫機事件，震驚了全世界。美國政府立即成立了二千五百人的空中警長隊（Sky Marshal Force）；通過防範法令；並促進國際合作等等，嚴加防止。各國也無不加強飛航安全。自一九八〇年來，劫機事件好像減少了很多，而防備也漸漸鬆懈下來。我想，這是人性使然。例如台灣的多次水災，當時討論熱烈，太陽出來，水退以後，也就忘掉要如何徹底防治。劫機的防範，也是如此。

劫機在一九六〇年開始時，都是在美國發生，劫往古巴，多是爲了個人原因。其他國際航線，不受什麼影響。記得早年搭乘國際航機，原是件舒適愜意的事。我們全家四人於一九六八年第一次經過東京時，航空公司不但有車接送，而且招待住在帝國大飯店的頂樓（penthouse），兩個大房間，豪華富麗。日本人住家都很狹小。一位在東京大學教書的日本友人來訪，以爲我到聯合國去擔任什麼要職？兩年後，我們經過東京回台度假，也招待住在可以俯瞰皇宮城河的大飯店內。漸漸，航空公司的照顧，每下愈況，這種禮遇，只能在回憶中獲得。到了現在，搭乘飛機比搭乘擁擠的公車，好不了多少！不守時間、脫班、座位狹小、飲食粗劣，還要擔心安全。

說起安全，我到過不少國家，美國的機場恐怕是最自由自在。美國人不太注意安全，不太警覺。機場裡隨人自由出入，不像很多國家那樣軍警森嚴。前些日子，電視上已經放映過，一個記者如何攜帶武器順利闖關；如何偷入停機坪及敏感地區，無人查問等等。據報導，那些執行安檢人員，由私人公司僱用，薪給低，人員變動率大，而且，大部分是外國籍，也未受過多少訓練。這些人只是找個職業餬口，沒有什麼責任可言。雖然這次「九一一事件」的發生，有各方面的原因，但這樣的保全，確受社會指責。

這次在同一個早晨，發生四件劫機事件，造成三千人的死亡，大大地暴露了美國在保安方面的弱點，也使全國人民大爲覺醒及警惕。據說國會不久將辦聽證，探討原因及研議對策。將來究竟要如何嚴密防範？採取何種措施？現在還很難蠡測。但最近各個機場的規定，已經使人視搭機爲畏途。如車輛不能靠近機場停放；旅客要早三小時辦理登機手續；要隨時受到身分檢查；手提行李要受限制等等。爲了保全，必須犧牲時間及個人的自由。因此，不少人寧願改坐火車或者灰狗。許多公司，減少派人出去開會及洽公，改用電腦會議（teleconference）。難怪航空公司要裁員或倒閉了。

我常常想，社會上只要出幾個害群之馬，就會使大眾長期受害、挨苦。劫機是一個實例。學校的槍殺事件，也使一般學生忍受搜索、甚至電視監視之苦；在天眞無邪的心頭，烙上一個陰影。幾個電腦駭客，使網路通訊雞犬不寧。朋友的伊媚兒（E-mail）也不敢打開，深恐傳到病毒。這次劫機以後，很多人的生活，都要改變，豈止於旅行而已！

劫機何時了？這是一個六萬四千元的難題。諺云：只有千年做賊，沒有千年防賊；道高一尺，魔高一丈。這類事件，實在防不勝防。只有等到劫機的眞正原由消除以後，或是科技上有更好的方法，如飛機一離正常航道，就由地面控制等等，才會有太平的日子。在短期內，大家只能提高些警覺，犧牲些自由，以博取安全。

二〇〇一年九月二十九日

推銷美國？

美國哥倫比亞廣播公司的《六十分鐘》（Sixty Minutes），在每周星期天晚上播出，深為大眾喜愛。我特別欣賞的，是在節目最後羅尼（Andy Rooney）老先生的幾分鐘短評。有時滑稽突梯；有時談言微中；有時石破天驚。最近一次，他談到中東人對美國不了解，為什麼美國有最好的推銷技術及機構，不去大大推銷美國一番，卻是用來推銷香菸？

眞是醍醐灌頂之論。從這一次九一一事件看來，有人對美國深惡痛絕，出此屠殺無辜的下策。又從最近各地反美行動看來，很多人對美國的誤解既廣且深。有些人說，他們反對的不是美國一時的作為，而是整個社會及生活的方式。冰凍三尺，豈是一日之寒？那麼，美國人究竟給別人怎樣惡劣的印象呢？

在台灣的時候，我在中美合作的機關工作。覺得美國同仁的工作態度、精神，及效率，均值得效法。我也向他們學習了不少民主、容忍、平實的做事及做人的作風。那時，台灣還未開放觀光，一般人也不清楚世界各國情形。而且，我們的經濟要靠美援；安全要靠第七艦隊保護。因此，大眾心目中，世界上除台灣以外，好像只有一個美國。例如，我去加勒比海的牙買加國工作，詩友中寫信時，有寫成「美國／牙買加」者，可見一斑。後來我在各地的聯合國計畫做工作，遇到不少其他國家的同仁，他們對美國的態度，不像我們那樣友好。有一位英國主管，就是不願聘用美國專家，認爲美國人不聽話、自大、意見太多。我想，這是美國人從小過慣了自由與平等的生活之故。很多歐洲同事，總覺得美國人太闊綽、顯耀、格格不入。歐洲人對美國的種種，似頗有醋意，在中南美洲人的眼中，美國人也少順眼。稱他們爲Gringo——一種輕蔑的稱呼。這些，都使我這個從台灣去的，一向以美國馬首是瞻的人，暗暗吃驚。

除中東的激烈分子以外，這麼多國家的人對美國誤解，我想是有原因的，以個人的看法，美國影視界在不知不覺中做了不少反宣傳。這些電視、電影或錄影帶，娛樂性往往多於眞實性。美國以外的觀眾，如何能分辨得清？早年美國的連續劇如《朱門恩怨》（Dallas）、《朝代》（Dynasty），以及《酒國風雲》（Falcon Crest）等，上演經年，風靡全球。劇情中卻充滿了奸詐、豪奪、濫交等等。似乎有錢的人可以無惡不作，給人以美國充滿不道德的行爲之感。即使是幾小時的電影及電視肥皂劇，也無不暴行及床戲充斥。此種情形，有變本加厲的趨勢。甚至給兒童看的電視節目，髒話、暴行以及性方面，均有顯著增加。有人統計，某一個電視台的節目中，平均每一小時出現十八次之多。年輕人都喜歡音樂，但演唱會中的服飾和表演，以及歌詞、饒舌語等等，令人側目。難怪宗教的狂熱者，不能容忍；在那些女人不能拋頭露面的國家，更要起而反對了！

其實，到過美國的人，也許會深切感到，大部分美國人都很守法、樸實、愛好和平、慷慨；講究人人平等並同情弱者。他們沒有侵佔別人的野心，也沒有強制宗教信仰的行爲。這些美德，豈是身處異國、窮鄉僻壤的一般百姓所能了解？正面宣傳以及推銷不夠，乃是主因。

說起推銷及廣告宣傳等技術，恐怕沒有一個國家，可比得上美國。色彩、形象、用詞都是第一流。試想，電視上最貴時，每一分鐘廣告費要百萬美元（例如在超級盃橄欖球賽時），製作者豈不要嘔心創作。就是平日的廣告，也頗有神來之筆。老虎和沙發（美國家具公司）、老鼠和地毯（杜邦公司）、蛙鳴和鴨叫（啤酒及保險公司）等等，將兩椿風馬牛不相及的事物湊在一起，給人以驚訝，比現代詩還要新潮。用美女作廣告，雖然吸引人，已經落入老套了。美國的一等頭腦，都集中在商界；一等人才，不少是 salesmen 。三十多年前，我寫過一首諷刺詩，大意是說美國的第一流人才，不是那些蛋頭，他們只會在台上念論文；也不是將軍，他們只會在胸前掛功動；而是商場上、無處不在、全能的 salesmen 。到現在，我還深信不疑。

有這樣的頭腦、技術和資金，爲什麼不將美國好好地推銷一番？這不是單靠飛機散發宣傳品就可見效的事。美國新聞處的書刊、美國之音的廣播，多多少少會有些效果。邀請政治人物及各界領袖來作短期參觀及考察，讓他們親眼來看看美國社會的開放和自由，以及百姓的專業精神，也許更能收效。鄧小平在一九七九年來美國訪問，可能對中國大陸的改革開放，有所裨助。至於對這些國家的年輕人，應以助學獎學金、交換學生以及短期實習及參觀等等來推銷美國。

羅尼的建議，立意極好。他甚至說總統應任命另一新的閣員，專司推銷。雖爲溢詞，不無道理。總之，此事需要集中商界、學界、政界各方人士，集思廣益，才能擬妥一項可行的辦法。近年以來，美國政府因節省開支而大批刪減援外經費。最近又有嚴格管制留學生及其簽證之議。這些和「推銷美國」，恰好背道而馳。布希上台以來，美國在環保及國防等方面，均有趨向孤立之勢。希望經過這次九一一事件，能改弦易轍，想想如何「推銷美國」？這樣，羅尼的呼籲，才不致落空。

二〇〇一年十二月八日

下午三點以後

有人問起著名影星阿諾・史瓦辛格（Arnold Schwarzenegger）：你的打鬥影片會不會影響美國兒童的行爲？他直截了當地回答說：不會！其他國家也有上演，美國的問題是在於下午三點放學以後，小孩無人管教。這眞是一針見血之談，快人快語，像他片中的動作。

我家住得和一所小學很近。下午三點以後，學生三三兩兩走過我門口。我常常在懷疑，這些孩子回家以後有多少受到好的照應？有多少會去做功課？他們怎樣消磨漫長的下午？有錢人家的子女，或許會安排溜冰、跳舞、彈琴等節目，以及請家教來補習。其他經濟拮据的家庭，也就讓子女自由活動，或在街頭浪蕩，甚至染上不良的習慣。現在的家庭父母雙雙爲錢而忙，管不了小孩。單親的也不少。據去秋一樁針對一〇一四個中學的調查，單親家庭高到百分之四十。這些家庭，大多數只有母親而無父親。男孩子缺乏榜樣（role model），母親爲生活奔波。書讀不好，受害者只是小孩自己，吸毒販毒，幫會凶殺則貽害社會及大眾。

社會學家認為雙親和子女應先有一種強烈的契合（strong bond），才能和睦相處，這談何容易？沒有足夠時間在一起，如何建立得起來？子女在幼小時期，吃吃玩玩，較為單純。到了十幾歲，所謂 teen 的年紀，彼此間的想法、要求，及價值觀念，愈來愈不同，父母假如沒有時間去了解子女，一旦處置不當，子女因反抗而出走的例子很多。據說美國每年離家出走者有五十萬之多。

在這個時代，尤其在美國，做家長實在不容易。有人將家長分為四類。第一類是憤怒型。常用怒容及訓斥來教導子女，認為自己對家庭付出太多，子女如不聽話，應該受罵。但結果則適得其反。第二類是發作型。平時不聞不問，受氣太多以後，忽然小題大做，弄得子女不知究竟。第三類是直升機型，整天在子女身旁，圍繞不停，過分的保護使子女厭惡，或失卻獨立和判斷的能力。最後，也是最好的一型是了解型。平時有良好的溝通和適當的關切，遇有難題，可以共同商決。但是要做到這一型，要費很多時間和耐心，如果整日忙碌，見面為難，如何去溝通呢？

除父母以外，美國的中、小學似乎也在造成「三點後的危機」。放學早、功課少，學生回家以後，無所事事，游手好閒，問題百出。其實，十歲左右，腦子已經相當發達，正是學習的好時光，單靠上課，學而不習，實在不夠扎實。回家後，應該多多做做習題或溫溫功課才對。美國中學生的數學及科學成績，在一年前全球三十八個國家的測驗中，僅居十八、十九名。我想，這不是教師或設備不良所致，主要在於不做功課。

美國的教師實亦難做。除本科知識以外，還要有耐心、愛心，對成績較差的學生，更要有信心，如果用高壓手段，家長會抗議或訴訟：學生持槍相對的事件，時有所聞。教書最最困難的是要引起學生的興趣。教室以外五光十色，電玩、電視、電影實在太吸引人了！授課如果平泛無味，只能引起學生五分鐘的注意力。可是也不能天花亂墜，不及本題。這是一件煞費精神的安排。我們只要想想《芝麻街》（Sesame Street）如何用動人的角色來教英文，就可知道了。

回想我們小時候讀書的情形，要單純得多，學校到四點放學，有時要灑掃課堂，走回家已快五點鐘。回去後，第一件事就是做功課。今日事，今日畢。明天一早就要繳課業。這是天經地義的責任。我讀小學時，住在祖母家，她獎懲分明、寬嚴並濟，使我在家時恪守規矩，在校尊敬師長及同學。上學則風雨無阻，從不遲到及缺課，即使傷風及頭痛，也不願意請假，只怕跟不上班，一心要做到品學兼優。祖母每天早上要我練字，不論寒暑和假期，養成日後做事具有恆心的習慣。到了上中學時代，正值八年抗日戰爭初期，父親遠在大後方，母親一個人帶了六個子女，東逃西走，生活困難，哪有時間督促我們讀書？所幸姊兄們均有良好的典範，家庭有讀書的風氣，頗能自動自發，努力向學。而且，那時沒有電視可看，沒有閒錢看電影，買無線電、聽音樂等，也只能一心看書了。我記得很清楚，從鄉下到上海讀中學時，英語課本發下來，第一篇就是乘船到美國登岸，不是小貓小狗之類。我那時英文字母剛剛弄清楚，捧了這本書，欲哭不得。後來下了一個決心，自己規定將課本中的每一句，回家後抄寫二十遍，拼字及默誦。這樣一個學期下來，我的英文成績，竟是全級之冠。

以我個人的經驗，家長和學校如能及早培育兒童養成自發、自律的精神，則以後的管教，可以事半功倍；三點以後的危機，也會大大地減低。

二〇〇二年四月七日

小樓一夜聽春雨

——江南之遊①

睡在江南古城的一個小樓上，聽著雨落在鉛皮矮棚上的聲音。滴—滴—滴，滴得有致。後來又加上噹噹之聲，變成滴—噹—滴，滴—噹—噹。煞是好聽。我不知道有哪一位作曲家，曾經將雨聲寫過交響曲？詩人則早有「清明時節雨紛紛」、「杏花春雨江南」，和「小樓一夜聽春雨，深巷明朝賣杏花」等句。

細雨好像已變成長腳雨，噹噹不停。回想在參加神州旅遊以前，一心想避開清明前後。後因種種原因，還是選了四月中旬來江南一遊。哪知從四月中旬到五月下旬，雨下個不停，據說是數十年來的第一次，我們碰上了。但在濛濛春雨中，撐傘漫遊，也別有一番風味。這種時雨時停的節奏，給人以斷斷續續的詩情。在杭州西湖蘇堤及湖心亭時，霧起風停，頗有「一軒傍水看雲起，萬木無風待雨來」之感。在金陵紫金山下，登中山陵及明孝陵時，霏霏細雨，就意識到「江雨霏霏江草齊，六朝如夢鳥空啼」，以及「南朝四百八十寺，多少樓台煙雨中」等懷古的幽情。在揚州遇到一個難得的晴天，乘船漫遊曲曲折折的瘦西湖，兩岸的花木在雨後格外清新，「煙花三月下揚州」，豈不正是此景？但我從未到過揚州，卻不是「十年一覺揚州夢」。到了鎮江金山，雨又不止，泥濘難行。我只能調侃地說：白娘娘正在作法，水滿金山，不去朝拜也罷！

我現在借居的古城，已有兩千五百年的歷史。吳王闔閭的墓還蹲在微斜的塔下；干將的美名還銘刻在城中；西施和范蠡的傳說和遺蹟，人人皆知。這個城，水道縱橫，四通八達。唐杜荀鶴詩：「君到姑蘇見，人家盡枕河，古宮閒地少，水巷小橋多。」因爲水巷多，又傍太湖及運河。這樣連續的下雨，也不會釀成水災。旱災則更不會發生，實在是一個福地。這裡人文薈萃，由來已久。唐代有三位大詩人，當過這裡的刺史：韋應物、白居易及劉禹錫。曾有「何似姑蘇詩太守，吟詠相繼有三人」之句。到了宋代，蘇東坡、范仲淹、歐陽修、陸游及范成大等都在這裡做過官，留下詩文。明代則更有吳中四才子：唐寅、文徵明、祝允明及徐禎卿；尚有沈周、仇英等畫藝及詩文大家。據說，曹雪芹在這裡住過，林黛玉的家，就在閶門外邊。想到歷史，這裡有吳越春秋、三國鼎立，以及洪楊事蹟。正史、演義、小說戲劇、評彈、崑曲等等，述說其事。

文化及歷史如雨水這樣充沛的古城，對我來說，還有一層情意。年輕時在這裡讀過書，也開始念古詩及古文。並且在城南花前月下談過戀愛。沈三白筆下的滄浪亭，有一副石刻的對聯，永記不忘：「清風明月本無價，近水遠山皆有情。」我自己在〈姑蘇〉一首新詩中寫道：「我一生的專注／年輕時在飲馬橋的水邊／現在則在寒山寺的風裡。」微風細雨，鐘聲抑揚，詩的觸角會特別靈敏。

其實，這裡不是我的家鄉。我的家鄉，離此不遠，只需一小時的車程，但屬兩個省份。兩個鄰接的市——只隔開一條河，一垛橋，但同屬一個江南。這次，我去專訪南湖名勝「煙雨樓」，讀乾隆的御碑，中有「正是樓台煙雨中」之句。樓台小巧玲瓏，圍著百年老樹。原只想登樓眺湖，一睹煙雨之景，一回身，卻踏入了一座紀念館。陳列有茅盾、豐子愷、弘一法師李叔同、徐志摩、朱生豪等同鄉前賢。我站在茅盾及徐志摩兩者的畫片下，留一張像，頗爲自得，未見雨景，卻是另一種收穫，但在傍晚歸途中，煙雨濛濛，飄忽不止。

聽著滴噹的雨點聲，開始時難以入眠，有時剛覺朦朧，又被雨聲擾人清夢。漸漸也就習慣起來。並且發現到一個意想不到的妙處，聽了雨聲，就聽不到蚊子的嚶嚶聲。江南的蚊蟲，對我這個遠來的稀客，特別殷勤，不知要叮囑什麼？或是要喚醒什麼？牠們可以刺我，咬我叮我，我都可忍受，只是牠們在我耳邊的鳴聲，使我徹夜轉側難熬。因此，每到無雨的晚上，我反而擔憂起來，我是多麼地盼望這種滴滴噹噹的雨聲。

在這座滴滴噹噹的古城，這片濕濕漉漉的天地，一個多月來，也過得瀟灑自在，除漫遊名園以外，逛新舊書店、看古今字畫、吃南北菜館、聽說唱彈詞。有時和家人，還碰東風白板。就是沒有去泡茶館、浸混堂、提鳥籠而已！年輕時，我厭惡這類優閒階級的生活，現在修正看法，如果不侵犯別人，不違反法律，消遣、娛樂，有何不可！這種生活，在夙夜競營的海外環境，已不可得。而且，刪除了這類優閒自在的情調，這個古城還留下些什麼？

聽著不徐不疾、滴滴噹噹的雨聲，覺得這種春雨的節奏和這古城的生活，和諧一致。翌晨醒來，雨聲已停，正在將信將疑之際，隱約聽到遠方傳來、一唱一和的咕咕—咕咕之聲。這不是水鵓鴣吧！想起黃山谷「野水自流田水滿，晴鳩卻喚雨鳩來」詩句，不覺抿嘴一笑。

二〇〇二年八月三十日

出門趣事多

——江南之遊②

出門旅遊，常會遇到些在自己家裡永遠遇不到的事。而且，旅遊時丟開旁務，心胸特別開闊；感受也分外靈敏。我嘗說：不是用腳去旅遊，是用我的心和眼。我素喜小處著眼，所謂一沙一世界。這次去大陸，也遇到不少故事，有的很滑稽，有的很尷尬，有的富人情味，有的引人深思。但回來以後，都覺得有趣。

第一遭

我已經數十年沒有坐過公共汽車。這次在蘇州，覺得車子好、班次多，人也不擠，就試試到郊外去看一個大商場。一路上倒很平穩，正暗暗高興，忽然車子在半途停下。司機說，前面在修路，一律下車，要我們在烈日下步行，大夥很抱怨地下車後，司機就向前面直駛，揚長而去！使我覺得不能理解；早知修路，不能開到終站，爲何事先不告知？既然車還向前直駛，爲什麼不帶我們一程？這種蠻橫的態度和美國司機的和藹與樂助，成一強烈的對比。所謂禮儀之邦、所謂泱泱大國、所謂文化古城，容許這種事件發生，眞不可思議。我以後在那裡，再也不敢坐公車了！

郵局裡的趣事

在北京參加國際會議，領到厚厚的一堆文獻，攜帶不便，只好到設在旅館中的一個小郵局去寄回美國。這個郵局好像只有三個職員。正中櫃檯裡一位年輕的女辦事員，對郵寄方法及郵資，解釋詳盡，態度良好，使我受寵若驚。想起以往在類似場所的冷若冰霜、一問三不知的情形，頗有天壤之別。在我稱謝她以後，就給她一大堆書，去另一處包裝。她抱著這堆書奔過去時，忽地大喊一聲：「怎麼？我的鞋跟兒脫了！」她邊在打包，邊在埋怨，說這雙鞋是昨天新買的，花五十多塊等等。我聽了，很爲她難過，這雙鞋可能是她積了不少月份的私房錢才能買成；我更覺得內疚，也許是書太重了？或是我的稱讚使她高興而忘掉看清腳步？她包裝好了回到櫃檯，神情還算平靜。我付了一百十八元郵寄費以後，很同情地對她說：「對不起，我把這只原來裝書的、新的○○七手提箱送給您罷！」她聽後，粲然一笑，雙手捧接，並用道地好聽的北京話回說：「先生，您眞客氣！」這句話，在我耳邊迴盪了好幾天。

岳王廟的奇遇

這是我太太的故事。今春她常常流鼻血，旅遊前特地去找醫生。醫生說，以後出血，應將頭俯下，用手指按住鼻子即可。到了上海，有一天遊覽時，她忽出鼻血，用了美國醫生的方法，還是不止。最後用了中國慣用的方法——仰臥及前額敷上冷毛巾——才算止住。到杭州後，又再流血，請了醫生才停。一天早上，訪過靈隱寺後又去岳王廟，我在山門口久久不見她蹤影，同遊者告訴我說，您太太又流鼻血了。我聽了憂心忡忡，準備今天以後退出旅遊。但在找尋時，她竟安然地走來，並告訴我一件事。她說在洗手間出血時，忽有一個素衣的年輕女子拍拍她的肩膀，要她先用冷水漱口一、二次，再仰起頭，在額骨上拍上多次即可。眞的，她拍拍前額，血就止住了。離開時，這位素衣人說，這是我們祖傳的方法。奇怪的是，從此以後，每試不爽，而且過不多久，不再復發，使我們得以全程參加旅遊，安然返美。

臥車中的禮讓

在美國時就打聽，如何在旅遊團結束後，從蘇州去北京開會。知道有班臥車從蘇州出發可以直達北京，很是高興。到了蘇州，盼到預售票開始日期，一早就去買了張「軟下」票。大陸上臥車有多種，一是「硬臥」，分上中下三鋪。一是「軟臥」，只分上、下兩鋪。「軟臥下鋪」的票，不容易買得到。我買時也問起有沒有來回票？回答是：沒有。

到了北京的第一天，我就想買回程票，因我要在會畢後立即趕回蘇州，然後搭機回美。但預售時間未到，好不容易等了兩天派人去車站購買，卻說是沒有「軟臥」了。只有「硬臥」的最高鋪。我的腿如何能爬得上？只好另想辦法，請會議的主持機構去買。等到回程的前一天，總算買到一張「軟上」，經辦人說，上車後再和年輕人掉換鋪位吧！

友人送我到那間臥車，有上下兩對床鋪。定睛一看，左邊是一位八十多歲的老婦人和她的兒子。右邊是一位七旬開外的男士。怎麼辦？我那時眞正體驗到什麼叫做「左右爲難」。我的北京朋友，想挽回僵局，特地把我的身分及腿傷介紹一番。那位男士卻瞪著我，一言不發，似乎在打量我是眞是假？不一會，他又閉緊了眼，我以爲他會迸出一個「不」字，但他卻說：「我比您小了幾歲，那我就認啦！」

後來和他交談後，才知道他是鐵道部離休的高官，正要去江南一個培訓中心上課，並在車上頻頻修改講稿。爲答謝他的禮讓，我就送他一枝有紅藍黑三色、連同鉛筆的多功能筆。他欣然接受。在他使勁爬上去的時候，我差一點要流眼淚呢！

二〇〇二年十月五日

掃墓聯想

——江南之遊②

我的父母，生前歷經戰亂，睽離家鄉半世紀，播遷西南及大河之北，可以說居無定所。晚年常要返回江南，未果。亡故之後，我們按他們的遺願，歸葬太湖之濱，湖光山色，風景幽美，了卻做子女的一點孝心。

我每次回大陸，總要去掃墓一番。今年四月回去，正是雨紛紛、欲斷魂的季節。山路濘滑，一時難以如願。總算到五月中旬，天公收住雨腳，就約好長兄長嫂，一齊前往。這座公墓在蘇州近郊，沒有公車可達，必須僱車前往。到了山腳，還要拾級而上，爬向半山；只能走走停停，無法躐等而上。墓碑字跡已經褪色，正在重新加添。墳前草木徒長，只待修剪。在舉香默禱之餘，心中頗有感慨。

我們這一輩共六家，不但散居海外及大陸各處，而且都屆古稀之年。哪能每年在春秋佳日，前來掃墓？像我這樣，二、三年才飛回大陸一次，前去拜祭，總是心存歉意。我們的下一輩呢？有的從未見過祖父祖母，有的印象模糊，忙於生活，也不會前來掃墓。這樣下去，再過幾年，掃墓無以爲繼，墓園難免荒廢。眼前這一切，將淪爲虛設。我想，有這種情形的家庭，當不在少數。

那麼，除了我們傳統的方法以外，還有什麼更好的安排呢？

以我自己而言，我曾主張過「水葬」。將骨灰撒到太湖裡去。這樣至少可以魂歸故土，子女也不必前來掃墓，不是很瀟灑嗎？但有人說，這樣會缺乏紀念性，使子女在感情上失去憑藉。

我也曾經想過「空葬」，將骨灰裝入一個金屬小罐，像一支口紅；和其他有志一同的，塞入一個特製的容器，由火箭射入太空。這樣，一天可以環繞地球數次。子女如有意，可以查出經過當地的時間，用望遠鏡看到我金閃閃地在他們頂空飛馳而過，不亦壯哉！只是我的太太不同意，說速度太快，頭會發昏。

我也聽說過，遺體可以存放在零下幾百度的氣體中，等到將來科學更上層樓以後，重新救活。只是覺得自己已經活得夠長，夠辛苦，何必再受罪？也曾想到過要拷貝一個自己，或「克隆」一番。又覺得自己既不是什麼天才，也非名人和政要，多了一個，枉費糧食。

太太忽然想出了一個好主意，那是「樹葬」。她說：死後先經火化，然後將骨灰撒入一個穴中，種上一棵生前喜歡的樹，這樣，既有紀念性，又有益環保，豈不兩全？等到枝葉繁茂以後，可供好鳥前來作巢，行人前來躲雨遮陰，普及愛心。這使我想起年輕時寫過的一首詩〈樹〉，其中有兩句如下：

樹啊！有一天我將和你合而爲一，
那時，我躺在你足下，無聲無息。

當時沒有「樹葬」的想法，思維也比較褊狹，愛樹而不能「愛樹及鳥」。我對太太說，你的意見很好，但我們不能在院子中或山坡上隨便挖一個坑，進行「樹葬」；總得有一個集中管理之處才好！她答說，好像大陸已經有若干地方實施，美國還未聽說。

最近，此間的報紙上，卻介紹一個極具革命性的新方法，稱爲 Life Germs。觀其內容，可以暫譯爲「人體鑽石」。即是在火葬時，將人體中的碳先行收集起來，再用特別的設備，將碳加上高溫（華氏三千三百度）及高壓（一方寸一百萬磅），壓成一顆粗鑽後，再切割而成。顏色可以有藍、黃、紅等等，任君選擇。此種鑽石，也和天然的一樣，按照切割、清晰度、色澤及重量分級定價，四分之一克拉的起價爲四千美金云云。德國有一家公司負責製造；芝加哥有一家公司經銷。據說美國已有九個州的九十家葬儀社承辦此事。

一個人亡故以後，可以製成一顆閃閃發光的金剛鑽，眞是異想天開，聞所未聞！但已確有其事，有照片，有根據。鑽石可以戴在手上，佩在身上，隨時可以撫摸追思，好像很受人們歡迎。

據說，芝加哥的這家公司，每天平均接到四萬五千封電子信件，探詢其事。

我想，一般人均不願，也不會選擇自己死亡的方式——除非想自殺。但身後如何安排，倒可在生前選定。願意「土葬」者將忍受蛆蟲腐蛀；願意「水葬」者將變成水底沉泥；願意「火葬」而成爲一粒鑽石者，將大放光彩。這要看個人的意願及家族的想法而定。

至於我呢？離世之時，將如莎士比亞所說：

沒有獎飾、沒有劍、也無宰痕，

沒有高貴的儀式，也沒有排場。

一生沒有光芒，寫的詩文，也不值幾許，生後如能留下一些燦爛，倒是一種彌補。而且，後人和我可以朝夕相處，毋需專程掃墓，不亦樂乎！至少，這是我現在的想法。

二〇〇二年十二月十二日

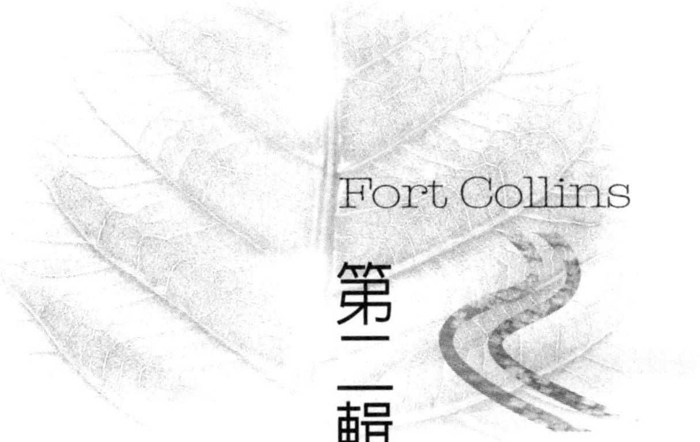

Fort Collins

第二輯

梁門雅趣

——梁實秋先生的幽默和學養

前年我出版散文集《悠悠藍山》時，曾請梁實秋先生寫序。他在序文中第一句就說：「我認識夏菁，垂四十年。」我讀了，頗吃一驚；眞的有這麼久了？後來我算一算時日，還不到三十五年，因此，連同其他要改之處，請他同意更正，梁先生欣然答允。梁先生就是這樣豁然大度！這使我想起，剛認識他不久的時候，某一大報副刊主編就對我說過，一位梁先生的學生有過類似吾愛吾師、吾尤愛眞理的情事，梁先生不以爲忤。

我第一次去拜訪梁先生，是民國四十年的秋天。那晚，約好去聆聽他對我一本歌劇腳本的意見。在他德惠街的書房裡，談不到幾句，忽然鈴聲大作，說是教育部長黃季陸來訪。我想立刻告退，改日請益；但梁先生教我按兵不動，反而出去請部長在外面稍候。他和我這個年輕人談了

四、五十分鐘，眞使我受寵若驚。梁先生的獎掖後進，給我的印象非常深刻。

幾年以後，我才聽他講起自己的經驗。他在北京讀書時，和梁啓超的兒子很熟。有一次，他去看梁任公，也是碰到顯要來訪。梁任公卻留他長談，置顯要於室外。我聽了以後，覺得一個人的一舉一動，對他人影響會如此深遠。一火點百火，吾國的薪火相傳，不就是這個意思嗎？

剛認識梁先生的時候，我還沒有聽到過余光中這個名字。有一次，梁先生向我提起：台大有一位學生，詩寫得很不錯，戴眼鏡，個子和你相仿。言下頗有為我介紹認識的意思。不久，余光中出版了第一本詩集《舟子的悲歌》，我趕緊去成都路書攤上買了一本。一讀之下，極為神往。這樣就開始了我和光中深長的友誼。

認識梁先生以後，我有時也寫一、二首詩，或翻譯英詩去請他指正。梁先生總會給我一點意見，或改正我的譯文。記得有一次，他說我的詩用字平易，取材田園，可以多多研讀美國詩人佛勞斯脫（Robert Frost）的作品。後來，我對佛洛斯脫的興趣，以及對「一首詩以引人入勝為始，賦於智慧為終」的主張，確實喜歡過一段很長的歲月。

我從未正式學過文學，也沒有福分上過梁先生的課；但每次去拜訪他，聽他論古說今，得益非淺。而且每隔一些時日，總有翻譯或著作賜贈，使我這個年輕人，覺得慚愧。另一方面，我對他的散文，自《雅舍小品》以來，發生很大的興趣。覺得他的文章，莊諧並存，章句俐落。對後來我寫的散文，影響至鉅！

和余光中相識以後，我們常常約好了去拜訪梁先生。民國四十四年春某夜，梁先生以葡萄酒饗客。我們兩人不懂酒，喝了不知好壞。後來，光中兄寫了一首傳誦一時的名詩〈飲一八四二年葡萄酒〉，留爲佳話。後來我知道，如果這瓶酒眞是百年陳酒，可能要値數千美金，一八四二年或許只是酒廠創設的年份。這件事情，我從未問過梁先生。詩人多情，佳作難得，讓它流傳千古！

民國四十五年左右，與我們同去造訪梁府，又加上了一個王敬羲。敬羲玩世不恭，常在叩門以前，瘋言瘋語。辭出後，他有時內急，就在梁府大門前，念念有辭，效法悟空。光中和我，雖不以爲然，但亦不能阻止這個「憤怒的青年」。那時，我們常行走梁公門下，自稱三劍客。別人則說我們是三個得意門生。有一次，某一畫報訪問梁先生，我們正好在座，合攝了一幀小照。梁先生坐在前面，我們分立在後。刊出時，註有梁實秋教授和他三位學生字樣。梁先生後來歉然的對我說：他們弄錯了，你不是我的學生。我很恭敬的回稱：「我是！」我素來不善辭令，沒有說出：我還配不上呢！

梁先生六十多歲時，有一個星期天早晨，我們去看他。他因身體不適，半臥在沙發上接見我們。他說，如果要繼續師大文學院院長的職務，至少可以到六十五歲以上。但因這種工作繁重瑣碎，對寫作及翻譯頗不相容，所以他計畫及時退休。我們聽了，覺得很可惜。他卻繼續說：「我準備在退休以後，將莎士比亞劇本在數年內全部譯完；然後，用中文寫一部英國文學史；如果天假以年。我還要用英文寫一部中國文學史。」當時我覺得，梁先生眞是雄心萬丈，像一個剛出校門初立鴻志的青年。一方面看他躺在椅上情形，感到他的計畫是否過分遠大？現在想來，那時的過慮，實在可笑！梁先生眞是劍及履及，退休以後，規定每天一早起來寫作，直到午後；患痔時不能坐定，也站著寫作。不要說莎士比亞全集早在二十年前出版；一百萬字《英國文學史》七年前已經脫稿；《中國文學史》可能亦在醞釀之中。梁先生在退休以後，還有龐大譯、著問世，恐怕在中外作家中，均屬罕見；使我們年輕的一輩感到慚愧。

梁先生不但對我的寫作及做人有很大的影響，對我的家庭也有潛移默化之功。涓妻是一個十足的家庭主婦，平時不涉文藝。自從認識梁先生以後，尤其在安東街作了梁先生的鄰居以後，非常欣賞並敬仰梁先生的雅俗共賞。常常跟我去拜訪他們；聆聽梁先生的風趣，品嘗梁師母的手藝。她後來也讀了不少莎士比亞的劇本。至於我的兩個孩子，讀起梁先生主編的英語教科書，也特別認眞。最有趣的是我們家的第一副麻將牌，乃梁府所贈；他們願意割愛，我們樂於保存，而且發揚光大。梁先生當時還說一則故事。他說，從前在北京有人一面打牌，一面嗑瓜子，而且瓜子必須滿地吐，才夠意思！聽得涓妻哈哈大笑，二十多年未曾忘掉。最近，在報上讀到美國種種禮儀習慣，說是人家送你禮物，不但應該立即打開，而且應該將花紙花結等包裝綴飾，粗獷、快速地打開來，才夠朋友！使我們想起梁先生的故事，頗有異曲同工之處。

雖然，我們在二十年前離開台灣，但在返國度假時，如果梁先生在國內，我們總設法去拜訪他。近七、八年來，見面減少，但每次我有詩集或散文印行，梁先生總是欣然爲文介紹。我們也偶然通一、二封信。前年（乙丑）大年初一，梁先生有一封信給我，如此開頭：「得來書，喜甚，我一直很想念你。『相見亦無事，不來忽憶君』，我確有此感。」梁先生不但信寫得好，字體也是直追王趙，我非常喜愛。一九六八年端節，我離開台灣，應聘聯合國時，曾向梁先生要了一幅屏條，寫的是孫周卿新桂令，百看不厭。最近，我去信時還提到：「一九六八年離開台灣時，曾獲得墨寶乙幅，東西播遷，此一屏條總是懸在起居之處；雲海遠隔，咫尺相對，亦可解除不少思念。」和梁先生的字配對的是葉公超先生的一幅墨竹。也是二十年來，隨我奔走。有心人士看到以後，會懷疑我是新月派的信徒！

梁先生已達耄耋之年，還是創作不絕，關懷後生。我們除祝賀他壽登期頤以外，對他這種兼有中國儒家的謙沖和西方學者的進取，應該多多效法。他的門生中，有不少飽學之士，可以討論他文學方面的成就；我只能寫寫與他認識以來的雅事和趣事；寫他為人親切、和藹，以及風趣的一面。程門立雪，我沒有資格做到，只要梁先生說一聲：此子尚可教也！我就喜出望外。

一九八七年十一月四日

註：此文原應九歌出版社之請，集體為梁先生祝壽之用。豈知清稿之日，梁先生已於前一天謝世。雲海遠隔，不勝悼念！

自剖

我為什麼要寫作?

在漫長的職業生活裡，尤其在海外，我需要一個精神上的翹翹板。一會兒腳踏實地，一會兒升入半空。寫作就是那種躍入空中的高興，那種嚮往，那種昇華。我寫作並不爲了什麼，也沒有任何雄心及包袱，只是把自己的所見所聞、所感所悟，寫一點出來，與讀者共享。大凡對人對地的懷念，我用散文寫；對感情上的片段、剎那的領悟，用詩來表達。

對我來說，寫作是生活的變奏，人生的註腳，一種欲罷不能的赴約。

無可救藥的樂觀

有人似乎說過胡適之先生是無可救藥的樂觀者，我也庶幾近之。一生對任何事情，總從正面著想；認爲任何問題，總有一個解決方法。有時難免失諸天眞，但就靠這份天眞和樂觀，數十年來，在海內外，勇往直前。雖然職業及寫作方面，有起有落；奔向的目標，從未放棄，頗像時下電子遊戲裡的「超級瑪利」（Mario Brother）。

我對世局的看法，一直也很樂觀。三十年前寫過一首詩〈雨中〉，描寫人在大雨中的心態——常懷疑這陣雨會不會籠罩一生？但我一方面是「俯視現實的泥沼」，一方面「仰望空中的幻景」。看看今日的世界，不是已經宿雨初霽了嗎？我們即使處在逆境，也不能老是悲天怨人；對將來，要有信心。

對世局如此，對做事亦然。譬如說，一般上了年紀的人，對電腦不敢碰，也不想去學它。我在羅馬折腿，從聯合國退休以後，到大學教書，無人替我打字。因此，不僅要用一個手指開始敲打，還要記住各種電腦指令，「六十歲學吹打」，總算不折不撓，「老狗學會了新花樣」。在幾年之內，用電腦寫了五本書刊。還用它來寫信、記帳、繪圖、遊戲，以及教學和研究，可以說受益不淺！當初如果不持樂觀的態度，不天眞，不學少年，電腦永遠將與我絕緣。

「讓自己鏽掉，不如讓自己磨損掉。」這是一句深得吾心的箴言。

一九九二年二月十五日

圓桌
——記藍星諸友

一張圓桌上坐了六個人，各有千秋。

坐在我右邊的那位，銀髮白眉、高額長顎，但神采奕奕。深度的眼鏡，擋不住智慧的流露。兩人多年不見，卻一見如故。我和這位「五陵少年」，已有四十年交往。四十年前，我們在一張小圓桌上，發起了一個新的詩社。那年，各出了一本詩集，封面上兩馬同槽，傳爲美談。四十年來，他寫作的成績，石破天驚；詩、散文、翻譯、評論、戲劇，出版了四十多冊，著作等身，揚名海內外。他是文學的多妻主義者。因此，除詩以外，對這一代的影響，既深且大。我問他今後還有什麼計畫？他說：「我每天有二十樣事情要做，如果只要做兩件，我可全力以赴，多好啊！」又說：「梁實秋六十歲前就辭退行政工作，所以能完成莎士比亞翻譯及《英國文學史》，眞很幸運。」言下頗有閉門寫作之意，我想，社會爲什麼不允許這樣的作家，靜心創作，一定要他演講、評審、頒獎及上課呢？反過來想，也許一個作家的繼續創作及更上層樓，也需要社會的種種鼓勵。長期身處異國的我，就缺少這種環境，想到這裡，我覺得自形愧疚。四十年來，只出版了五本詩集、兩冊散文，現在雖像過河卒子，繼續寫詩及作文，產量有限，鞭長莫及，也起不了什麼作用。國內的讀者及出版界，似和我斷了層、脫了線，感到疏遠。

坐在我右邊，是一對詩人夫婦，年來得獎頻頻，名噪國際。別人評論他們的詩，已有五本專集。最近在對岸某地，還爲他們的作品舉辦了一個評論會。在圓桌之旁，她保持一向的風儀和沉靜。他則滔滔不絕，一如往昔。從詩藝、哲理，談到社會及人生。在我的印象中，他永遠不滿足，永遠不平，永遠是憤怒的一代。他的成就，已經可觀，他的名字，已入名人錄，且他還在不斷的追求詩與美，常爲他的作品及聲名，奮起捍衛，絕不妥協。也許這樣的投入、狂熱及計較，對他的作品及令譽，很有幫助。像我這樣，對別人的說好說壞，一笑處之，詩壇也就不會熱鬧起來！正如那位女詩人在席間對我說：「你在農業方面的聲譽，恐怕大過你詩的聲譽？」我也無以爲對。提到聲譽，那位男詩人忽向對面那位溫文爾雅的詩友說：「你在對岸也很有名呢！」所獲的答案，只是謙虛的「沒有，沒有。」

其實，對面這位詩人，雖已髮兼黑白，一向謙恭有禮，近年以來，相繼出版了很多詩集、詩論及散文。他剛剛放下八年詩刊的編務，及某大報的副刊，最近又和年輕的詩友創辦了一本很有分量、頗受兩岸重視的詩學季刊。同時，還舉辦了不少新詩的活動及討論。我想，現在是一個講究公關及傳播的時代。新詩的影響力，要靠出版、公開討論、朗誦等等活動，才能擴大。這位數十年如一日，百尺竿頭，被人尊爲「大器晚成」的詩人，他的毅力、耐力以及潛力，表現在創作及新詩的推廣方面，使人起敬。他的儒雅和溫和的態度，也給人以細水流長的感覺。在這圓桌旁，他很少說話，但我能了解他的心情。

今天的主人，也是我們詩社共同的朋友，三十年前，他爲同社的一位故友，出力出錢，花了數年時間，出版了一套全集，而且熱心地爲這位詩人的紀念館及未亡人，盡了捐獻及資濟之力。大家因此對這位不爲名利的詩友的情誼，很是珍重。

我坐在圓桌的上位，一個遠道的訪客，覺得既陌生、又熟悉。這些都是我數十年的朋友和同道（包括未出席的幾位），但他們的成就及里程，超出我很多，也離得我很遠。忽然，我覺得這張圓桌，是一汪圓形的荷花池；他們每個人像挺拔高矗的荷花，相互爭妍。而我是一隻近水荷葉上的青蛙，無聲無息：如果跳入水中，亦只能激起一些漣漪；偶爾發出些鳴聲，也只是蛙噪而已。

回想四十年前，在一張圓桌上促成了一個純正的詩社，催生了今日詩壇上的健者。當初誰能臆料，詩社同仁中有這麼多位，能縱橫文壇，叱咤風雲。直到現在，大家年過六旬，還能繼往開來，不斷創作或拓造氣象。我常常想，究竟是詩社激勵了詩人，還是詩人使詩社得彰？無論如何，四十年來，各人及詩社出版的數百冊詩集文集及期刊，已爲吾國新文學史上添加簇新而恆久的一頁，我們沒有慶祝，僅僅以茶相敬，已經夠了！舉杯！

一九九四年七月二十三日

日記的神祕

每一本日記，都含有些神祕性。因爲裡面多的是隱私。有人說過，眞正的歷史或事實，往往是我們所不知道的那一部分。日記記下了私人的遭遇和觀點，甚多很有價値，但不爲外人所知。因此，大家對別人的日記，感到神祕，感到有興趣。我常常看到一本封面上有把小鎖的日記，覺得天下的祕密都鎖在其中，更感到它的神祕，頗有一窺的願望。

有些人寫日記，正襟危坐、一筆不苟，好像將來要被公諸於世。他們不但記事、記言行，而且記下了自己的觀感或批判。這些日記，如果屬於作家或名人，其神祕性更大大增加。另有些人，記些日常瑣事，想到記到，隨心所欲，目的僅爲日後參考。這類日記，多的是油鹽醬米，大大地減少了神祕性。

我第一次記日記，倒是想學第一種人。那時僅二十歲左右。正値一個兵荒馬亂，生活困阨的年代。但是因爲年輕力壯，加上戀愛，心中有說不完的話，筆下有生不盡的花；有文有詩，載實載思。雖多稚嫩，可作紀念。這冊日記，從烽火江南，帶到台灣。起初幾年，還留在身邊。後來，我到台北鄉下去工作，地方很小，頗受注目；尤其知道我寫詩寫文，必然是個自由分子。那時，深夜常常來抽查戶口，使我覺得不安。有一次，梁實秋先生告訴我，警察到他德惠街家裡，翻東倒西，只說是有人丟了一架打字機。像梁先生這樣的文壇祭酒，還受到騷擾，更無論我這種文藝青年了。爲了避免麻煩，我就把這本日記丟掉。現在想起來，覺得很愚蠢；我日記中純粹是私事，也無牢騷，沒有什麼國家大事。現在如還留著，至少可以看看年輕時的生活、想法及作品！

在台灣二十年，迄一九六八年離開時止，我沒有興趣或是勇氣，再記日記。在那個年代，誠如李登輝先生最近所說：講一句話，就被抓去坐牢，寫一篇文章，就是叛亂罪（見《世界日報》一月二十八日第一版）。當然，那時候對岸的情況，更加凶惡。作爲一個中國的知識分子，無論在此在彼，都有生不逢辰之感！現在回想起來，不記日記，的確是一種損失。因爲，在一九五四年起的數年中，我和余光中、覃子豪等發起「藍星詩社」，純粹爲了發揚新詩而努力。如果將當時的理想、每個詩友的意見，以及詩壇種種記錄下來，很可以作爲吾國新詩發展的史料。現在已時過四十年，很難追記。有人說，義大利的文藝復興，大部分是因爲執政者極力鼓勵藝術家去實現夢想，才能如此輝煌。在一個截然不同的環境，那種無形的箝制和規囿，常會造成無形的損失！那時，很多人也許和我一樣，不願記日記。

一九六八年夏，我受聘聯合國糧農組織，去中美洲加勒比海的牙買加國工作。第一天報到，他們就發給我一本日記簿，使我覺得很新鮮又突然。後來我看到政府官員及國外的專家，幾乎人手一冊，開會、出勤、訪問等等都可隨手記錄；我就又開始記日記了。但這一次，記的都是公務瑣事，像上面所稱的第二種人的日記。這些日記，林林總總記了約十七年，雪泥鴻爪，並無多少價值，也不會有什麼神祕。它們曾經隨著我東播西遷，但在我一九八四年離職時，已遺棄泰半，我也不以爲意。

但從此以後，我養成了記日記的習慣，從一九八四年以後，又繼續寫到今天。每年記完了，就丟在儲藏室，很少去查看或加以整理。倘處落磯山下，忽忽已逾十載。往來雖無白丁，卻少詩人或文壇的交往。因此，記的還是日常瑣碎；我自己看來，並無神祕之處。假如，將來有那位有心人，要想探祕鉤奇，恐怕會大失所望。如果他確有耐性，最多是砂裡淘金，或曇花一現。如我在一本日記中，記下一位詩人的過訪，有一段對話如下：

很多年前，你寫的這束情詩，是否確有其人其事？我問。

他笑而不直接回答，只用英文說：Mostly exaggerated.

我很後悔，不該問他。心中想：所有的文學作品，不都是這樣產生的嗎？

一九九六年三月十五日

左手・右手和魔指

——談寫作經驗

我的朋友余光中用右手寫詩，左手寫散文，成就非凡，風騷一代。而我呢？除用左右手以外，爲了生計，還要用一隻食指，敲打鍵盤。

我從小就喜歡詩，最早愛上的是舊詩。記得在小學時，讀了一首〈遠上寒山石徑斜〉的詩，印象深刻，就此和詩結上了不解之緣。後來買到了一本《唐詩三百首》，具有生動的插畫，更是手不釋卷。到了十七、八歲，才接觸到新詩。讀了些白話詩選之後，就開始寫起新詩來了。我一向不喜歡口號、宣傳一類的詩，但在年輕時正值抗戰和戡亂的初期，這類政治詩很盛行，我只能韜光養晦。到了民國四十三年初，有機會和鄧禹平、覃子豪、余光中等發起「藍星詩社」，主張寫純粹的新詩，我的作品才漸漸多起來。我們結社的目的，在於相互激盪，不在相互標榜。四十多年來，藍星同仁的作風，及其百種以上的刊物及詩集，可以說是有目共鑒。

我自己寫詩的信條，如我在第一本集子《靜靜的林間》後記中所說：「詩必心出。」又說：「詩，在我是終身的追求，不是一時的調情。」一直寫到現在，雖然只出了五本詩集，為了職業關係，詩作不豐，但從未考慮停筆。有時也暗自懷疑，追求了一世，究竟有什麼成就或影響？只能像過河的卒子，勇往直前，不計後果。

因為寫詩，認識了不少音樂界朋友，早年也寫了兩本歌劇劇本。第一本《比翼潭》，梁實秋先生看了頗為稱道；也因此常常向他請益而熟稔起來。這本劇本係描寫台灣高山原住民為爭奪潭水，世世相仇，後因兩族子女戀愛殉情，而攜手和平。我並未學過文學；那時還沒有看過《殉情記》，但故事頗有相彷之處。但梁先生則認為無傷大雅。最後將劇本送審，因和當時反攻國策不符，不予批准。第二本寫的是《孟姜女》，而且已開始排演，後因經費不繼而停頓。作曲家李永剛，為該劇作曲而得到教育部早年的音樂獎。他得獎時，我在國外工作。但教育部及新聞界，對劇本創作人，一字不提。

我左手的散文，倒是無心插柳的產品。大約在一九五九及六〇年間。余光中正在編香港《中外》的文學版，要我試寫散文，充充篇幅。我寫了第一篇〈聖誕樹〉，反應頗佳。後來我零星地為《文星雜誌》及《聯合報》寫些散文。到林海音創辦《純文學雜誌》以後，很鼓勵我寫一系列文章。後來都收集在我第一本散文集《落磯山下》內。嗣後，我在牙買加工作時，陸續為聯合報寫「客海欣談」，由瘂弦協助我出了第二本散文《悠悠藍山》。楊牧曾將我的散文歸入「議論派」。說這派特色是「偏重議論」，「於無事中娓娓道來」。我自認，我的散文不能超凡脫塵，唯心唯美；但也很少去博引廣徵，說古論今。我的散文，如《落磯山下》後記中所說：「只是坦誠地一抒己見，平易地述說感受。」如此而已。

我的第三隻手，不！我的手指，是用來寫我職業和技術方面的文章。從前在聯合國做事時，出有司機，進有祕書。報告及書信，不需自己打字。來美國教書以前，曾請此間大學，供給祕書一人，以備著書之用。但到了大學以後，才知道系裡有二十個教授，只有二位祕書，打字以外還要兼辦行政。我著書的夢想，看來就要落空；因我從來不會打字，更不懂電腦。後來，只好用愚公移山的精神，從頭學起，坐在電腦前，用一個指頭，一個個字母打起。開始時，每天只能打一頁。漸漸熟悉了文書指令，速度加快。四個月內，打了兩百五十多頁的稿子，為聯合國糧農組織寫成了一本技術專刊。第二年，又用這隻手指，打成了三百多頁的書。這樣，在數年內，連續出版了五本專刊。其中兩本，譯成西班牙文及法文，由聯合國經銷世界各地。這幾本書對我經濟上有所裨益。而且這套電腦寫作的技術，對我後來到其他各國作顧問及寫報告，很有用處。現在又可經過網路，和世界各地通訊。這隻手指，應該是我的「食」指，或是「魔」指才對！

多年前，我在《聯合報》上寫過一則〈我為什麼要寫作〉，其中有幾句如下：「在漫長的職業生活裡，尤其在海外，我需要一個精神上的翹翹板。……寫作就是那種躍入空中的高興，那種嚮往，那種昇華。……大凡對人對地的懷念，我用散文寫；對感情上的片段，剎那的領悟，用詩來表達。……對我來說，寫作是生活的變奏，人生的註腳，一種欲罷不能的赴約。」當然，除用左右手以外，那隻食指，也不能忽略。

我寫作不需要去聞壞蘋果，也不需要將腳泡在水裡。更不像英國詩人兼作家浩司曼（A.E. Housman, 1859-1936）那樣，在漫步兩三小時、獲得靈感、打好腹稿後回家寫作。我如得到一些啓示和動機，只要坐下來，定定神，就可以寫出。不管左手、右手或魔指，如果有一扇晴窗，更可以得心應手了。

一九九六年四月七日

戰爭與母親

說起戰爭，就想起母親。一九三七年盧溝橋槍聲未響前，我家還住在青島一個林木蒼翠的山坡上。從陽台上俯視海港，只見到許多日本兵艦。過了不久，風聲日緊，草木皆兵。我家的廚子對我母親說，在他家鄉，日本人抓到中國人，不管男女老幼，一律用鉛絲將琵琶骨穿吊起來。母親原來已在憂慮全家安全，聽了以後，決心攜幼帶小，去江南避難；以爲和父親只是暫時告別而已。

母親帶了我們六個小孩，來到江南。不到一個月，八一三吳淞戰爭又起。數月後，日本人從金山灣登陸，向南京進迫。我們剛好在這個軍事的三角地帶。只好又從城裡逃到鄉下的老家避難。那是一個水鄉，有蓮有魚，門可繫舟，起初覺得新鮮而和平。不久，日本的飛機在空中偵察、盤旋；俯衝時，還看得見駕駛員的頭顱。我們都覺得害怕，母親倒很鎮定。那時，也沒有防空洞可躲，只叫我們躲在桌子下面而已。漸漸，附近蘇嘉鐵路的橋樑被炸毀，砲聲隆隆，不到一句，戰爭似乎已經遠去。到了那年年底，聽說南京淪陷。有人從那邊回來，說是日本人進城大屠殺，繪聲繪影，在我們幼小的心靈，烙上一個深刻的影像。

我們避居鄉下，以爲可以太平無事，但過不久，就有日本兵陸續下鄉。抓人殺人，作威作福。小孩們只要聽到有汽油艇的馬達聲，就通報大家避開。有一晚，日本兵闖到我家，虧得母親機警，使我們從後門、堆滿垃圾的地道中，逃出虎口。

有了這種驚險，母親又帶了我們、祖母及姑母一家九口，逃到蘇嘉鐵路中段、更爲偏僻的鄉下去。那時生活很艱苦，每天以稀飯及清麵充飢，晚上睡的是稻草泥地。女的都穿長袍，戴破帽，扮成男子樣；有時，在臉上還抹一層炭灰。白天不敢出門，晚上常聞槍聲，左右鄰居也有被搶的。我們一群小孩，無書可讀，只能在雜院內滾滾鐵環、打打彈珠，遊蕩終日。我們苦中作樂，母親愁眉終日；她認爲這樣荒廢下去，我們的前途可慮。後來聽說附近一個小鎮上，有一所義務學校，我們又遷了過去。那學校借一所住宅，沒有教室、沒有課桌、也沒有課本。上了不久，受到干涉，又停學了。

那時，我們的升學問題，日益迫切；因爲大多數已到了十來歲，長處鄉下，究非上策。母親憂心如焚，溢於言表。只見她常常外出張羅，我們起初還不知道爲了何事。有一天，她忽然宣布，要帶我們八口搭小船去上海租界。許多親友認爲太冒險，萬萬不可，因中途有日本人、散兵游勇，還有強盜。若有任何錯失，將來如何向父親交代？但我母親意志已定，毅然出發。

記得在啓程前我們受到警告：要躲在艙底，萬萬不能露臉及出聲，尤其在經過關卡之時。一待我們上船，艙棚蓋起，黝黑一片。一家九口，躲在水平線以下。我已記不起如何度過一晝一夜，只記得那些撐篙及掌舵的，一路上吆喝過去，似乎是在發信號。看到他們粗眉大眼，使我想起梁山泊的人物。到了第三天的早晨，我們在上海近郊登岸，總算安然通過各種關卡。忽見到兩個人，被日本人吊在樹上，想起廚子講的話，母親叫我們快快走過。這一次究竟花掉多少金錢及財物，母親從未提起。

在上海租界住衖堂房子，讀衖堂學校的情形，那時極爲普遍，很多人都有這種經驗。我們從鄉下進入繁華世界，目迷五色，不以爲苦。但上海生活費用高，繼而物價飛漲，父親接濟又常中斷。但母親還是設法讓我們讀好的學校。她有一句話，迄今我還記得：「就是典質所有，也要供給你們讀書。」但到了一九四〇年左右，上海實在待不下去了，母親又帶我們遷到蘇州。

我和弟弟在蘇州讀的是教會中學。那時，別的學校讀日文，我們讀的是英文。而且，母親還特別出資要我補英文作文、舊詩和國學。我常是母親的祕書，和後方父親通信，多由我執筆。母親口中念念有辭，我則振筆疾書，一字不漏。從小這樣的訓練，有助後來的寫作。一九四一年十二月八日，珍珠港事件發生，第二天我和三弟上學，看見日本兵持槍守在校門口，學校已被接收。我們覺得很黯然，不亞於〈最後一課〉中描述的心情。接著大家還發動了一次學潮，校長被關起來。這時，母親覺得我們已經漸漸長大，長此以往，不能得到好的教育，不能有個良好的環境，很是擔憂。不久，三弟因同情抗日行動，被特務機關拘捕三周，母親急得茶飯不思。後雖因證據不足而釋放，已使母親下了另一個決心，採取了斷然行動。

一九四三年十月，母親毅然帶了孩子們從蘇州出發，先到蚌埠、界首，再到洛陽及寶雞。最後到成都和父親團聚，歷時三月，跨越五省。途中經過淪陷區、封鎖區、黃泛區、無政府區、游擊區等；以步行、搭小舟、乘人力板車、牛車、木炭汽車及火車到達目的地，一路上是滿目瘡痍、驚險萬分。大家都說，這是一次萬里團圓的壯舉，非大勇大智，不能出此。當然，這一段經歷，不是這篇短文可以敘述清楚。

孟母三遷，世所稱道。我母親爲了我們，至少遷過六次，雖是戰爭使然，但其勇氣和毅力，非普通人可比。離開她四十多年以後，我於一九八九年秋回大陸河南省親，她已九十二歲，瘦小得很；但上下樓梯，不要我們扶持，走起路來，兩隻半放的小腳，步履清健，頗有勇往直前之態。她已患了多年的老年癡呆，只聽到言談中常提起我的小名，但站在她面前，已經不知道我是誰了！一九九一年她病故，翌年，我們將她的骨灰安葬到她念念不忘的江南，面對太湖——這是我們給她的最後一次安遷。

一九九六年五月十二日

品茗談茶

吾國早一代的文人或名士，對琴棋書畫，總有一絕；而且對酒、對菸，兩者皆能。到了我們這一代，雖有多才多藝、豪飲呑吐之士，但總是已經式微。我幼時家教甚嚴；及長，飲酒偶一爲之；吸菸從不上癮，而且早已隔絕。對於藝技一道，除喜愛詩、文以外，旁無所能。只是對喝茶品茗，略有偏好。

小時候在江南老家，看到白淨的瓷壺上，題有「一片冰心在玉壺」，或是「壺中日月長」等句，雖不知壺裡乾坤，總覺得神祕而有趣。少年時代，看到男士們清早就上茶館；洗臉、喫點心、喝茶；太太們下午去茶肆聽書及聊天，好像整年泡在茶館裡。那時血氣方剛，覺得這種萎靡生活，應該革除。年長以後，覺得這是一種娛樂、休閒及社交方式，適可而止，有何不可？後來到歐洲及南美洲諸國，見到路邊咖啡館，常常在深夜還高朋滿座，更覺得現代人，需要有些生活和精神上的調劑。江南的茶樓，我年輕時只上過一、二次，已記不起喝茶有什麼特別滋味。但是在杭州求學時代，遊九溪十八澗，在靈隱寺喝的龍井茶，由於天熱、沁汗、口乾，倒在小杯裡的水，喝起來的甘甜醇美，半世紀後回憶起來，還津津有味。

茶和我，還有一段緣起。一九五一年左右，我在台灣的茶業公司做事，被派到台北附近的文山茶場工作。那時才二十六、七歲，卻執掌了茶場的業務主管：包括種茶、製茶、造林、伐木，外加二、三十里的台車、索道運輸系統，兼及烏來的觀光客運。當然，茶業公司以製茶為主；木材生產，卻是財源所在。我自認花在林業經營方面的時間較多，但對茶業也不能忽視。舉凡茶樹的育苗、種植、施肥管理、採摘運輸，以及製茶的各種過程——包括萎凋、揉軟、發酵、烘乾、粗製精製等等，均要注意及操心。曾經因為數十甲茶苗種好後，久晴不雨而失眠終宵；也曾看到春雨乍停、女工採擷「一心兩葉」的嫩茶而感到欣慰。我曾經寫過一首民謠：〈採茶歌〉，由音樂家沈炳光作曲；係描寫採茶女的心情，有一節如下：

昨夜落雨如落金，
今朝嫩枝都長心。
人家吃得香噴噴，
我是一葉一青春！

故詩人鄧禹平，對此頗為讚賞。多年以後，女詩人夐虹曾對我說，她在中學時代，唱過這一首歌，很喜歡它。我聽了受寵若驚。

在茶場工作，也學到了一些品評茶葉好壞的方法。茶葉以色香味三方面來判定優劣。常常在製茶工廠內，將新茶泡好、排列整齊，請三數位專家前來品嘗。他們先鑑定色澤，再細聞香氣，最後吮了一口，將茶含在嘴內，數十秒鐘，喉舌俱動，然後吐出，品定高低；他們事先也看過茶葉的外觀及形狀。這種融科學及經驗於一爐的鑑定方法，不是一般人可以做得到。當時，文山茶場出綠茶、包種茶，在日月潭的魚池茶場出紅茶。烏龍茶還不流行，因缺少外銷市場。這四種茶，製造過程及發酵程度不同，所需茶菁品種也略異。我所鍾愛的是烏龍茶，它有紅茶的色澤，又具綠茶的香味，不濃不淡，又甘又醇。我第一次嘗到烏龍的極品，還是在南投鹿谷鄉的凍頂。那時，這種茶還未出名。

喝茶或品茗，要有一個適當的時間和環境。匆匆忙忙，飲不知味；侷侷促促，難辨甘貽，均非應有之道。現在，台灣有很多人講究茶道，也有俱樂部的組織，地方高雅，茶具精緻，這些都表示生活品質的提高。我初到加勒比海的牙買加國做事，英國同仁常在周末請我們喝下午茶。銀盤、銀壺、上等茶具（如含有骨灰的 bone china），玲瓏細巧，花式鮮豔，令人愛不忍釋。加上茶葉香、點心美；遠眺花木扶疏，近聞音樂曼妙，笑語低低，衣裙瑟瑟，此情此景，乃品茗的難忘之境。

來到落磯山下的十多年，每年仍以喝茶爲主，不沾咖啡。我的茶葉，全部來自台灣，且以烏龍爲首。國內朋友及此間學生，知道我愛喝台灣茶，總是設法帶來贈我。家中茶葉不斷，從未出錢買過。我不會做家事，但每天早晨起床，燒水泡茶，責無旁貸。我知道要放多少茶葉，可以不濃不淡，自早到晚。有時，還添一道下午茶，銀瓷俱用，閒話當年。美國詩人艾略特（T.S. Eliot）說過：「我曾用咖啡小匙來量計我的生命。」我呢？可以說——用我的茶杯。

一九九六年七月十四日

皎皎兒時月

每屆中秋，我腦中就浮起皎月一輪：它像被高牆圍住，窺視著一方天井，又不時躲閃在一隻香斗的裊裊輕煙，及雲霧之中。

那時我將滿十歲，已超過「小時不識月，呼作白玉盤」的年齡。住在江南的老屋，和老祖母為伴。屋子有三進，住的也不止祖母和我。還有一位叔祖母、一位姑媽，以及三個女傭。平常日子，過得很是寧靜，每值新年佳節，就比較鬧熱起來了。中秋為一大節，在上海讀大學的兩位叔叔，也回來賞月。我記得，他們帶了網球拍及口琴，覺得很是新鮮。叔祖母看到用力吹口琴的情形，就告誡說：「為什麼要吹得臉紅頸粗，洋腔也沒什麼好聽？」我祖母則比較現代化，只是含笑不語。

每遇到那種節日和盛會，我一定比別人起得更早，掩不住心中的興奮。清早蚊子嚶嚶，將亮不明，只有一抹彩霞泛在天空的光景，對我有一種神祕的感覺。大廳正中，高懸著光緒皇帝的朱紅匾，寫有「善養延年」四個斗大的字。兩旁的楹聯，則題有「玉振金聲於時為瑞」，及「和風甘雨維世之祥」。對面天井的雕花門牆上，刻有「蘭桂齊芳」的金字。我當時剛開始讀古文及舊詩，對有些詞句，不甚了解，但過目可以背誦；因此，迄今尚能記得。天井左邊有一棵玉蘭樹，開花時，滿樹瓊瑤，確是美麗。我常常把花瓣用力吹氣，使成鳥雀狀。右邊有一株桂花樹，中秋附近開起花來，滿院生香。「蘭桂齊芳」，雖另有所指，這兩棵長在花壇裡的樹，卻具體地表示了眞相。江南這種廳院，到處都有，可以看出傳統建築的匠心獨運、物景合一。

那時，家鄉還沒有電源。晚上點的是煤油燈；過年時，或有什麼慶典，才在大門及中門掛上燈籠，在花廳點起氣燈。因爲沒有電力供應，所以也沒有電風扇。夏天在餐室上面，裝有一大面布做有鬚的風扇，像一架鞦韆那樣，用人力拉動，才能搖曳生風。平時，則每人扇子一把，各憑身分及歡喜。祖母輩用的是羽毛扇，配起旗袍來，頗像京戲中的孔明。姑母用團扇，叔叔用摺扇，上面詩畫俱全。我及傭人，則只能用蒲扇，以耐久及實用爲目的。到了晚上，大家各執一扇，聚集在天井裡乘涼。扇子可以卻暑，又可驅蚊；在一天忙碌以後，談天說地，稍享天倫之樂。我的叔祖母，頗有書卷氣，常常引述詩文，使我受益不淺。有時，她提起長毛（洪楊）之亂，說亂世的人，不如太平時代的狗等等。這時，比盧溝橋事件還早幾年，使我對戰爭的殘酷，已有了深刻的印象。我祖母比較平實，不苟言笑。常說：「愛要放在心裡。」因此她頗能樹立威信；祖父早逝，由她獨力支撐，亦非易事。只有在晚間乘涼的時候，也會說笑一番。對我來說，這是長幼不分，最最歡樂的親密時辰。

中秋節的晚上，更是特別高興。晚飯以後，在天井中擺起香案，供些花果，並點起一隻香斗。吃月餅，啃瓜子，翹望一輪皎月的出現。因爲天井四面的牆壁及屋簷太高，月亮總要到九、十點以後才能露臉。平時，我已經被迫入寢，中秋夜可以逾規不罰。但遇到天上雲層不開，眞是焦慮萬分。一旦皓月當空，那種歡欣，不言可喻。我們常常用一隻碗，盛滿了水，上面輕輕地放一根針，看看碗底的倒影爲何？如果出現是一根短棒，兩頭笨頭笨腦，表示放針的人資質平平。如果倒影像一枝箭、一根戟，則表示此人聰明多智。我得到的投影，常屬後者，頗能自鳴得意，因此從七巧日以來，我一再搶著要試。

回憶在這種月光下，確有一種清幽及朦朧之美。尤其聽大人說起嫦娥奔月、吳剛伐桂的傳說，更是凝望出神，詩意盎然。將那時學到的「月到中秋分外明」、「床前明月光」，以及「月是故鄉明」等幾句，和盤托出，女傭們聽了嘖嘖稱讚，祖母聽了，只是頷首而已！其實，那時天上，雲在幻變，月在飛馳，要用李白的名句：「月夜飛天鏡」，才會生動妥貼。

兒時見到的秋月，如此玲瓏透徹、神祕有趣。在我不久離開家鄉以後，好像再也未曾遇到過。經過了漫長的戰爭、受苦、逃難、遷徙以後，童年已逝，對中秋已不再興奮。尤其身處海外，僻居山間小城，更是感不到中秋的一點氣氛。我想，現在就是回到江南，月亮已經不同了！何況物換星移，人事全非。在紅塵十丈的市囂中觀月，看到的是被凡人踐踏過的月球，神話漸滅，詩情銳減，即使返老回童，也不會有那時的心情和感受。皎皎兒時月，在晶晶的瞳仁中，別有一番天地。現在想來，的確是良辰不再。

一九九六年九月二十七日

山城一日記

一九九六年九月十八日

醒得很早。忽然想起，今天是「九一八」。讀小學的時候，「九一八」是個沉痛的紀念日，禮堂中白布黑字，記憶猶新。一九三一年日本人出兵攻打我國東北，揭開了侵略的序幕。即使到了今天，對釣魚台還糾葛不放。月前世界日報報導，慈禧太后曾將釣魚台賜給盛宣懷，證實爲吾國領土。盛宣懷號杏蓀，是我本家的遠支。準此，爲保衛國土及盛氏家園，我應該游泳前去捍衛——但這是半睡半醒的壯語，無補大事，還是讓大家用理性去解決。

「理性」兩字，易說難做。柯林頓最近也按捺不住，向伊拉克放了數十顆飛彈。有人說，這是因爲共和黨總統候選人杜爾的刺激；說柯林頓不夠果斷，言下有指他逃避兵役，不夠格作三軍統帥之意。現在，飛彈或是「選彈」是打出去了，不知要如何收場？昨天的新聞報導，白宮要作一次全盤的理性檢討。

起床後到花房，赫然看到一朵盛開的曇花，大爲驚奇。因爲曇花均在午夜開放，西方稱 Night Blooming Cereus。這是我們所種第一棵曇花；今年六月初第一次綻放時，還請人來茗茶品賞。後來又開了一次，共二十朵。今天是第三次了！而且還開到早晨。對我們來說，這是一種特殊的經驗。曇花的白淨、雅致及灑脫，無與倫比；但盛放的時間，實在太短。

上午翻讀台北金楓社出版的《滄浪詩話》，對其中「詩有別材，非關書也」的「材」字，頗爲存疑。雖然撰述及註解者說明：「詩的材料比較特殊，有別於論說敘事之文，故曰別材。」繼稱：「有人解爲詩才（才能之才），不確」云云。但錢鍾書《談藝錄》中，提到及申述「詩有別才」不下七、八處，似均爲才能之「才」。美國現代詩人勃拉艾（Robert Bly, 1926- ）曾說，詩人要像那種騾子，能夠嗅到十里以外的水源（like the mule who can smell fresh water ten miles away），可爲「詩有別才」的註解。「材」與「才」相去甚遠，不知應從何說？僻居海外，也不悉國內有無定論？我於「詩」於「花」，應該認知有年；但事實上是學到老，學不了！

中午，接到一封信，是大陸一個喜愛文藝、編寫刊物的遠親寄來。他讀了我的詩集《山》，在每一首詩後，還寫了感想，實屬難能。又說，他在靜靜等待，於公元二〇〇〇年前，能讀到我的新詩集。的確，我自《山》集出版二十年來，已積了不少詩作，足可出版二、三種。只是身在國外，鞭長莫及；又聽說台灣書店清談、文藝類書籍滯銷，詩集的讀者，想必更少。只能將這些詩暫藏深山，或等到下世紀再說。午後，照例打開國際網路以及檢視電子郵件（E-mail），看看有沒有國際及美國各地友人，和我通訊。我對這種快捷的互通消息的方式，愈來愈喜愛。想到和國內沒有這種設備的友人通訊，一封航空信來回至少要十多天；有時石沉大海，不知如何是好？

下午雲層很低，望不見落磯山頭。電台報導，明後天快要下雪了，但現在還屬夏天，正式的秋季，要到這個星期天才開始。記得有好幾年，九月中旬降下紛紛大雪，將園中蔥鬱的樹木，壓得枝柯低垂，潔白和濃綠相映，的確美麗；只是雪後要收拾斷枝殘葉，煞費工夫。聽說快要下雪，涓妻就去園中勤爲修剪。她愛護草木，喜栽蒔花。但對生病生蟲的榆樹，只能割愛，以防釀成更大的災害。她持剪攜鋸到籬邊工作，我豈能坐視無睹？這應該是我的責任，只因多年前股骨折換，不能用力，只好從旁協助。

晚間，談起中秋將屆，涓問我要喫何種月餅？因山城偏僻，無處可購，只能自己動手。我則在暗想，在國外度過三十個中秋，總算大多數花好月圓。一九八九年第一次回大陸，正值中秋，和寬別半世紀的父母兄弟團圓，確是最難能可貴的一次。我當時破例寫了些舊詩，其中有「別時童髮未覆額，歸來星稀霜滿顚」之句，父親頗爲欣賞，轉眼父母即逝。涓好像知道我在想些什麼，就說，不必多愁善感，快快回答。我說當然是蘇式月餅，以蓮蓉爲佳。她笑道：正好你小兒子上次來時，從加州帶來了一包蓮子！

我們寄居山城，也有十多年；有人以爲在美國納福，其實什麼都要自己動手。這樣，也學了不少。尤其涓妻，集廚師、園丁、裁縫、清潔工、理髮師於一身，有時還要兼護士及保母，眞夠偉大！她聽慣了我的頌辭，不驚不喜；少頃，她已呼呼入睡了。

一九九六年十月十七日

折腕度年

如果「年」是一隻獸，它的尾巴確掃了我一下。

就在聖誕夜的入寢前，爲了到壁櫥取一雙鞋子，從一把僅有兩階的小梯上騰空翻了下來；一個一百五十磅的身體，由一隻手來支撐，頓時腕骨折脫，手也變形。當時，正值人人歡度佳節，不敢逕去醫院，只能草草敷藥就寢。第二天，又去參加一個聖誕派對，半遮半掩，不敢聲張。席間聽到有人說：「日子如過得一切如常了無驚險，豈不乏味！」使我感到啼笑皆非。

到了第三天，手愈來愈腫，趕快去診治。照了X光後，發現腕骨折裂，又兼脫臼。醫生說要先拉直，再上石膏，如再有問題，要加鋼釘。我聽了無可奈何，任他處理。想想十二年前，曾在羅馬折腿（開刀兩次，住院四十天），而且孑然一身，無親人在旁照料，也熬過來了！後來醫好了，還寫了一篇〈羅馬折腿記〉在聯副發表，逆來順受，對自己調侃一番。

上了石膏以後，覺得滋味難當，日子難過。不是疼痛問題，卻因手臂過重。石膏從手背打起，直到上臂，感到難以移動，不勝負荷。而且醫生囑我將手舉起，要高過心臟。因此，我走路時將手高揚，別人還以爲我在打招呼；坐時，把手豎在椅把上，像是隨時要發言；睡時將手從棉被中升出，如潛水艇的潛望鏡。這樣一天二十四小時，這隻手的負擔，的確太重，使肩膀及肋骨，連累受罪。因此晚上半睡半醒，白天半醒半睡。

上次在羅馬折腿，迄今不能恢復正常，心中常懊悔兩事。第一是當時在浴室大理石上滑倒的一刻，沒有用手去支撐，因雙手拿著衣物之故。否則，股骨也許不會折裂。第二，當時爲什麼允許用鋼釘，不成功後又用金屬軸骨？如果一開始即用石膏，會不會長得天衣無縫？這一次，雖然是「天從人願」用手支撐又用石膏，但難熬不減當年，復元亦多未卜。

一周後再去醫院檢查。醫生問我感覺如何？我據實以告：腫痛可以忍耐，但手臂的重量，使我吃不消！他似乎不懂我的幽默，我又解釋道：我們東方人的骨骼小，你們打的石膏照美國標準，眞把我壓垮了！他聽懂了我的意思，就換了一種纖維代用品及 Ezy Wrap，比起石膏減輕了三分之一，使我如釋重負，心情也愉快了不少。雖然，只有一隻手可用，不能開車，不能穿戴，不能做很多事，使一向喜歡獨立的我，頓悟在家在外，團隊精神、互愛互助的重要。妻兒不厭其煩的悉心照料，使我感到溫馨無比。

使我想到許多受傷的戰士、工人等等，從年輕時就變成殘障，他們如何度過一生？他們的愛人和配偶的奉獻或犧牲的精神，實在可佩。又想到，如果生在印度，右手和左手，司食司解，職責分明，從不混淆；只剩一隻手時，如何做到兩全而不褻瀆天規？電影及小說中常有獨臂俠、獨臂盜之類，只剩一隻手時，是否會變得格外勇敢或凶悍？人，是否會因殘缺而一變常態？

我自認一生謹慎。常常告誡家人或小輩，走路要小心，要往遠處看，不要邊談邊走。開車更要注意安全，不要太快。住家最好不要有地下室，不要有二樓，不要有門檻，不要有凹凸地面，以免跌跤。家中亦不購置高的梯子，更不准去高處剪樹、油漆，或修補屋頂。這一切，形同家庭中的安全官。可是，自己在短短十二年中，跌了兩跤，斷腿折腕，豈能自圓其說！

我的一位學佛的朋友對我說：這是一種「障」，因爲在發生的一刹那，你自己也不知道怎麼回事。的確，這次在梯頂和倒地之間，一片空白，缺乏可以描述的心理過程。

但我常有一種感覺，每逢聖誕及陽曆陰曆年節，社會上常會發生重大的不幸事件。墜機、大火及凶殺等等。從前我的解釋是天候及人爲。冰天雪地，容易肇事。忙中有錯，過分興奮或疲勞，以及飲酒及熬夜，均是種因。但冥冥中或有其他原因，我們就無法知道。中外似乎都有年關之說，並非純粹巧合。

自聖誕前後到目前的三數周間，美國已發生了轟動全國的五、六件不幸事件。如天才老爹柯思比（Bill Cosby）的獨子被殺，以及亞特蘭大城的再三被炸等等，即使在科州，也有兩大不幸。第一是在離此不遠波特爾城（Boulder），一位活潑秀麗的六歲女童，於聖誕節時，遭受殺害。她曾選爲科州幼齡皇后，父親並爲億萬富翁。詳情還未宣布，消息已轟動全國，甚至全球。第二是一月初在密歇根州孟洛市（Monroe）附近摔機，死亡二十九人事件中，有一位本州的女教師，因奔兄弟的喪，不幸殞命。她的兄弟僅在兩周前墜機去世。一樁是無辜慘死，一樁是禍不單行，眞是天理難測？

如此想來，我的折腕，實在微不足道。如果「年」是一隻獸的話，它的尾巴僅僅將我輕輕一掃。虧得我還有一隻練就的，爬慣格子的右手，用力抓住了它——度過這一個年關。涓妻還打趣地說：你看起來像一隻商家過年陳設的「招財貓」！

一九九七年二月十五日

風水生涯四十年

中國的「風水」賦有奧義，不能不信，也不能盡信。從現代的眼光看來，它也含有地文及環保的知識在內；沒有基本訓練及經驗的，很不容易詮釋清楚。

我所要談的是「風」與「水」和我的切身關係，也可以說是我的風水生涯。

四十年前，我在台灣曾和「風」搏鬥過。大家知道台灣有颱風，平均每年可能有三次登陸；但颱風像馬克·吐溫所說的天氣，大家嘴上談談，無能爲力。但在台灣西海岸的冬季，有一種強勁的東北季節風，倒是可以防禦的。這種風，常常飛沙蔽天，危害作物，或埋沒田舍。如果營造防風林，可以大大減少肆虐的程度。防風林可分兩大類，第一類是「海岸防風林」，係將森林營造在海灘上，稱爲「營造」而不稱它爲「種植」，是因爲需要特殊的技巧和設置。海灘有兩種，如果是沙灘，第一年先要在灘上每隔二十公尺左右築好一條條竹編的矮籬，必須和主風方向成直角，這樣才能堆積起沙來，作爲造林之用。但沙是會飛走的，所以又須種植萱草、馬鞍藤等定沙植物，再插一排排稻草予以固定，到翌春才能種樹。木麻黃是主要樹種，因它能耐乾旱，生長又快。台灣西海岸因地殼上升關係，每年向外延伸數十到數百尺不等。因此，今年新造的防風林，爲保護其成長，明年還要在外海的海灘堆沙造林。這樣，二、三十年後，裡面的防風林，可以解除、砍伐、作爲農地。這也是與海爭田的一種方法。此外，爲保護沿海農村不受飛沙之苦，許多離岸的沙洲也要設置防風林。因此，像麥寮和外傘頂洲等地，現在因設立工廠引起居民抗議而名聞全島，早已有過我的足跡。記得有好幾次，因趕漲潮關係，半夜起身，乘竹筏渡海過去。到了外傘頂洲，覺得每一粒飛沙，均嵌入毛孔，非常難受。台灣西海岸的另一種海灘是濕潤的鹽分地，有潮汐侵入，不能直接造林。先須築起海堤、排水溝及一方方植堤，經過天然的洗鹽、排水及種植耐鹽植物以後，才能種樹。第二類防風林是「耕地防風林」，造在第一線海岸防風林的內側。大多是東西向，每隔一百公尺一條。每條田埂寬一至二公尺，種樹一行或兩行。這類防風林種起來比較容易，但當初推行時，農民不願犧牲農地，也頗費口舌及周章；一旦樹木長成以後，農作物普遍可以增收二至三成。又，這類防風林也常種在田舍及建築物邊緣。我在大肚山幫東海大學種的防風林，詩人楊牧還在他散文中提起過。海岸及耕地防風林，在第二次世界大戰末期，破壞殆盡，後經政府及美援機構的努力，才重新建立，對保障台灣西部沿海平原的農村及農業，貢獻甚巨。筆者在一九六一年，曾著有一冊《台灣之防風林》（中、英文版），詳爲介紹，曾受國際間注目及肯定。

過了幾年，我從防「風」的工作轉到治「水」的職務。這不算是改行。因爲風蝕和水蝕，都是水土保持及集水區治理的主要防止對象。台灣因颱風豪雨及溪流陡急關係，水災頻頻，冬季又常常缺水，因此需要建築水庫，除儲水以外兼顧防洪。但如上游水土及森林資源不好好治理及保護，泥沙很快會將水庫淤滿。我從事「集水區治理」工作，和「水」發生了密切的關係。我曾先後參加霧社、石門、曾文、達見（德基）等水庫集水區的規畫及指導工作。關於防洪方面，我記得在一九五九年「八七水災」以後，曾參加復舊工作。那時，台灣中、西部災害慘重。例如有一個在彰化縣的村落「許厝寮」，在一夕之間，被泥沙埋沒，死傷六十餘人，慘不忍睹。稍後，我們利用美援在彰化、台中、南投等縣村莊及溪流，築壩、建堤、改良排水。事成以後，省政府要頒給勛章，因我的工作機構，執行美援，明文不能接受任何贈予而作罷。稍後，我為台灣銀行《八七水災專刊》寫了一篇檢討水土保持和水災關係的長文。當時省政府主席黃杰，派他的名士幕僚張佛千教授向我索取資料，寫了一篇有名的政策性文章〈治山與防洪〉，並邀請我們商訂治山防洪的政策，籌畫所需經費，以及設立省府水土保持機構，和開設中興大學的水土保持學系等等。台灣的水土保持及治山防洪工作，從此跨入了新的紀元。

我從一九六八年到聯合國糧農組織工作；一九八四年來科羅拉多州立大學教書；以及一九九一年僥倖獲得美國水土保持學會的最高榮譽——班乃德獎（Hugh Hammond Bennett Award）；可以說都和「風」與「水」有直接或間接的關係。現在卜居落磯山下，每在夜間聽到呼呼風聲，就會自然而然地想到台灣西海岸的風沙；每在報上看到台灣水災或旱災，就不禁想起跋涉水庫上游山區的甘苦。四十多年來「上山下海」都已做過，此生與「風水」已結了不解之緣。

一九九七年五月四日

尋根記

「少小離家老大回」，這一次隔了六十年，總算有機會，回到家鄉來尋根。

從杭州乘汽車到嘉興，沿途經過餘杭、崇福、桐鄉，那些既陌生又熟悉的地名，眞是有些近鄉情怯。到了嘉興賓館，行裝甫卸，即想去一訪兒時住過的老家。

查了地圖，發現老家就在賓館不遠處。因爲聽說街道甚狹，我們就僱了三輪車前往。果然，不到幾分鐘已經到了那條舊街的西邊入口，可是三輪車不再前進。起初覺得詫異，後來一看，原來這條舊街和新拓馬路，沒有接通，中間還隔有人行道。而這條舊街的石子和爛泥上，沒有車輪的痕跡，想來這半截路，通常只作步行之用。

我們只能下車步行，一路尋訪。起初問這問那，不得要領。因我離開時，才十歲出頭，記不起門牌，即使記得，恐怕早已改過。後來走過一條狹衖的衖口，忽然記起，老家西邊不就有一條衖堂嗎？可是，從前這條狹衖，只有一扇門通入老家，現在卻有四扇。正在揣摩之際，有一老叟從第一扇邊門處閃身出來問我，等我說明原委以後，他笑著說：「這裡就是！」我將信將疑的說：「能夠進來看看嗎？」

我們從邊門進入一看，覺得裡面雜亂無章，天井中堆滿破爛；這是一個撿破爛的老者！而且屋內還分住了三至五家。我看不到以前天井中的花壇，以及左邊的玉蘭樹和右邊的丹桂。現在不正是飄香的季節嗎？我也找不到天井對面的花磚雕牆，以及正中的「蘭桂齊芳」四個金字。心中無法肯定這是兒時的故居，失望之餘，只好唯唯而退。

可是我並不死心，走出邊門及這條狹衖，轉到舊街上的大門處去找尋蛛絲馬跡。這扇記憶中的大門，現已被換成三扇小門。兩扇正緊閉著。我們走到東邊最遠一扇門前探望，一個中年微胖的女人出來問清動機後，很熱誠的邀我們進去。她說她住的是原來的牆門間。我詳察高高的屋頂，看到一部分暗紅色的椽子，顯出原來的風采。她現在已搭起了半樓，作爲臥室之用。言談間，我從她起居室的後窗望出去，忽然發現了一個月洞門，我差一點叫起來。現在洞門雖然已經堵塞，但我能確切記得它的形狀——那是我常常捉迷藏的地方。記得洞門的裡面是葡萄棚；外面則有棵月牙色的香水薔薇，每到開花季節，清香撲鼻，祖母常常只肯採擷幾朵，送給來訪的親友。看到這座月洞門後，我才確定，這是我一個甲子以前的舊居。因此，我又回到狹衖側門的那家，進去重新察看，果然，隱約的還看到，正廳房頂上的雕花大梁，和一、兩扇鏤空長窗。雖有滄海桑田之感，卻覺得不虛此行。因聽說再過一年，這條街上的舊屋，將全部拆除。

其實，我們眞正的老家是在嘉興北面，和江蘇交界處的「盛家廊下」。這座祖宅，曾因建有

「百桌廳」而聞名鄉里。據說在興建時，皇上曾問起我祖先，祖先答以所建只不過爲陛下的廊下而得名。因爲到現在還無車可通，必須坐船經過梅家蕩才能到達，雖然是「故人家在桃花岸，直到門前溪水流」，也只能作罷。

次日，嘉興的作家和詩人，和我見面談談。提到嘉興文風綦盛，人才輩出，值得一記。嘉興市現轄有五縣市，包括海寧、海鹽、嘉善、平湖及桐鄉。著名小說家茅盾是桐鄉烏鎮人，他的故居，現已設有紀念館；畫家兼文學家豐子愷是桐鄉石門人，他的作品，影響深遠；畫《三毛從軍記》的張樂平也是嘉興人。當然，作爲詩人的我，對徐志摩最有興趣，這位「新月派」的詩人，是海寧硤石鎮人。我在美國的居處，書架上有《徐志摩全集》，壁上有梁實秋的屏條及葉公超的墨竹；識者均懷疑我和余光中是新月派的繼承者，因爲我倆都受識於梁實秋，而且和梁實秋與聞一多一樣，喝過科羅拉多的泉水。我原想一訪徐志摩的故居，但聽說在「文革」時期，徐的墳墓，被搗一空，現在只存下一墓碑，也沒有建立任何紀念館之類。我聽了不勝唏噓，但建議嘉興作家協會，採取適當措施。

一位劇作家告訴我，他爲朱生豪寫了十集電視腳本，並已播出過。朱生豪是嘉興市區的人，他翻譯的莎士比亞劇本，我於一九五〇年代，住在台北時已擁有一部，後來贈給求學時代的影劇家李祐寧。朱氏翻譯得優美，有時讀起來，頗爲鏗鏘有趣。他未將莎集全部譯完，在梁實秋的全譯本刊出以後，好像大家都把他淡忘了，據說朱生豪在抗戰期間死於肺病，年僅三十出頭，如果天假以年，他的才華及成就，想必不止於此。

最使我想不到的是聽說巴金的祖父是嘉興人，老家還在塘匯。巴金雖在四川出生，卻常常喜歡回到嘉興老家來住。

我自一九三五年即離開嘉興，六十多年來，跑過世界上不少地方，卻無機會回鄉一趟，這次回來尋根，得到不少文壇前輩的消息，在此一併記下。

一九九七年十一月九日

從我的啓蒙談起

據說人的腦子到了十歲左右，已發展到十之八九；以我個人的經驗，可以印證此說。我在十歲以前，渾渾噩噩，除了貪玩以外，記不起有什麼特殊的興趣，或讀過什麼書。在小學一年級考試時，聽見老師說是「是非法」，就在括弧內加加減減任意塡滿，題目也不看，而且第一個繳卷。揭曉時居然榜上有名，可能是機率或運氣，但家人均以此取笑我。

我知道要專心念書，已到了五年級，那時已經十一歲了。記得很清楚，開學時有一位戴眼鏡、剃平頭、和藹可親的男老師作我們的級任導師。我因爲父親在外地做事，很少見到他，而且以前均是女老師的關係，對這位男老師，特別有一種敬意，上課時也專心起來。開始時，我功課不好，字也寫得潦草。但這位何老師不但不加責備，而且很有耐性的教導我。有時，在下課或放學後，還帶我到他辦公室去做功課，說些鼓勵的話。漸漸的，我對讀書發生了興趣，尤其是國文。

現在還記得，那時的國文課本上，有一首唐詩：「遠上寒山石徑斜，白雲生處有人家，停車坐愛楓林晚，霜葉紅於二月花。」（杜牧〈山行〉）經何老師解說以後，覺得秋空紅葉、石徑白雲，歷歷在目，極爲神往。何老師要我們背誦，我好像一讀就能朗朗上口，比起其他的文章容易記憶。因此，對詩就發生了好感，也在家裡翻翻《唐詩三百首》，選易解的幾首，自己讀讀。

那年，何老師還介紹一本少年讀物《愛的教育》，裡面有幾篇，給我的印象至深。那時正好是「九一八」、「一二八」日本侵華事件不久，讀到〈最後的一課〉時，非但激起了愛國心，而且感到今是而昨非，爲什麼以前不好好讀書？一篇〈兩漁夫〉（或〈兩兄弟〉），描述了亡國之痛，也深深的感動了我。另外有一篇，題目已記不清，好像是描寫鐵達尼輪沉沒時，一對少年男女生離死別的慘況，使我暗暗流淚了很久很久。那時雖然年小，已經領悟到愛的崇高和偉大。這一年，可以說是我啓蒙和開竅的一年。說來也奇怪，從小學以來，很多老師的姓名，現在已經記不起，只有這位何印石老師，過了一甲子，我還記得。

六年級時，我從家鄉遷到北方的青島去讀書。一年以後，因七七事變，又逃回南方，讀讀停停，時興〈最後的一課〉之感。雖然如此，我在國文及作文方面，卻有長足的進步。在初中時，老師測驗聽寫，我往往能記錄得一字不漏，爲全級之冠。有一次，我寫一篇文章，描述青島的霧，能夠把港灣裡的霧，如何從海面上升起，如何縹緲到燈塔，以及漸漸淹沒周遭的風景，和後來太陽剛出來的氣象萬千，描寫入微，得到極高的評價。到了高年級以後，開始寫文言文。我的國文老師自稱是章太炎的弟子，對我的作文，常用紅筆對精采的句子加上雙圈；在文後，加上讚語和好評，使我對寫作的興趣，愈來愈濃。

那時，中日戰爭將我們和父親分開了很久。起初郵件還可以和後方來往。我母親抓不到姊姊和哥哥爲她寫信，常常捉我代筆。她經常油鹽醬醋、顚來倒去說了一大堆，要我全部照寫。我不但要寫得順口，還要寫得順理、順章。這樣幾年下來，也訓練了我的文筆。母親知道我喜歡詩文，寒假及暑假，要我去補習古詩及古文。因此，在十五、六歲時，打下了一些基礎，而且對文學也養成了愛好。

雖然如此，因爲我家的傳統及將來的謀生關係，我從小就知道，不可能讀文學。我父親及三位叔叔均讀的是工程，我姊姊及大哥，也是交大有關工程及管理出身。我年輕時，只想做一個造船或開礦的工程師，爲國效勞。後來，陰錯陽差，讀了農業。學生時代，常向舅父要錢買書，有一次，他當面對我說：「讀農將來有什麼出息？」使我無以爲對。後來我任聯合國專家，恐怕他已在大陸過世了。假如那時我讀的是文學，恐怕他更不會慷慨解囊。

我自己也常常在懷疑，假如我眞的讀了文學，現在會不會從事寫作詩文？會不會像時下很多美國文學博士及教授那樣，眼高手低，只能寫寫批評而已！也許，每個人的心底，都有一種要彌補自己缺失的衝動和願望，使我成爲一個業餘的作家。從正面去想，假如我讀了文學，也許我的作品，要比現在的好上百倍。誠如美國詩人佛勞斯脫（Robert Frost）一首〈未走的路〉，最後幾句所述：

兩條分歧的路在林中，而我——
我選了一條，人跡罕至，
這樣，就造成截然不同的後果。

一九九八年三月二十三日

重遊牙買加

坐在寬敞的走廊上吃早餐，慢慢品嘗藍山咖啡。走廊外開著各式各樣的花。羊蹄甲的紫花像串鈴鐺，黃蝦花如蠟燭，夾竹桃開著桃紅色的小花，還有木槿的杏黃，九重葛的深紅及石竹的淡紫，眞是萬紫千紅。但這僅僅是二月，想到落磯山下冰雪未融，春天還遠得很呢！

這是我離開牙買加十四年來第一次重遊。住在京士頓市中心一座花木扶疏的旅館中。這旅館由一位德國老太太管理，整齊清潔，不在話下。我們住在一座新添的後院，三面是白色木造的二樓，中間有一方游泳池，旁設酒吧（wet bar），展現了熱帶及加勒比海的風味。我從前在這個都市住過十二年；上周回來，忽然感到一切如舊，從未離開過一般。蜂鳥無中生有，藍山遙望依然。京士頓也沒有什麼改變。不像我每次回台灣或大陸那樣，覺得陌生及失落。昨天在市區巡行，這裡街道如舊，沒有拓寬；市容如舊，很少高樓。記得一九六八年，全家從台灣飛來京士頓，從高空俯瞰，只見青蔥一片，以爲到了蠻荒之國。後來才發現，他們不向高空發展，在市郊的山上，卻是華廈林立，不但建築得很美，而且庭園樹木，配置適宜。在牙買加北岸觀光勝地，白色的旅館，隱蔽在樹林及海灘之間，你要仔細觀察，才能看出端倪。

我們初來時，牙買加獨立不久，治安好、環境好，倒是一片樂土。自從一九七〇年代能源危機以後，加上實施社會主義，經濟大受影響；資金逃逸，人謀不臧，情況大變。這個國家雖有自由的選舉，英國式議會的民主，吵吵鬧鬧，一回社會主義，一下資本主義，都沒有將國家治好。經濟成長僅在〇．五到一之間，通貨膨脹卻到過百分之四十。製造業衰退，礦產（鋁礬土）低落，蔗糖及香蕉賣不起價錢。藍山咖啡雖然名滿全球，但產量有限；近年來日本受了自身經濟影響，出不起好價錢。日前報載，牙買加出口的一般農產品，不能維持品質，價錢卻比鄰國高出二、三倍，如何能在國際市場上競爭？因爲外匯收入不多，支出龐大，影響國民經濟。三十年前，我們初到牙國，他們的平均國民收入已在美金一千二百元左右，台灣只有四百元。現在他們還停留在二千元左右，台灣的收入已逼近開發國家的數字。

雖然經濟不好，京士頓街道上車輛壅塞，商店中貨色俱備。有人說這是假繁榮，有人說這是高消費。牙買加人有錢即用，不尙儲蓄。後來我才知道，雖然生產蕭條，觀光事業卻一枝獨秀，他們的三個S（sun, sand and sea），天賦獨厚；離美國及加拿大很近，交通發達，語言方便。到了冬天，成爲北美避寒的後花園，在沙灘上御風逐浪。英國及德國等等也加入了行列。現在他們的觀光收入，佔了外匯收入的大半。另外還有一大筆錢，來自海外的親友。牙買加人移民到國外的人數，何止百萬，每年寄回來的錢，有五至六億美金之多，在他們看來，這是一筆可觀的收入。此外他們從音樂唱片及錄音帶方面也有大批收入。馬雷（Bob Marley）的雷鬼（Reggae）音樂，一直在全球各地暢銷。一位朋友告訴我說，市面上的車輛售價不太高，第一是政府降低了稅率；第二是這些都是日本不合格的次等貨，稱爲 deportees（被驅逐者），因此大家還買得起。

這種表面上的繁榮，總算得到了一些解釋。但我分析一下和台灣及大陸的不同之處，在於人力資源的不足。人才缺乏，很難把國家建設起來。環顧這時的走廊上，左右鄰座都是英、美、加拿大以及德國、義大利人等等。他們大多數和我一樣，來替牙國政府做事，或任短期顧問。而且都和世界銀行、美洲銀行、美援機構，以及聯合國發展計畫等等有關，前來協助農業、工業、交通、電信、環保等等各方面的工作。換言之，這個國家很多事情，請外國人來做，用外國人的錢，等到三、五年後，計畫結束，經費及工作陷入停頓，又要重新向外申請新的計畫，周而復始，國家雖然獨立，永遠要靠外助。牙買加政治開明，四季如春，風景綺麗，交通方便，很多援外及投資機構，樂意前來幫助。因此，各國專家，蜂擁而來，出出進進，不絕於途。而本國良好的人才，因薪給有限，大多不能留守公職；或移民，或從商，遺下的工作，只好請外國人來做。他們對下一代的培養，也很有限；以農業爲例，每年大學畢業的不到一百；台灣的面積只有牙買加三倍大，但每年學農畢業的，至少有一、二千人。

重遊牙買加，回首十四年，覺得他們進步有限，前途渺茫，頗爲他們傷心和憂慮。但和我同來的湯姆卻對我說：他們雖然沒有錢，一般老百姓不是聞歌起舞，過得很優閒而快樂嗎？正如一首流行曲中所說，「不擔憂，要快樂」（Don't worry, be happy）。

一九九八年四月二十日

賞花人語

她愛花，我也愛。只是兩個人的愛法不同。她喜歡種花；從栽植、澆水、養護中得到安慰及樂趣。我愛花，僅是欣賞，欣賞她愛心十足種出來的花。

說自己只愛看、不會種，也不全然正確。年輕時，我曾經在農場上做過園丁的助手。記得在春天栽有金盞花、麥稈菊、長春花、龍口花等等，一片鮮豔。但育苗、移植、灌溉、施肥等工作，也得忙上一陣。到了秋天，我們養成的菊花，還開過幾次展覽會。每種菊花，依其花色，給一詩意的名字，如紫氣東來、陽春白雪及金玉滿堂之類。現在，有了她在栽培，我就退求其次，僅僅在旁欣賞。世界上有種花的人，也應有賞花的人；好像有了寫作的人，也要有欣賞者，可以相得益彰。

從前住在台灣，院子有限，且都水泥地，沒有什麼種花的空間。出國以後，東播西遷，賃屋而居，又少種花的恆心和時間。十多年前定居落磯山下時，我就爲她改造了一間花房（solarium），落地長窗，加上天窗，冬天可作溫室之用。到了春暖洋洋，才將盆花搬出室外，只留下熱帶及室內栽培的花木。

除溫室栽培以外，多年來，她在室外也種了不少花木。量雖不多，卻頗精緻可看。因此，室內室外，林林總總，此起彼落，四季均有常開之花。鬱金香是一年中最早的訪客，色澤鮮豔、整齊可愛，好像開在童話裡。繼之而來的是園角裡的雞心花（Bleeding Hearts）及繡球花，前者掛有一串串粉紅的垂飾，後者戴著由青變白的球冠，匹配成趣。不久，鄰院的那棵酸蘋果（Crab Apple）也來湊熱鬧，將滿樹的酡紅，撒落一地。等到這些配角出現以後，牡丹及芍藥就一齊登場。

我家的牡丹及芍藥，均非名種；也只在窗前種了六、七株。但是有白有粉、有紅有紫，開開謝謝，可以經月。我所喜愛的是複瓣、清香、花如碗大的那種，只要耐看，品種不拘。我對牡丹及芍藥，也一視同仁，沒有偏見。

牡丹和芍藥，屬於一科。前者爲木本，後者爲草本。要仔細觀察，才能辨別。唐代詩人劉禹錫〈賞牡丹〉一首：「庭前芍藥妖無格，池上芙蕖淨少情，唯有牡丹眞國色，花開時節動京城。」把牡丹捧上了天。有唐一代，讚牡丹的詩很多；如羅隱的「若教解語應傾國，任是無情亦動人，芍藥與君爲近侍，芙蓉何處避芳塵。」裴潾的「長安豪貴惜春殘，爭賞先開紫牡丹。」以及歸仁的「天上更無花勝此」等句。我倒是喜歡殷益的「豔色隨朝露，馨香逐晚風，何須待零落，然後始知空。」看花要當令，不要蹉跎！

牡丹花開的同時，鳶尾花也出現。它的花朵像蘭花，花瓣摺得很細緻，你用一張縐紋紙，也無法摺得如此玲瓏娟秀，不知道爲什麼要稱它爲「鳶尾」？它比菖蒲要耐看得多了！我特別喜歡它的顏色，有藍、有咖啡，也有兩色相嵌的，在其他的花中，難得一見。

當然，這時候，園中的另一個主角：玫瑰也突然露臉，先是一朵兩朵，然後是一簇兩簇。我最喜歡潔白中帶有粉紅的那一種，像印象派畫家雷諾瓦（Renoir）的少女面頰。其次是血牙色上灑有紅斑的那種，如小淘氣的雀斑。至於紫紅色單瓣的蔓生玫瑰，只能遠眺，不宜近看。玫瑰的好處，在於花期持續，不但可以開到夏日最後的一朵，有時在九月下雪過後，尙能一枝獨秀，楚楚動人。

到了盛夏的時候，我們的注意力全集中在室內的曇花。這種仙人掌科植物的花芽，長在葉子的邊緣，起初形若米粒，不到幾周，長出了花柄及花苞。如果在白晝看到花苞膨脹，當夜就會燦然開放。純白的花朵，羽毛般的花瓣，似乎每一刻都在擴張，直徑可到八至十吋，而且滿室生香。但到了翌晨，垂頭謝落，好景須臾，使人低徊。有一次，我用了一種方法，居然可以維持到次日上午。

進入秋季，我賞花的興趣不高。一、兩盆菊花，已引不起我的專注，不能和我年輕時的菊花相比，所謂「曾經滄海難爲水」。在第一次下雪以前，她就將盆花全部收回室內。當園中有皚皚白雪，室內卻溫暖如春時，幾盆月月紅，已經夠瞧了。直到聖誕及新年，蟹爪蘭綻放一隻隻飛躍的火鳥，使我們覺得生意盎然，青春常在。

一年四季要培養這麼多的花木，也實在虧她的。雖然不是養花專家，她也稱得上是一位認眞的愛花人。她常說：「我是農曆百花生日出生。」言下，頗有歸宗花族之意。我說：「妳是『杏花春雨江南』的杏花，因妳的小名中有一『杏』字。」而我呢？只是一個忠實的賞花人。

一九九八年七月十四日

一張畫的播遷

我家的這張雷諾瓦的《小艾玲》又要搬一個地方了。這恐怕是第七次。三十多年前，我再度到落磯山下的這座大學念研究所，一個人租了一間樓房，離家索居，那時台灣家庭很少有電話，一封航空信來回要兩周，眞是寂寞透頂。而這間陋室，四壁蕭條，備覺淒涼。有一天在書店裡，偶然看到了這張畫，一個粉頰秀髮的少女側影，立即被她吸引。這張原名爲 Irene Cahen d'Anvers 的油畫是法國印象派畫家雷諾瓦一八七九年的作品，現存在瑞士；經由瑞士複製銷售，暱稱 La Petite Irene（小艾玲）。這張畫很少見到，價錢也不便宜。我記不清那時是什麼心態，也許想得到一些慰藉才買下來。果然掛在床頭後，減少了寂寞。這樣，她就陪我讀完了書。後來束裝搭輪返台，隨我經過巴拿馬運河、太平洋，最後掛在我台北新居的客廳裡。這是第一次。

不久我應聯合國之請，去牙買加工作，這張畫又隨行李飄渡重洋，到了牙國的京士頓，我們把她掛在客廳的顯要之處。七年以後，我調職去聖薩爾瓦多，行李用海運，她又一次經過巴拿馬運河才到達。兩年任滿，我們遷去泰國清邁，她三度經過太平洋，高掛在我們客廳中。到了一九八〇年之初，我們又回牙買加工作；當然，她又隨海運，經過太平洋、運河、加勒比海，到達京士頓寓所。直到一九八四年，我們遷來落磯山下的這個大學城，她才安定了下來，也回到了當初我和她邂逅的地方。

因爲我們現在的客廳以中國字畫爲主，這張畫就掛在我們的起居室（family room），十四年來，倒也朝夕相對。想想購畫當時，孩子們還在上小學，現在我們的孫女已比畫中的她，要大上幾歲。歲月不饒人，但她永遠是那麼年輕和迷人。

那麼，在安安穩穩度過十四年以後，爲什麼又要搬遷呢？這確是一個值得再三思考的問題。我們現在的住屋，當時是買給孩子們讀書用的，靠馬路，在大學附近。但這個小城，二十年來，日益繁盛，車水馬龍，有增無減。即使在暑期中，也失卻往年的寧靜。到了秋季開學，二萬個學生蜂擁而至，不堪設想。第二個原因是房子太大。三間臥室，兩間客廳，一間書房，還有縫衣及娛樂室各一，加上盥洗三間，火爐兩座，車房一大間，舒適寬敞，但也要清潔維護。我們來後，又增添了一座花房，供養了數十盆花木。因爲僱不起幫傭，只能自力救濟，老伴事必親躬，而我因受過重傷，幫不上忙。現在年歲日增，更是有心無力；我們也常常遠行，花木需人照料，頗受牽制。

想到從前在國內，告老還鄉，建了一座花園豪宅，和兒孫住在一起，又有僕役如雲，可以盡享天年。現在時代不同，又處海外，聽到有人說：「年齡和住屋大小，應該成反比例。」覺得話雖淒楚，不無理由。年歲恐怕是我們要搬遷的第三個原因。

所幸我們這次遷移，不必再經重洋，也毋需舟車勞頓，只是遷往市郊一個花木扶疏、近湖的住宅區；房子小得多，便於清理，庭園現成，也有人來軋草。即使如此，涓妻還是遲疑不決。她說：「我像貓，喜歡老屋。」又說：「捨不得這些花木。」我向她解釋，搬過去後，可以在戶外種些多年生的花木，讓大自然去照顧它們，又說，房屋較小，但戶外很清靜，早晚可以去湖邊散步，而且清理容易，亦可多些閒暇。看她還是將信將疑時，我只好直說：「從大房子搬到較小的房子，總比直接搬到一間房的養老院爲好！」她聽了，不是滋味；後來她想想，此話不錯。在美國不管子女多好，他們實在沒有時間可以照料不能獨立的父母。送養老院，不足爲奇。這樣，她才釋然——究竟那邊的房子，還不差呢！

居處從大遷小，當然要捨棄不少東西。家具、書籍、瓷器等等十多年來累積不少，現在都要擇精或減肥一番，才能容納。現在家中有近四十幅字畫、照片及掛飾，要大大削剔，才可用於補壁。但是，這一張隨我三十三年，遷過六次的《小艾玲》，一定還會高掛在我的新居之中。

一九九八年八月三十日

滄桑羅馬行

第一次去羅馬是三十年前的夏天。我從巴黎飛往這座古城，自飛機上看下去，有兩個突出的形象。第一是它的色調，一片古色古香的黃褐色；第二是它的建築，方圓齊整，很少高樓。和東京、紐約截然不同，使人產生一種悠悠的歷史感。

未去以前，我對羅馬嚮往已久。從小就知道「條條大路通羅馬」、「羅馬不是一天造成的」，以及「在羅馬要做得像羅馬人」等等。那時，奧黛麗・赫本的《羅馬假期》演過不久，記憶猶新。但自己從來沒有夢想到，去羅馬報到就職。台灣在三十年前，沒有今天這樣方便，可以自由出入；也很少人能有錢旅遊。我有幸受聘於聯合國，持有政府發給的公務護照，可以說是機會難得。

因此，在報到後的一個周末，我手攜相機，在羅馬市區逛了一大圈。從上午十時到下午六時，一邊走一邊攝影。起初看到雕像及噴泉，立即攝影。後來覺得每一條街，每一個轉角或廣場，均有可照之處，實在美不勝收。也許，過路的羅馬人在想：「這個東方小子，東照西照，有什麼可照的，好的還多著呢！」但那時在台灣，沒有什麼雕刻可看，我的朋友楊英風，好像還未來過羅馬，他的作品還未普及呢！

我從鬥獸場、康斯坦丁拱門、無名英雄墓（Vittoriano），到了威尼斯宮博物館（Museum of Venice Palace）以及著名的「三個銅子的噴泉」（Fountain of Trevi），雖然只是羅馬的一角，已覺得不虛此行。那時，我常在台灣上山下海，頗爲健行，又喜攝影，所以走了七、八小時，還是興致勃勃。我記得最後一張照片，最是神奇有趣。在我回到旅館附近的阿望鐵諾（Aventino）小丘時，看到很多人在一座大門的鑰匙孔中張望。我也排了隊好奇地去一探究竟，眞是別有洞天！眼前是一座冬青樹剪成的拱門，在拱門中間，不偏不倚、不高不低，於遠方赫然顯出聖彼得教堂的圓頂。那時正是日落，天邊的金光和教堂的穆穆，相映得既神奇又莊嚴。我若是天主教徒，一定會跪下來作一次晚禱；但我只將相機的鏡頭，塞在鑰匙孔中，卡察一聲，照了一張永恆的羅馬。

從第一次以後，我每隔兩年總要去羅馬述職或開會，前後總有七、八次之多。每次都抽暇在城內或郊外遊覽一番。去過 Tivoli 的噴泉，從尼祿王時代噴出的千百泉水，還源源不絕。也到過羅馬西南部的廢墟，看古羅馬人的生活起居，對他們的浴室，印象很深。我們還在那裡拾拾松果，不，不！撿拾羅馬的興亡史。當然，也去了幾次聖彼得教堂，看到米開朗基羅的傑作。後來我在中、南美旅遊，凡是要我下車參觀教堂的，我都按兵不動。聖彼得都看過了，天下還有什麼可看的教堂？我也專程訪過西班牙廣場旁雪萊和濟慈的故居，因値放假，只能在周圍徘徊憑弔，後來還寫了一首詩。

我去羅馬，常常被安排在家庭式的客棧（hostel）之中。有的是教會經營，有的是家庭管理。房間不多，設備互異，沒有一種千篇一律、商業的氣氛。這種客棧，主客都非常親熱，住慣了眞有賓至如歸的感覺。大多數供給早點，有的也供晚餐。大夥在一起，可以和世界各地來的客人聊天，比冰冷的大旅館，氣氛好得多了。喜歡喝酒的人，在這種客棧中，更是有福了！往往在晚餐時免費享受葡萄酒，如果你偏要喝礦泉水，請你自掏腰包。我不善飲，但到了羅馬，要學羅馬人的樣子；有時，也喝上兩杯。

說到羅馬人的吃喝享受，眞有一套。他們在午餐時也會喝上幾杯；晚上更是他們慢條斯理、從容吃喝的時光。湯、冷盤、麵食（pasta）及主菜，加上酒及咖啡，比起英、美的餐食，好像豐富得多。我們中國人猜拳喝酒，熱鬧有餘，氣氛不足。羅馬人吃飯，常有音樂伴奏，高雅得多。我們第一次赴宴時，有兩個人走到桌邊，演奏一曲〈我的太陽〉，眞是飄飄欲仙。羅馬路邊做的披薩（pizza），厚厚的，有海鮮、火腿及雞肉，味道之佳，不是美國連鎖店做出來的可以相比。我素來不喜歡披薩，但到了羅馬，中午總以它來果腹，既便宜、又省時間，而且風味極好。

去了六、七次羅馬以後，總以爲太陽底下，不會有什麼新鮮的事了！那知一九八四年夏天的一個早上，突然發生了一個意外，影響了我的生活有數年之久，迄今未能完全恢復。那天我從客棧三樓的合用浴室出來，看見滿地是水，即向門外一蹤，那知門外大理石的走廊上也早淋濕；龐然滑倒，天昏地暗，動彈不得。後來送到醫院，因爲坐骨折斷，開了兩次刀，一個人住院四十天。羅馬人雖然在兩千年前已有浴室，但至今還未裝置圍簾，沐浴時，水濺滿地。我以中國人的傳統美德，不去控告他們，讓羅馬欠我一次人情。

可是過了一年，我持杖去羅馬送一本寫就的技術方面的書稿。因爲已離開聯合國，沒有他們的證照，即用普通中華民國護照前往；因加簽問題，在羅馬機場的大門口，被擋駕了八小時之久。後來靠了舊同事的保證，才能進入。想想三十年前第一次用吾國公務護照進入，頗受禮遇。嗣後用聯合國護照，來去通行無阻。最後一次用吾國普通護照，落得如此地步，令我傷心。這是國勢所趨？或是我個人的遭遇？三十年滄海桑田，但無論如何，羅馬是一個使我難忘的城市。

一九九八年十一月三十日

給余光中的一封信

光中兄：

《藍星詩學》創刊號早已收到。淡江大學中文系周彥文主任、趙衛民教授及全系同仁恪力出版的這一期，不但內容扎實，而且編排優美。保持藍星傳統，值得吾等感謝和慶幸。

我常常想，出版期刊是一樁「無期徒刑」的擔負；編排、校對、印刷及發行，日以繼夜，循環不息。淡江中文系的同仁，能有這種奉獻和犧牲的精神，令人敬佩。希望他們能在發行人及藍星全體同仁精神支助之下，持之以恆。

恭喜您的詩集《與永恆拔河》和夢蝶兄的《孤獨國》，被選爲「台灣文學的經典之作」。其實，您的《白玉苦瓜》和稍早幾年的作品，對詩壇的深遠影響，並不遜於《與》集。我對於您的左手的繆思，未能上榜，頗爲不平。您散文的成就，豈能抹煞？可能是選的人在選了詩，就不再選您的散文；果如此，不但有分攤之嫌，亦有遺珠之憾！

自從您寫了一首〈燦爛在呼喚〉要我「歸來」以後，四年來我每月寫詩一首，散文一篇寄給《世界日報》副刊發表，從未中斷。《中華日報》亦常有轉載，想您也會看到。今年浙江文藝出版社將出版《夏菁散文》和您的散文匹配。六月間，台灣要出版一本《回到林間去》的小冊，將我早年到現在所寫有關森林及大自然的詩三十首，配好彩色照相，作爲一般愛好森林者之用。想您也高興知道，我還在爲詩、文努力。

我因爲最近離開美國，到牙買加、土耳其擔任顧問工作；上周，又去普渡大學參加國際水土保持會議；回此後，才接到淡江通知，爲您的專刊邀稿，並且在六月初截稿。事出倉卒，難以成文。只好寫此便箋，一方面向您祝賀，一方面表我歉意。希望這期專刊，能受到廣大的歡迎！專此即頌

近安

弟　夏菁　手上　一九九九、六、三

可臨視堡

只炒此一回

從小受了「君子遠庖廚」的影響，對烹飪之道，一竅不通。素來也不講究吃，更非饕餮之徒；放在飯桌上的，都能吃得津津有味。太太倒是喜歡做菜，而且不容我插手，這樣燒的燒，吃的吃，相輔相成；數十年來，相得益彰。

一九六一年秋，我第一次出國前，涓妻問我要不要學燒一、兩道菜，可以應急？那時，很多出國的留學生，學學烹飪、國畫，甚至星相之類，如果流落番邦，還可用一技謀生。我則因爲有公費資助，不怕沒有飯吃。所以我回答說：不必了，吃吃西菜也無妨。

那知到了可臨視堡的學校以後，卻遇上不少世界各地來的同學，他們有時請我吃飯，都會自己動手。老師們也請了我好幾頓。覺得如不回請，有虧吾國禮尙往來的傳統。但實在因爲不諳此道，只好一拖再拖，直到放寒假前，硬著頭皮，說要自己下廚，回請一趟。名單開出來，竟有十七、八人之多。忽然驚覺到名單已備，菜單還在虛無縹緲之中。

那時，越洋電話實在太貴，何況台灣家中也沒有電話。平時除靠寫信之外，別無通訊的管道。可是，一封航空信來回，至少要兩個星期，碰上過年過節，或放假公休等，還要遲緩。看看大限將屆，而魚雁未達，眞使我坐立不安。總算在請客前夕，接到一張航空郵簡，開有一張菜單：京醬肉絲、栗子雞及蔬菜之類。好在美國人請客，常是主菜一道，我有三、四道，不會寒酸。問題在於那時太座尚未出國，不悉美國情形；有些材料，在這小鎭上不易購到。我又是一無燒菜經驗，三言兩語的要訣，猶如不會游泳的人在看游泳指南一樣，不得要領。只好憑我詩人的直覺和幻想，以及在家時的耳濡目染，加以舉一反三，發揮一番。

到請客的那天，在上午備好並向中國同學借好材料，午後三時即去系裡的一位祕書家中，借她的廚房，一顯身手。也許我平日做事，喜歡有條有理，倒也行之若素。我向那位祕書說，這是我平生第一次做菜請客，她卻笑道：看你不慌不忙，蠻有經驗的樣子！

栗子雞用大鍋去燒，雞塊、蔥、薑、醬油、酒、糖放入以後，煮沸些時候，再加入栗子，然後用文火去燉即可，倒也不難。只是炒這鍋京醬肉絲，費煞精神。太座叮囑，這道菜要等客人到齊後現炒，使我緊張萬分。因爲客人到時，沒有女主人出去摒擋一番，他們都擠進了廚房。而油鍋到什麼時候才算滾燙？才可以放進材料？一無把握。至於炒的次序也不太清楚，好像肉絲要先放入，少頃取出，等到甜醬炒好後，再炒第二次等等，一時無法記清。只好拿出太座的指令來，一邊看，一邊炒。突然之間，強光一閃，我以爲油鍋起火，要釀成大災；定睛一看，一切俱在，原來是有人拍攝我的窘相！

這頓飯大家吃得味道如何？我不敢回想。當時都說好，這是禮貌關係。但過了十多年後，遇到當時的客人，還提起這一頓晚飯，想必印象深刻——是好是壞，則不必去辨別了。

現在的年輕人已經不同，男士不會燒菜、煮飯、洗衣或作家事者，不容易受到異性的青睞。此間大學研究所裡的中國學生，燒菜的本領都很高強。的確是時代不同了！尤其夫婦兩人都要上班，回家以後，太座筋疲力竭，做先生的豈能袖手旁觀？

老一輩的對烹飪一道，多數要繳白卷。記得二十年前，我們路過丹佛市去看余光中。他那時在一所女子大學擔任客座教授，太太和小孩還未前來。我和他見面一談就廢寢忘食，原就要到外邊吃中飯，也無時間，因為要趕搭飛機關係。兩人講到午後一點多鐘，光中一無動靜。涓妻即毛遂自薦地到他冰箱中去搜索，好像是空空如也，只好在抽屜中取出幾束麵條，煮了三碗清湯掛麵，吃完就趕往機場。朋友到這種境界，客套全免，也屬難能可貴了！

只有梁實秋先生，允文允武，是一個例外（至於他是烹飪的理論家，還是實踐者，猶待進一步考證）。有一次他對我說，和朋友到一家新開張餐館去打量。點了一道辣子雞丁、一道豆芽肉絲等。廚子知道來的是行家，立刻出來打拱作揖。他對我解釋，燒菜之中，「炒」最不容易，「使油」及「火候」均要恰當以外，炒的時間，過與不及，均非上乘之作。使我想到「只炒此一回」的京醬肉絲，不禁莞爾。

「治大國若烹小鮮」，老子說這樣的話，想必也諳烹飪之道。至於我呢？一介書生，從無「以天下為己任」的想法。外不必治國，內幸有賢助。平生沒有必要去烹小鮮或大鮮。因此，三、四十年前的獨挑大粱，和京醬肉絲，還反芻得津津有味呢！

一九九九年七月十六日

最長的一日

出門旅行，甘苦兼有；即使你準備萬全，也會有突發事件，使你措手不及。尤其要連乘幾班飛機，常常不能如願以償，如期到達。

月前自加勒比海的京士頓回美，早上四點半就起床，爲了趕搭早班機到邁阿密。飛行時間僅一小時多，去機場及候機的時間，卻要加倍。到邁阿密後出了機門，在電視上東找西找，總算找到了下一班飛行班次的號碼，卻找不到我的目的地丹佛市。後來才查明，這班飛機原來要先去芝加哥再續航丹佛。心中覺得不妙，因爲我每次在芝城轉機，亂糟糟地都不很順利。只怪自己太自信，拿票時未問清路程。其實，從邁阿密直飛丹佛市，一天也有好幾班。

等了一個上午以後，這架飛機還要延遲一個半小時起飛，說是芝加哥天氣太壞，班次及秩序很亂，不必急急飛往。我心中盤想，飛機能準時，倒會使我受寵若驚，誤點則是司空見慣。反正我坐定這架飛機，經芝加哥到丹佛就是了。

可是，到達芝城的奧哈拉機場以後，機上全部乘客走光。我正在懷疑時，一位服務員對我說：這架飛機不再續航。我立即就問，有什麼其他班次可以搭乘？得到的回答是：我們不知道，你去問地勤人員。後來一位副駕駛員，看我不像美國人，即自告奮勇地代我查明，指引我去另一個H甬通（Concourse H）的十五號門，趕一班飛機。我手提行李，急步前往。到了那邊，才知道這班飛機亦已取消。票務小姐說，一小時後，有一班直飛丹佛，在G甬道的三號門登機。我聽說還有一小時，也就欣然前往。哪知兩個甬通，隔得很遠，整整走了十五分鐘才到。只見乘客已排了長陣，我只好附於驥尾。輪到前面幾人時，已經座無虛席。機務人員廣播說，沒有趕上這班的人，可以到K甬道十七號門去試搭下一班。天啊！奧哈拉機場的甬道，像「天」字一樣的排開，從G到K，至少有一哩之遠，而且走的是回頭路，也不知道確實有沒有機位？但又無別法可想。我只能和幾位脫班的乘客，徒步前往。只覺得手提行李，愈來愈重，以前換過坐骨的右腿，愈來愈難走。好不容易到了K甬道的機門，乘客已黑壓壓一片，櫃檯上卻一無人影，我覺得很是氣憤。一位同行的乘客對我說，他從紐約一早趕來，轉機不成，今晚是他兒子的生日晚會，恐怕無法如期赴約了。又有一位說，他的女友從中午起，已在丹佛機場鵠候癡等。我聽了，心中釋然不少，因爲沒有人在丹佛接我，只要打一通電話，告知家中飛機延誤，遲些回家也無妨。

不久，櫃檯上來了幾個服務員，卻把航行的目的地改爲達拉斯。我頗爲納悶，趨前查詢，得到的回答是：很抱歉，今天很亂，去丹佛的飛機要延到下午六時，並且在H甬道的十號門登機。我接下去就問，你們公司在此有沒有一個服務中心？可以協助我們敲定班次，不再像足球一樣地被你們踢來踢去。這位服務員說：「沒有！但你可以向我們公司建議。」說時，給我一個旅客服務中心的通訊址，使我覺得又氣又好笑。心中想，下次我再也不來這裡轉機了。

我每次長途旅行，都在手提包內備好一支可以摺疊和伸展的手杖，作爲不時之需。這次，因爲旅程很短，沒有攜帶。萬萬想不到要走這麼多的路。最後，只好隨著大夥兒像鴨群一般，又走回原來的H甬道——我像一隻跛足的老鴨，跟在後面。總算補上了下午六點的那一班。當我的名字被叫到時，大家還爲我高興，祝我旅途愉快。剎那間，我覺得自己很幸運，也忘記先前的種種奔波；對他們的不克和兒子和女友會面，卻感到歉然。

到了丹佛機場，出來取了自己的車，開回可臨視堡的家，已經是翌日零時十分，眞正是最長的一日！

當然，這種遭遇，比起更壞的，算不了什麼。但是，將乘客像足球般踢來踢去，豈是航空公司待客之道？記得三十多年前，我們全家四人第一次出國，從台北去紐約，日本航空公司免費在東京招待一夜，將我們安頓在帝國飯店頂樓的兩間碩大的套房。東京大學一位日本教授來訪，看到這種氣派，不知道我要去聯合國擔任何種重要職務？三十年來，全世界乘飛機的人愈來愈多，航空公司的服務卻愈來愈差。難怪乘客們要群起抱怨或指責。

最近，在哥倫比亞廣播公司的「六十分鐘」節目中，對目前航空公司的待客之道，大事抨擊。對他們的不說實話，不守時間，不肯增加服務人員，卻要乘客早到鵠候等等，極爲不滿。又說，機票票價和航行距離不成比例，使人難以理解；機上餐食的將陋就簡，更不在話下。我看了，覺得言之有理。

美國國會正在研擬航空乘客的權利法案，希望此案能早日通過實施。乘客們，請拭目以待。

一九九九年九月二日

八月中秋桂花香

我不懂京戲，至今也不會欣賞。十一歲在青島時，父親帶我們全家去捧場。台上出來了一個大花臉，馬鞭一揚，高聲一唱：「八月中秋桂花香，行人路上馬蹄忙。」台下一陣喝采。我則不諳其妙，也不知道他究竟是司馬懿或曹操？但形象生動，使我久久不忘。那是一九三六年的中秋時分，以後每到桂花香的季節，我就想起了這兩句唱辭，也想起了父親。

因爲第二年的七月，就發生了盧溝橋事變；母親帶我們到江南避難。初以爲戰爭很快會平息，哪知烽火連年，無法團圓。後來我到台灣，又遷海外，一晃就是半個世紀。每到中秋佳節，常想起這兩句台詞，雖然，聞不到桂花香。有一段很長的時期，和大陸魚雁不通，使我常常要念念杜甫〈月夜憶舍弟〉的四句：「露從今夜白，月是故鄉明。有弟皆分散，無家問死生。」

大陸開放以後，我因工作太忙及其他考慮，不能立即回去省親。到了一九八九年，父母均逾九十，假如再拖延，將永無見面之日。但那年六月，又發生天安門事件，使我躊躇不前。後來想到不能再使高堂失望，就在九月初向大學請假兩周，毅然前往。

我們先和上海的大哥約好，一起搭火車前往。經過一宵，翌日中午到了河南鄭州，換坐一輛麵包車到目的地新鄉市。五十多年未回大陸，沿途一切都覺得新鮮。

到了新鄉，和父母及諸弟見面，恍如隔世。擁抱、流淚、歡笑、言別，不在話下。父親身體硬朗，神智特清。母親則手足尚健，記憶全失。大家能夠團聚，與願足焉！我們被安頓在一個招待所，設備陳舊。說是晚上有熱水，結果是冷水淋浴，水中有沙。涓妻受了涼，喉嚨劇痛，有些不悅；我說：這裡有水已經不容易了。

隔日正是中秋，大家團聚一堂。我的幾位弟弟和他們的家庭，也都遠道從各處趕來，眞是「行人路上馬蹄忙」。白天，父親送首舊詩給我，語多嘉勉。有「異邦莫羨風光好」以及「炎黃之子記心頭」等句。我是寫新詩的，愛舊詩而不會寫，但在這種情形下，也只能勉爲其難，寫了幾首。其中有兩句「別時童髮未覆額，歸來星稀霜滿顚。」大家讀了，頗爲黯然。

到了晚上，筵開數桌。河南省的電視台，特別派人來訪問及攝取鏡頭。因爲，五十年來第一次的家庭團聚，父母雙全，子女俱在，並不容易。大家有說有笑，談的都是兒時淘氣調皮之事。父親說：「花好，月圓，人壽。」我則獻一首詩：「皓月當空照，雁飛秋更高，堂前學萊子，長夜作春宵。」席間，我也提起了青島的看戲，「八月中秋桂花香」大家還都記得。那時候，我們最長的才十多歲，現在大家均在一甲子左右，眞不能相信。

三年後的春天我們再去時，父親還健在，母親則已在年前病逝。我們兄弟幾人，特地將她的骨灰攜往太湖邊安葬。一九九五年再去大陸時，父親也於年前故世。大家將他的骨灰於中秋後數日安葬在母親之旁，面向悠悠的湖水。那時，桂花到處飄香，但父母已經不在；多年前中秋的盛會，已是良辰不再。

一九九九年九月十三日

唯恐青史不留名？

——杭州簽名記

我是一個不善於推銷自己的人。多少年來，詩或散文集出版以後，讓它們像汪洋中的孤舟一般，自生自滅。工作太忙，僻居海外，都是原因；「水流心不競」的性格，也有關係。在這一切講究傳播和宣傳的時代，我這種消極的態度，不合時宜，亦嫌迂腐。記得同輩的文友之間，早年曾爲文作詩，諷刺那些經常開會、朗誦、出鋒頭的作家。現在，自己做起來，更上層樓；確是時代不同了。

最近我在浙江文藝出版社出版了一本《夏菁散文》，一位熱心的同鄉建議我去嘉興和讀者見面，並在經銷的書店簽名。我因剛好要到菲律賓去參加一項國際水土保持會議，就經過台灣，去了江南。除嘉興以外，先去杭州出版社一訪，並在書店簽名售書。

在大陸旅行途中，不幸染到了傷風，後又發展成支氣管炎。到杭州那夜，整晚咳嗽，無法安眠；早上起來後，說幾句話就咳不成聲。但那天上午十時要去簽名，以及與讀者見面，一切已準備妥當，只能欣然就道。書店門面開闊、堂皇，內掛紅底白字橫條：「與讀者晤言一室的海外作家、詩人夏菁」。那天上午，大雨不止，但在短短一個多小時內，有三十餘人買我的書，要我簽名。既然是「晤言一室」，就和他們作簡單的交談。

一個三十餘歲的男士，劈頭就問：散文是不是文散而意不散？我說：「文也不能散，段落及前後要有呼應。我寫散文，總有一個主旨，要貢獻讀者一些東西。」一位中年婦女，問我如何可以成名？我回答說：「我從來沒有仔細想過這個問題。多寫、多發表就是了！」我又建議說：「開始寫作時，應多多切磋觀摩，最好能加入一個讀書或寫作的團體。」一個眉目姣好的青年一口氣買了三本，請我爲他的弟弟簽一本，另兩本送給兩位小姐。我問他有多少女朋友？他不好意思，又買了一本送給男同學。我笑著說：「這樣才男女公平了！」最使我不能忘記的是一個中年男子，要我爲他十五歲的女孩簽名，說她喜歡作文，立志要做作家，問我有什麼建議？我一時不知如何答覆，只笑著說：「要終身維持這種志趣，對寫作要持之以恆。」那女孩聽了笑而不答，也許她在暗想：這老頭已經頭髮全白，還在現炒現賣！

我覺得書店裡看書買書的人不少，好像讀書的風氣要比台灣爲好。因此問起出版社文藝書籍出版及銷售情形。據告：現在和幾年前已經不同。因爲「市場經濟」的關係，出版社也要以盈利爲目的；出書也要看銷路如何。又說：七、八年前，大家喜歡散文，後來有一陣，大家又愛讀詩。現在則向多元方面發展。我繼續又問：「在迎合一般讀者的興趣和提高純正的讀書風氣之間，出版社應如何選擇？」這個問題，他們難以作答。我想，這也許是一個很普遍的出版者所遭遇的難題。

浙江文藝出版社，在大陸頗負盛名。這套俗稱「學者散文系列」的叢書，包括錢鍾書、楊絳、陳原、余秋雨、余光中等等散文集。自數年前出版第一冊以來，頗受讀者歡迎。我能附於驥尾，深感惶恐及榮幸。可惜由於經常猛咳及失聲，原定去母校浙江大學的演講，以及翌日嘉興的簽名，和參觀徐志摩紀念館的計畫，全部打消，不無遺憾。

在杭州的三天中，報館和電台也先後派人前來採訪。我喉嚨嘶啞、吃了藥有些昏睏，只能簡單作答。其間，他們問起我對散文題材選擇上的看法。我說：「現代的散文，可以用各種題材，應該不加規囿。但我認爲要言之有物；要有一點新的、啓發性的東西，留給讀者。也可提出問題，不一定要給答案。」我又說：「我不太會寫純粹抒情和傷感的散文。別人可以寫得很出色，我則用來寫詩。」

提到散文的題材，使我想到在去杭州以前，於蘇州遇到一位吳姓女作家，六十餘歲，郵電退休人員，寫過兩本散文，是個眞正的民間文學家。她用不少地方口語來寫，寫蘇州的形形色色，很受一般老百姓的歡迎。有一篇散文，描寫她結婚當時家裡沒有一件計時的工具，但因丈夫一早要去教書，她只好每晨到街頭皮鞋廠的門房去看鐘等等，頗爲生動，極有人情味。我自己寫過一篇〈撥鐘入春〉的散文，述及家中竟有二十四隻鐘錶。相形之下，頗爲汗顏。她在如此窮困的環境，能寫作不輟，不求聞達，爲寫作而寫作，甚至沒有多少園地可以發表。一位介紹她的編輯說：「吳女士爲生計奔波忙碌大半輩子，爲人妻母，操持家務，卻始終不棄一生眷愛的寫作生活。」我想，這種恬淡自足，不爲名利的作家，和我們一般看到的夙夜競營、唯想一夕成名的文人、詩人，眞不可以道里計也！

我自己也在懷疑，這次趕了半個地球的路程去作平生第一次簽名，是爲了一個承諾？爲了學時髦推銷自己？爲了看看大陸的出版情形？與彼岸的讀者晤言一室？或僅僅是爲了——唯恐青史不留名？

一九九九年十二月二十日

白頭剪更短

離台三十多年來，我的頭髮總是太座剪的。在國外理髮先要預約，覺得太麻煩；在家裡剪，可以隨時隨興，看報喝茶，愜意得多了。開始時，她手藝生疏，我則正襟危坐。常常想起一則笑話，說是剃頭學徒，使用冬瓜作練習，完後將剃刀向瓜上一擲了事。漸漸我對她的保全功夫，建立信心。至於剪成什麼樣式？倒也不曾吹毛求疵。這樣可以相安無事；她的手藝日益高超，我的頭頂去蕪存菁。只是三十多年來，毛髮漸漸白多黑少，而且數量銳減。杜甫「白頭搔更短」之句，變成「白頭剪更短」。

豈止頭髮如此，前面的歲月也愈剪愈短。地上拋棄的頭髮，是我以往的歲月，今後能新長出來的，將寥寥可數。能不令人珍惜？我從前因工作關係，常常要上山下海，開會出勤，離家外出的日子很多，現在退休在家，同出同進，作爲彌補。「青春結伴好還鄉」，老來結伴，也可以還鄉。十多年來，我們攜手同行，已還鄉六次之多。

除旅行以外，在家的時候，彼此能夠分工合作，並行不悖。她除理髮以外，還擔任經常的燒飯、打掃、洗衣等等，另兼裁縫、園丁、看護等職。對我所喜愛的點心如豆沙包、八寶飯，以及牛肉乾等等，更是手藝一等。出國幾十年，環境使然，創造了無所不學的機會，她也好學不倦。我的工作，第一是當司機，隨傳隨到，出去購物、買菜，不是每一個丈夫都喜歡陪伴的事。第二是作會計。銀行及信用卡等等明細帳目，要算得一清二楚，不是詩人、作家的專長。第三是擔任書記，寫信代筆，倒是義不容辭，可以信手拈來。最後一個任務，比較困難，是找尋適當娛樂節目，消磨晚上及空閒時間。有時節目欠佳，我有未盡厥職之感。我因受過傷，分擔的工作較輕，她則任勞任怨，具有傳統的美德。我們一天的生活是：早上我看書、寫作，她則燒菜、燒飯、料理家常。下午出去購物、買菜、走動一下。晚上則共享電視節目。

我和太座常常提起，為什麼很多夫妻到了銀髮年歲，常常白眼相對，一語不發？她說，老了也許固執己見，也許話已講完，也許在小輩面前，故作莊重。我說，這樣的生活，還有什麼意思！

從前我在一篇散文中說過這樣的話，婚姻與感情的維持，要靠赤子之心。凡能生活得像孩童一樣，才有福份。聖經上不也說過，像小孩一般，才能進天國。我又說，男的不妨稍稍女性化，懂得體貼；女的應該具有男性化，不要嘮叨不休，這樣才能夠長相廝守。

現在，我深深覺得，除上述以外，雙方還要有些幽默感；太認眞，就會釀成頂嘴甚至爭吵。世界上的事，不能全照一個人的主意，什麼事退一步想，或幽自己一默，就可迎刃而解。所幸，我素來不挑剔，她更能相讓，這種隨遇而安，不太強烈的個性，倒也可以偕老。

我們現在的生活，實實在在，不貪圖什麼，也不奢望什麼。過一天，就是賺進一天，這還不好嗎？誰知道明天會怎樣？能過得無憂無慮，已經是夠好了！想想我們這一代生於憂患；童年時，飽經兵燹；青年期，不是流離失所，就是杯水車薪；有的更受盡折磨。僥倖如我們者，能夠安然度過七旬，已屬天賜。

我們對醫藥健康，也有一種與眾不同的看法。平時生活得很健康，就不想進補、求醫、問卜或祈神，也很少去作健康檢查。快快樂樂活到終站，要比愁眉苦臉多活幾年還要值得——這是不可提倡的，但也不失為一種生活抉擇。勇往直前，無所恐懼。

白頭剪更短，我們已勇往直前地駛入一個寧靜的港灣，以往的風風雨雨，都已茫然，眼前是一片金黃的平和。借一句英國邱吉爾的話：這是最好的時辰（finest hour）！

二〇〇〇年八月八日

大自然・小故事

人類究應不斷地去克服自然，或是要順應自然？恐怕永遠是一個難以回答的問題。沒有克服的精神，我們可能還處在蠻荒之境；一味罔顧自然生態，則將禍延子孫。

最近，我遇到兩件事，都和自然及生態有關。雖屬小事，但世界微塵裡，也頗饒趣味和啓示。

今年夏天，我們園中新種的玫瑰盛開，甜香撲鼻，當然會引蜂招蝶。起初不太注意，一日傍晚，涓妻正在澆水，忽然感到腳踝上猛刺一下，發現是一隻具有虎斑的黃蜂，立即敷藥，已經紅腫，晚間更是劇痛難熬。翌日將螫刺挑出，才漸漸消腫。我們不知道哪裡飛來的橫禍？經仔細巡視，才知道就在屋前牆下，有一個蜂窩。雖是禍起蕭牆，我們決定採取綏靖政策，以觀後效。

過了不久，兩個稚齡的孫兒女到我們家玩。忽然，五歲的女孩大叫一聲，原來在腿彎處也被刺中一下，因小孩靈活，針砭不深，塗了些藥，也就不哭。我們還不及警告，另一個兩歲的男孩，也被刺中在眼旁，迅速腫脹，事態嚴重，不得不急救求醫。

這群黃蜂，英文名Yellow Jackets，連一接二向我們攻擊，使我們受創的人數增到百分之五十，孰能再忍？而且，據鄰居告，黃蜂和家犬一樣，有牠們特定的領域，如遭到侵犯，有專職的工蜂，起來攔截。可是，牠們的窩，就在我們的屋旁，究竟是牠們佔據了我們的家園，還是我們侵犯了牠們的領空？此事沒有國際法庭可以申告。但從牠們不宣而戰，先發制人的行爲，可以判斷——罪無可赦。因此，我們買了幾瓶殺蜂劑，將牠們全部消滅。我們認爲黃蜂沒有蜜蜂可愛，殺之無妨。後來一位朋友告訴我們，黃蜂是昆蟲中最聰明的一種，牠們群居而有組織，會殺害毒蜘蛛、蒼蠅和損壞森林的甲蟲之類，對人類有益。我們聽了，愧然很久。

第二則故事，緣起於一隻啄木鳥。這隻鳥，在我大兒子家的木牆上啄洞。從前啄過兩個洞，補好後，又在同一牆上開啄另一個新洞。補不勝補，我的孫女兒說：這樣下去，將要變成一個乳酪房子（cheese house）。這多可怕！尤其在冰天雪地的冬季。

這個棘手的問題，要如何解決才好？有人建議用氣槍去打，但這裡的法律禁止射殺啄木鳥。有人說，可用彈弓去打，或用音響去嚇牠。但白天大人要上班，小孩要上學或去育嬰所，根本無法做得到。如果頻頻發出音響，鄰居也會抗議。又有人建議，可以買一隻假的貓頭鷹來嚇走牠。但這需要常常調換位置，才有效果，也不勝其煩。我因爲以前住過的房子有一隻啄木鳥常來敲打金屬的煙囪，因此建議買一根金屬管，讓牠去演奏硬搖滾（Hard Rock），可以欣賞音樂，免於補牆。這個異想天開的意見，當然無人附議。最後只好請教愛鳥的奧特朋協會（Audubon Society），他們的回答是：你們最好是買一座鳥屋，置在屋簷下的牆上，任牠安居。又說，每一隻啄木鳥也有牠的領空。這樣，可以使其他的不再前來置喙。

這件事，說得容易，做起來也不簡單，除買鳥屋以外，要購一架二十尺的高梯，尚需鳥屋內的褥墊和木片；家中沒有電鑽及封隙的熱溶膠（hot-melt glue），又要去購置。費了九牛二虎之力，裝好以後，卻是疑慮重重。

第一，這一隻啄木鳥會不會前來自投羅網？第二，有沒有其他的鳥，會來鵲巢鳩佔？第三，有了巢以後，將來要求偶，會不會在牆上敲啄，繼續愛的呼喚（mating calls）？最後，即使有了後代，這些小鳥會不會在附近牆上，模擬演奏？這一連串疑問，一時尚無答案，還要等到下回分解。

我們的人蜂之戰，可以說是克服了自然，但心有餘憾。我們為啄木鳥另起新巢，可以說順應自然，但也不知後果。要克服或順應自然，兩者做起來均不容易。例如，這個小鎮可臨視堡，每年雨量僅二十吋左右，若不是從數百哩外，大陸分水嶺（Continental Divide）的西邊鑿山引水前來，克服乾旱，都市不能立足。但當時耗資巨大，工程艱難，現在水庫還有漏水問題。這是克服自然、困難很多的一個例子。

台灣最近的汐止水災，卻顯示不能順應自然，困難更多的另一個例子。高樓大廈，直逼河道，和基隆河爭地，難怪水災連年。河水因上游雨量而起落，這是自然現象。現在居民佔盡了洪水的汎原，又增添了大面積、不透水的馬路、街堂及屋頂，水患當然會加劇。單靠築堤造牆，上游下游、政府民眾不能配合，克服不了自然的災害，颱風來時，只能聽天由命！但另一方面因人口密集，要順應自然，遷讓汎原，已非易事。這是缺乏遠見，缺乏計畫留下來的一個難題。我想，人與自然的關係，要靠眞知灼見才能解決或維繫，但也談何容易！

二〇〇一年一月五日

回首前塵談買車

出國三十多年來，先後買過十輛座車。其中不少，有想不到的遭遇。有喜有悲，也有啼笑皆非者。可以說是一種人生邊上的註腳。

第一輛是在牙買加買的。初到那邊時，一位保守的英國主管警告我，不要住大房子，不要買高貴車。那時我還不會開車，只好買了一部普通的福特 Escort，請一個司機來教我們。那位年輕的黑人司機，從來沒有駕過新車，戰戰兢兢，車子開在馬路的邊緣。不到兩個月，車子還未學好，輪胎卻爆掉幾個。

我那時已經四十開外，學起來不容易。一位以色列同事對我說，學車最快的方法是將排檔置於第二檔，不要手忙腳亂地去換檔；而且在開始時，選一條直路，如到超級市場之類，這樣可以駕輕就熟。這位猶太人，又是經濟學家，果然精明，使我很快地就學會了。這輛小車子用了不到一年，我和同事要搭機去海地公幹，用我的私車。到機場後因飛機延遲，我打一通電話回家，問起車子有否回來？說是還沒有，我心中覺得不妙。後來才知道司機去市中心兜風出事，車子全毀，所幸無人受傷。

買第二輛車子要政府批准，頗費周章。這一次由兒子建議，買了一部福特的新產品 Capri，跑車型，而且是玫瑰紅的車身和黑色皮質的車頂，煞是美觀。我當時覺得太過炫耀，但也沒有其他顏色可選。一位朋友說，看看就習慣了！買來以後不久，有一天早上，發現車旁的反視鏡被偷。立即去修復，並裝上一個警鈴。哪知，裝了警鈴以後，麻煩更多。一夕數警，不知是貓、狗還是小偷？而且還驚動了公寓裡的鄰居。最後還是將警鈴拆掉。

那時，牙買加因能源危機，經濟蕭條，汽車零件管制進口。我們車子上的零件常常被偷——備胎、輪胎、玻璃、工具，甚至車箱的蓋子，眞是不可思議，防不勝防。送去車行修理，還被那裡的工人偷去車後及車旁的牌名及標誌。有一次，我們守到半夜，發現一個年輕的白人，手提一套工具，前來行竊，原來是附近中學裡的一個學生！據警察告，他家裡還窩藏各種各類的零件，待價而售。這輛劫後餘生的跑車，在我們離職時，只好廉價出讓。

第三輛是我調到薩爾瓦多後才買的。雖然獨幢住宅有鐵柵保護，可以免遭偷竊，但也不敢再買耀眼的跑車；改買一部白色的BMW，高貴大方。我們的西班牙語家庭教師，對它極爲中意。在我們兩年任滿時，就將此車轉讓於她。

這位年輕的女老師，先後教過連戰大使、我們及吳俊才大使的西班牙語。精通英、法、西班牙等數國語文。娟秀嫻靜，教起書來，很有條理及效果。有一次連大使對我說：她教得蠻好，但他們一定要換一個老太婆來教我，有什麼好！言下對這位秀外慧中的教師，頗爲欣賞。我調到泰國以後，有一次休假回台灣，當時已轉任中央日報社社長的吳俊才先生請我們吃飯，席間還提起這位女教師，對我們廉價出讓此車，感到由衷的歡喜。那時，薩國內戰變劇，首都也常有爆炸及槍殺事件。一九八一年七月的一個早晨，這位女老師去大學上班時，躲避槍戰不及，在這輛BMW裡，連中三槍而亡，年僅三十四歲，眞是一大悲劇！

我的第四輛車子，下場還好，但也幾遭不測。這是一輛在泰國買的豐田 Cressida，也是白色。在泰國用了兩年，只有五千公里，就讓給一個熟朋友。我到落磯山下不久，去泰國擔任短期顧問，和他在一起工作。問起我的車子，他說剛在上個月賣掉。當兩個人坐在他駕駛的新車裡，剛要右轉入一個政府機構時，後面駛來一輛破舊的客運車，先是煞車的軋軋聲，接著轟然一響，撞在我們的側面。友人肋骨受輕傷，我則略受震驚，還能爬出車子辦理交涉，但車子已不能修復。據我朋友說，泰國公車司機待遇低微，工作時間特長，常常不耐煩，撞撞車子可以得些喘息。我聽了唯唯諾諾。假如他沒有在上個月換車，那輛 Cressida 不也是這樣的下場嗎？

我來落磯山的前後，也曾買過好幾輛車子：豐田的 Corona、本田的 Accord，以及 Isuzu 等等。我對車子，素不講究，更不是玩家。只是不善日常保養，怕修車，更怕用舊了毛病百出。因此，用上幾年就設法處理掉，換一輛新的。有一次，兒子要去德國買車，我一時興起，也請他進口一輛前來。他建議買 Benz，可以一勞永逸。但後來才知道，進口時先要繳額外的保證金，且因是歐洲用的車子，在美國要換燈、要加強車門、又要改良廢氣裝置等等，所費不貲，麻煩不少。（有人說：這是美國汽車業的霸道。）而且，在這個小城裡，這類車頗有招搖過市之嫌。我是一個平實的技術人員，從前上山下海，與落後國家的農民為伍，怎配用這樣的名車？不久以後，就將此車讓給家人去開。我現在的車子，是一部五十鈴的多功能休閒車（SUV），配合我的身分及現況，倒也用得心安理得。

去秋，孫女兒剛屆十八歲時，我們又買了一輛本田的 Civic 給她，要她好好保養使用。哪知，不到一個星期，她給我一個 E-mail 說：「你們將會為我驕傲，我已經換了一部跑車 Celica，而且是自己出錢。」細問之下，才知道她到丹佛市一家車行，被裡面高壓姿態的推銷員騙了！不但貼了我們剛買的新車，而且還要加上兩萬美金，一部定價兩萬四千元的 Celica，要她付三萬六千元，分六年償清，利率高達百分之十七！欺她年幼，和她當場簽了合同。正因為她已超過十八歲幾個星期，法定為成人，他們可以宰她，我們卻無從交涉，只能認了，真是啼笑皆非。

回首前塵，這些好像都是偶發事件。但仔細分析起來，卻會浮現國家社會的種種問題——牙買加的經濟蕭條；薩爾瓦多的內戰；泰國的交通紊亂等等。至於最後兩樁改車及換車事件，也在反映美國商場醜惡的一面。見微而知著，豈能說是偶然？

二〇〇一年六月六日

四十年前的家書

談到寫信，很多人均視爲畏途。面對一張白紙，寬八寸，長一尺，如何去填滿它？臨筆惶恐，大有小時候強逼作文，考試曳白之感。所謂紙短情長，只有在寫情書時才有這種現象。

現代人通行伊媚兒（E-mail），只要寫上三數行，即可結束，沒有塡不塡滿的問題。不像從前向長輩或長官寫信，至少要寫上兩頁。因此，寫不到兩句，就要抬頭換行，再挖空心思，套上成語，才告完成。我有一個朋友，凡要向父執輩寫信，一定要緊閉房門，吸上半包菸，始能動筆，其苦可知。

給太太寫家書，則大不相同。可以隨心所欲——不需構思，不講章法，更不需草稿。流水帳也可，野馬式也無妨。如果寫漏了什麼，下一封可以補上；如果寫得不雅，反正也不會公諸於世——像曾國藩的家書。兩地相思，有說不完的話，提筆疾書就是了！

我在四十年前（一九六一年），闊別妻兒，來美深造，就有這種經驗。那時一般家庭，均無電話。一封信來回要兩個星期，已經是靠郵差勤奮之福（現在要二十天）。我每周必寫一封，也一定盼望接到一封，否則會惴惴不安。一位同來的朋友，只作短期逗留，但想家想得發瘋，每天必定要寫一封家書，我眞是瞠乎其後了。

我的五十多封家書，幸被太太「束諸高閣」，台北永和的幾次大水，未被沖失或浸爛，至今還可以翻出來一讀，頗有溫故知新之感。例如有一封是初到落磯山下可臨視堡的信，摘錄如下：

今天已搬入外國老太太的家裡，同住還有一位黃同學（各人一間）。房間比八疊還大一些，有彈簧床、書桌、搖椅、鏡檯、衣櫃間、五斗櫥、地毯、熱水汀，非常舒適，每月才二十元。外國老太太今年八十三歲，無傭人，自己管理一切外，還要爲我們摺棉被、整理房間等等。我對她說：這些事情，我可以做……美國家庭，洗衣機、電視機、天然瓦斯、冰箱，應有盡有，她每天僅花少許時間，即可生活了。……她聽到東方婦女爲三餐忙，覺得很可惜（時間就是金錢）。……我忘了告訴你，這個小鎭的情形，最主要的就是這個大學，和一條街叫大學路，一共才二萬五千人。但是氣候涼爽，空氣新鮮，很安靜，居民很親切，風景很佳，可以看到山上的白雪。陽光是特別的明亮，住家均有花園及樹木。

信中所述的老太太，即是我後來寫的散文〈華盛婆婆〉在《純文學》發表。她獨立的精神，使我欽佩。美國家庭的設備及環境，現在看來不甚稀罕；但在四十年前，我們還只有煤餅爐和土冰箱！家中沒有電話、沒有電視，更談不上暖氣設備。而都市的髒亂和喧鬧，更不能相比。

聖誕時，我開始旅行，到了德州的惠各（Waco），現在因麥克維（Timothy J. McVeigh）案而舉世聞名，當時只是一個沒沒無名的小鎮。但那裡有一個勃朗寧夫婦的圖書館，屬貝勒爾大學（Baylor University）。我寄回的家書中有如下的陳述：

號稱是世界上最大的、收集英國十九世紀詩人勃朗寧夫婦的紀念館。今午因爲時間匆促，只參觀了四十分鐘，走馬看花，照了幾張相。館內有他們生前用過的家具，以及出版的詩集等等。……使我留下最深的印象是他們倆緊握的一雙手。這是銅鑄的，是一個朋友在他們生前塑造的，我可能爲此寫一首詩。

我站在勃朗寧油畫前留影，喜稱爲「東西詩人的相會」。後來又寫了一首詩〈握〉，收在一九六四年出版的詩集《少年遊》裡。其中有兩句如下：

愛之脈搏，仍在緩緩跳動，
這是不朽的肉身，豈是青銅？

當然，這批家書中，也提到我去滑雪、騎馬、燒菜、飛艇滑水等等，這都是平生第一遭。現在讀來，也覺得生氣勃勃，多采多姿。信中也提及買禮物及家用品的種種，往往徒步而去，提捧而返，苦樂參半。看看那時的一般物價，十分低廉。只有家電方面，現在的價格比四十年前還要便宜。機票也是如此，我從舊金山回國的單程票價是一千一百四十四元；現在來回票也只有五、六百元而已。

我那時到各地去見習，幾乎每過數周或月餘就要換一個地方。趕機場，坐長途巴士，行李裝卸，還要辦公、到野外、寫報告及購物等等。但有一件事，無論多忙一定要抽空去做，那就是寫信：不管是寫家書，或是給他人的信。有此信爲證——

這裡的生活很緊湊。早晨六時二十分起來，直到傍晚從野外回來（天天在烈日下挖坑，調查土壤），感到很累，看看電視後就寫寫信。例如上星期寫了十一封信，算一算這星期還要寫上十封。這些信債，人情債，老是還不清。若我於月底離此，這邊的重要朋友，又要一一寫信，台灣的朋友，也要寫……

寫，寫，寫。寫信在那時是生活上不可或缺的一部分。現在，也許只要打幾通電話就好了。但是，這批家書，當時藉以紓解離愁；迄今可以喚起美好的回憶，提供遠年的紀實，還是很值得呢！「家書抵萬金」，可作另一解。

二〇〇一年八月十六日

如果再活一次

網路上有一則引人省思的消息。一個姓龐倍克的女子，知道自己得了癌症後，就寫了一則〈如果再活一次〉，要如何去改過自新的文章。其中有一條說：「我要多聽少講。」又有一條稱：「我會耐心傾聽祖父漫談他的年輕時代。」想必這是位年輕女子，喜歡說話，不聽別人，更不聽長輩之言——是新興一代的典型人物。

一個人如果素來健康，不會想到死。更不會像那位女子一樣，想到昨日之非。現代人夙興夜寐，追逐名利或生活，每天有做不完的事情；不是跟著人轉，就是爲著事忙，哪有時間去反省或檢討？除非病倒在床，才會忽然醒悟。

「如果再活一次」，可能是一個很好的題目，可以用來作一次抽樣調查。所獲的答案，一定有不少有趣而具啓發性的資料。

我的答案是什麼呢？如果重新再活一次，我要不要長得高一些，長成六尺之軀？或是長得瀟灑一點，像柯林頓？不！這樣會惹起不少麻煩，還是返璞歸眞，老實一點比較安逸。我眞正的答覆是要想做到下列幾點。

第一，生活要過得簡單。現代生活，雖受科技之賜，頗稱方便，但也有煩惱的一面。你想專心讀書，電話鈴聲不斷；你想閉目養神，車聲及雜音齊來。圍繞我們身邊的有電視、電唱機、無線電、電腦、電冰箱、切菜機、洗碗機、洗衣機、烘乾機、DVD、FAX，以及電動噴灌器、軋草機等等，它們不但會陸續發出各種聲音，而且會輪番出毛病。這樣就夠你煩、夠你受、夠你忙的了。美國作家梭羅（Henry David Thoreau, 1817-1862）活著的時候，這些設備大部分還沒有。他在那時已經覺得生活煩瑣，要避到華登湖畔的木屋中去獨處。他曾經說過，我們的一生浪費在瑣碎及細節中，應該要簡化、簡化。美國現在有一群人，提倡簡單生活，也發行雜誌，我要向他們學習。但我們已經依賴這麼多的器具（gadget）爲生，不知如何去簡化？

第二是集中精力，做好一件事。我常常想，一般人的天賦不會差別太多。一個人要出類拔萃、卓有成就，端視他能否集中精力，把一件事做好。不一定每個人都要有像愛因斯坦般的成就，只要對社會有一點貢獻，就不虛此生。我每次在電視或報紙上看到一個人花費數十寒暑，編成一部方言辭典、製成古代的樂器，或是鐫刻文學作品及美術瑰寶，都感到肅然起敬。一生留下一點結晶給後人，比留下一堆黃土，不是更有意義嗎？我檢討自己，一生分神於科技及文學之間，不能專精，更談不上成就。如果再活一次，我一定只選一項，全力以赴。

讀書要趁早是我第三個願望。這是一句老話，但很少人做得到。據說，人的腦子到十二、三歲已經相當發達，那時讀書，最有效用。如能在少青時代打好學問基礎，可以受惠一生。我在年輕時代，國難方殷，遷徙不定，缺少良好的讀書環境。到社會上做事以後，上山下海，甚少寧日。現在想要讀書，也已力不從心，記憶衰弱。雖然有時間，卻是事倍功半；不能舉一反三，觸類旁通，深以爲苦。假如我再活一次，一定要從十來歲起認定目標，有計畫地好好讀書——待看能否屏擋電視、電影、電腦遊戲的引誘？

最後的夙願是善用時間。人生苦短，一忽兒就會過去。有時想想，多少寶貴的時間都被我在不知不覺中浪拋掉。這也許和性格有關。有些人做事當機立斷。這種爽爽快快、大刀闊斧的人，眞是有福了。時間在他們手裡，削削割割，總成正果。愼思篤行乃優柔寡斷的代名詞。我要想做到萬無一失，結果還是千慮一失，平白地費了不少時間。從前在讀研究所時，即有一種經驗。選了三、四門課，又要趕寫論文。考試、K書、寫作，忙得不可開交。好像身邊懸著幾個搖晃的沙袋，如果不能及時將它們輪番打開，沙袋會回過來將我擊倒。善用時間是致勝的不二法門。但這種好習慣，到了社會上以後就漸漸消失。人的惰性使然。龐倍克女士也說：「假如我再活一次，我要抓住每一分鐘。」

以上所說的，並不是對一般人的勵志高調，乃是對自己的一點反省，發出一些心底的基音。假如有第二個機會，我想每一個人都會過得更好、更充實。修女德蕾莎（Mother Teresa）說過：「人生是一支曲子，唱出它。」（Life is a song, sing it.）我唱出了我的和聲。

二〇〇一年十一月三日

新年憶舊

舊曆新年來臨，値此歲尾年頭，常會憶起——兒時在江南家鄉過年的種種。

小時候對過新年，有一種特殊的興奮及感受。因此有些事情，還能歷歷在目。到了「年夜腳邊」，家裡上上下下都忙碌起來。先是從鄉下送來不少雞鴨魚肉及蔬菜。大的鯉魚及青魚，和我身高相仿。女傭們刮鱗時，還鮮蹦活跳，印象至深。最後宰割抹鹽，使我頗生惻隱之心。女傭們殺鴨的方法，頗爲特殊。她們提起酒壺，將溶液直灌鴨嘴。說是鴨子醉了，就不會覺得宰殺之苦。我那時才七歲多，不辨眞假，也不懂得什麼是人道，只覺得鴨子好像比魚死得快樂一些。

鄉下送來的青菜，由丫頭一層層放在一口大缸裡，撒上了鹽，用腳去踩。我覺得很有趣。這樣一缸，至少要吃上半年。我們家的米，也在不久前送來，放在後房的草囤裡，草囤用稻草編成，可以一圈圈加高；蓋好以後，要經過幾個月才能開封。這種米稱爲「冬霜米」，吃起來鬆軟可口。離開家鄉以後，再也沒有吃到過。

磨粉做年糕，也是一種有趣的事。碩大的石磨，要一個年輕丫頭去推轉、另一個注米入洞，才能運作。磨出的粉，紛紛灑落，我常常一邊看，一邊高嚷：下雪了！下雪了！並要她們加快。在她們休息時，我就去試推；哪知石磨頑固得很，我用盡力量，它動也不動。旁邊的大人就說：「這叫做看人推磨不吃力！」

到了小年夜，祖母會拿出大大小小錫製的蠟燭台、香爐及果盤之類放在長几及方桌之上，又繫上了紅色精繡的桌圍。這時，到處也貼好福祿壽及春聯之類，喜氣洋洋。我感到最高興的，卻是年輕的叔叔們寒假從上海回來。我那時住在祖母處，父母兄弟均在他鄉，周圍盡是女眷女傭，缺少男生作伴，他們的回來，常使我興奮幾天。他們陪我拍球、跳繩、講故事、變魔術等等，使我享到平時得不到的快樂。

除夕時，叔叔們租來了幾盞「汽油燈」，那是一種需要打氣才能發光的燈。有了這種燈，大廳忽然間大放光明。我的家鄉，在一九三二年左右還無電燈，平時用「洋油燈」或更小的「洋油手照」作爲照明。偌大的廳堂中，一兩盞手照，總覺得黑影幢幢，十分害怕。尤其聽到大人說起狐仙的故事。「洋油手照」上的火頭會忽然連芯拔起，凌空在屋內自由巡迴等，更是夜不成眠。「汽油燈」使我壯膽不少，尤其是在吃年夜飯的時候。

那一年我剛上小學，吃年夜飯時，祖母頻頻夾菜給大家，肉圓說是團圓，蛋餃說是元寶，竹筍說是節節高之類的吉利話。但使我記憶最深的卻是第一次准我喝酒——喝的是「東洋酒」。那是一種甜酒，好像是做「酒釀」時的副產品。有沒有酒精成分，我不知道。平時祖母管教甚嚴，小小年紀，哪可喝酒！那晚，一位叔叔對我說：今天是除夕，不論大小，均可開懷。況且，你已經是小學生了！他邊說邊在我面前擺了一個小酒盅，倒了半盞，我即起立舉杯，一飲而盡。大家一陣鼓掌，我則飄飄然眞以爲自己已經長大了！

午夜以前，叔叔們就掛起喜神像。這是祖先的畫像。女的鳳冠霞帔，男的官服朝珠，面貌相似，看上去端莊有餘，生動不足。我們按序拈香跪拜。我忽然問：他們不是菩薩，眞會回家來嗎？叔叔笑著說：等你睡著後，他們就下來了。我祖母燒香念佛，常常說：菩薩在天上保佑我們，我對此深信不疑。但對祖先在哪方？不甚了了。事情也有巧合，去年聖誕節時，我的小孫女忽問我：聖誕老人這麼大，怎能從狹窄的煙囪裡下來？我答說：聖誕老人可大可小，當你熟睡時，他就下來了！她也半信半疑。和叔叔一樣，我不能說實話，否則童年的夢想，即被幻滅。

新年期間，我們遵守「初一不出門」的習俗，在家向長輩一一拜年以後，大家玩「陞官圖」，擲「狀元紅」，押「牌九」和放爆竹等等。「初二有客來」，可以會見很多親友，收到不少「壓歲錢」。初三、初四總是在鬧哄哄中過去。到了初五，晚上更是大放煙火，這是新年中的高潮，因爲過了初五，一切回復到平常，叔叔們也要離去了！

這已是七十年前的舊事，很多追憶是否全然正確，已不可考；但熱鬧過後的落寞和惆悵之感，迄今猶存。良辰難再，後會難期，豈只是過年而已，這些童年瑣事，就讓它在我腦海中，隨年歲漂流去罷！

二〇〇二年二月八日

吾家的聯合國

我的小孫女最近送我一張自製的賀卡，用電腦印出；上面除有一面聯合國的旗幟以外，還有四面國旗。看了以後，不禁莞爾。我想，假如我家門前豎有旗杆，像國際機構那樣，我們就可將這五面旗同時升空飄揚。

我曾在聯合國的機構任職十七年，從四十多歲做到退休，將人生最有經驗及精力的一段歲月，貢獻於國際工作，足跡遍歷十餘國。雖不必餐風宿露，也常常披荊斬棘。扯起這面藍色的旗子，當無愧色。

我的兩個兒子均出生在台灣，在那裡讀過中學。對中文的寫、讀、講，並無太大問題。雖然次第已經歸化美國，飲水思源，他們是在青天白日滿地紅的旗幟下長大的。

第三面旗是美國星條旗。我們的大媳婦是美國人，祖先來自愛爾蘭，溫柔賢淑，樸實敦厚。我們從她那裡，學到不少美國人的優點。第一，她很有愛心及耐心，對小孩以及小動物，均充滿愛意。曾經爲了一隻在牆上頻頻鑿洞的啄木鳥，安置一個舒適的鳥屋；爲了一隻流浪的小貓，備了一個暖氣房等等。對子女更是百般愛護。她極有耐心，從不生氣；發生任何狀況，她都不殫煩地向小孩們慢慢解釋，代替責罵。她說，她要養成小孩們可愛但不寵壞的性格。第二，她主張對子女們要公平，不可偏愛。如果我們稱讚一個小孩好，她一定會講另一個也很棒等等。如果我們送禮給孫兒女，一定要每人一份，而且儘量要相同或類似。有時也使我們覺得難辦，因男孩和女孩喜愛不同。這使我想起，在中國子女眾多的家庭，父母常有偏愛。這樣，會造成部分失歡子女心理上的不平。第三，她很獨立，也尊重別人，和我們住得很近，從不隨便闖入。孩子們有小病時，她寧願請假在家陪伴，不會委託我們，除非我們建議或邀請。

我們家的第四面旗子是五星旗。也因媳婦的愛心，去大陸領養一個女孩。這個女孩，父母不詳，從孤兒院中領來。領養所費不貲，需要一、兩年時間，還要經過社會工作者多次調查才獲批准。領養時，媳婦和兒子雙雙請了假，專程去杭州辦裡手續，並將過程一一錄影存證。媳婦說，小孩懂事後要源源本本告訴她，不需保密。一起去領養的家庭，每年帶小孩們開同鄉會五、六次，風雪無阻，也是美國人的開明和可愛之處。這個孫女，已將七歲，乖巧伶俐，自動自發，富有創造性。已會用電腦，文前所說的賀卡是她送的。

最後一面是越南旗。全紅色，正中有一顆黃星。從前在電影中看到時，還心中怦怦——這是美國越戰時的敵人！這個小男孩也是兒子及大媳婦去河內領養來的，白白胖胖，眉清目秀，看上去像中國南方人。據說，越南人分兩種，一種是瘦小扁黑、像戰爭片中的農民游擊隊。另一種是高大白淨、像一個生意人。這個小男孩，可能屬於後一種。現在只有三歲，已經口齒清晰，善觀面色，而且是笑臉常開，惹人喜愛。

當然，我家的成員不止上述的幾個。如還有一位爽直大方、玲瓏能幹的小媳婦以及三個可愛的孫兒女等等。他們都可以分屬前面的旗幟，不再贅言。但是在我們的家庭中，一個不可或缺的主角，就是我的太太。她是吾家聯合國調和鼎鼐的「祕書長」。多少年來，她任勞任怨，奉獻一己，肯犧牲，又善良，深具中國婦女傳統的美德。她本性樂觀、勤快、慷慨大度、勇往直前，隨我東播西遷，倒有美國早年開拓西部的精神。她的愛心十足，不要說是對任何人，即使一花一草，也悉心培養，無微不至。我常常想，她是我家的維繫中心，我家的安定力量。如果說，齊家要有信條，我同意她的準則：「互相尊敬，關愛守信；以身作則，愼言篤行。」這樣，這個看上去無爲而治的家庭，可以天長地久。

看看這五面旗，文化、歷史錯綜複雜。海峽兩岸從前是敵對狀況，迄今還相持不下。美國和越南，戰火連年，恩怨難計。假如聯合國的最終目標是互相尊重，和睦相處，則在吾家的聯合國，已經是付諸實施了！

二〇〇二年三月十三日

後記

夏菁

可臨視堡（Fort Collins）位於美國科羅拉多州北部，海拔五千呎，是一個大學小鎮（col-lege town）。西傍落磯山，山上有太平洋和大西洋的分水嶺，爲科羅拉多河及密西西比河的源頭。鎮的東邊是一落千里的平原，直到阿帕拉契，才又遇到山脈。小鎮的北面，則荒原一片，頗有西出陽關之感。

我第一次來此小鎮，是一九六一年，隔了三年又來此深造。回到台灣後，曾寫了一系列散文，於一九六八年出版第一本集子《落磯山下》。後因出國擔任國際工作的關係，東西播遷，只是路過幾次。直到一九八四年離開聯合國，到此教書，才居住了下來，一住二十年。

在這二十年中，教書，開會，出版專業書刊，擔任國際顧問以外，忘不了作詩撰文。涓涓滴滴，陸陸續續，出版了散文集《悠悠藍山》和《夏菁散文》，以及新詩集《澗水淙淙》、《回到林間去》，和《雪嶺》等等。我的著作不多，只是細水流長，不曾斷流而已。

這是我第四本散文集，八十篇文章都是於一九八八年至二〇〇二年在可臨視堡產生。其中有一部分已包含在一九九九年出版的《夏菁散文》中，因台灣讀者不易看到，特再選進此集。大部分則是首次入集。這些散文，都曾在美國《世界日報》、台灣《中華日報》或《聯合報》發表過。全書分爲兩輯：第一輯是生活、環境，和時代的省思，或是訪遊的觀感；第二輯都爲人物、友情、自己和家庭的描述。每輯中大致依發表日期先後排列。僻居這個蕞爾山城如此之久，雖然每隔兩、三年回台灣一次，來去匆匆，除和故友見面以外，很少有機會和文壇聯繫。我的個性又傾向獨來獨往，寫作亦是如此。因此，不曾受到現時台灣的風尚，和流行曲調的影響。我不怕被邊緣化，我走我自己的路。

對於二十一世紀的散文，我曾寫過一篇〈試測新世紀散文的風向〉，認爲不論題材爲何，要能具備四個條件：簡約，生趣，機智，融貫。好高鶩遠之論，我自己能否做到？要看讀者的評斷。

在這寧靜的小鎮，孤寂難免，但心靈倒是很平和，感覺還是很靈敏。沒有耳目的污染，沒有名利的喧鬧，原可以不聞不問，做些其他的事。可是，處在現今這個世界，逃不出一張天羅地網；全世界的新聞，自早到晚，像飛蛾撲來，哪能讓你躲避得開？我現在，好像是一隻高掛的風鈴，不論東風還是西風吹來，都會丁丁作響。

四十年前，在此念書時，和妻兒遠隔重洋，我曾寫過一首詩，有這麼一段如下：

現在，現在我的心
像水晶製成的風鈴；
格外清脆，格外敏銳
當太平洋有微風東吹。

如今，我沒有想家的那種憂掛，但當太平洋有風吹來，或是台灣海峽的寒流經過，我這風鈴，卻還丁丁不停！

印刻公司願出版此集，余光中兄爲此寫序，在此一併致謝。

二〇〇四年五月四日於可臨視堡

文學叢書 059

可臨視堡的風鈴

作　者　夏　菁
總編輯　初安民
責任編輯　高慧瑩
美術編輯　許秋山
校　對　吳美滿　夏　菁

發行人　張書銘
出　版　INK 印刻出版有限公司
台北縣中和市中正路 800 號 13 樓之 3
電話：02-22281626
傳真：02-22281598
e-mail:ink.book@msa.hinet.net
法律顧問　漢全國際法律事務所
林春金律師

總經銷　成陽出版股份有限公司
訂購電話：03-3589000
訂購傳真：03-3581688
http://www.sudu.cc
郵政劃撥　19000691　成陽出版股份有限公司
印　刷　海王印刷事業股份有限公司

出版日期　2004 年 9 月　初版
ISBN 986-7810-98-8
定價　280 元

國家圖書館出版品預行編目資料

可臨視堡的風鈴／夏 菁著.
－－初版，－－臺北縣中和市：INK 印刻，
2004〔民 93〕面；　公分（文學叢書；59）

ISBN　986-7810-98-8（平裝）

855　　93008971